新 モラエス案内

もうひとりのラフカディオ・ハーン

Wenceslau José de Sousa Moraes

深沢 暁
Akira Fukazawa

アルファベータブックス

まえがき

日本人がヨーロッパ人を知ってから、三百五十年近くの時を経て、明治時代の半ばにひとりのポルトガル人が日本を訪れました。彼の名はヴェンセスラウ・デ・モラエスといい、貿易商人でもキリスト教宣教師でもなく、海軍の軍人でした。この時から、日本とポルトガルとの新たな文化交流が始まりました。

ヨーロッパ人の中には、西洋の文明を離れ、未知の遠い国、自分たちとは異なる文明にすべてを捨てて身も心も捧げる人たちがいました。ラフカディオ・ハーンと同様に、モラエスもその一人でした。モラエスは日本に着いてすぐに、甘い果汁を一気に飲み込むように日本のすべてに魅了されます。そして、モラエスは軍人外交官として神戸に常駐します。その間、公務のかたわら、作家として日本の政治・経済、社会制度、芸術、日本人の生活を観察、分析し、本国ポルトガルの読者に解説しました。その後モラエスは、公職を辞すと、本国に戻ることなく四国徳島に隠棲してしまいます。徳島でのモラエスは、社会的地位ゼロの孤独な異邦人として庶民の中に溶け込んで暮らしました。それでも、日本への愛情は冷めることなく、日本の深い印象、自らの生活と人生を書き綴り、七十五年に渡る生涯の幕を下ろしました。

モラエスというヨーロッパ人が、エキゾチシズムあふれる当時の日本をどう捉えたのか、異なる文明を持つ西洋と東洋の狭間で難破してしまったのか、それとも、日本で心の平安と幸福を得られたのか興味は尽きません。

作家としてのモラエスの存在は、ポルトガルでは知られていました。しかし日本では、作品がポルトガル語で書かれていたため、生存中に彼の存在はほとんど知られていませんでした。モラエス作品の翻訳と研究が始まるのは、死後何年も経ってからですが、日本が軍国主義の道を歩む最中、モラエスの日本賛美が国民の愛国心を養うために利用されてしまいました。モラエスは、「親日文豪」、「紅毛日本人」、「日本人モラエス」などと呼ばれ、皇室崇拝、日本人以上の生活信条の持ち主、日本精神の体得者という面が強調され、評価されたのでした。そして、モラエス顕彰活動も徳島市民の意図を離れ、国家的方針に沿って推進されるようになりました。こうして創り上げられたモラエス像は、実際のモラエスと隔たりがあるのは当然です。戦後になって、戦前のモラエス像は徐々に払拭されましたが、敗戦とともにモラエスの存在すら影が薄くなってしまいました。しかしその後、モラエス関係の資料、作品全集、伝記等が出版されるようになりました。また近年、モラエス作品の新たな翻訳とともに、ポルトガル側の詳細な資料を基にした評伝が刊行され、モラエスの実像が明らかになってきています。

モラエスを紹介した資料としては、昭和三十年にモラエス生誕百年を記念して刊行された『モラエス案内』(平成七年に増補再版)があります。これはモラエス研究の重要な資料ですが、今回モラエスの解説書として『新モラエス案内——もうひとりのラフカディオ・ハーン』のタイトルで、新たな視点からモラエスという人物の軌跡とその作品を紹介、解説することにしました。

本書の構成は以下の通りです。Ⅰ「モラエスの軌跡」、Ⅱの「モラエスとハーン」は、モラエスの入門・解説編です。Ⅲの「日本人文学者とモラエス」は、モラエスとかかわりを持った日本人文学者、翻訳家との関係をまとめてみました。モラエスの特異な生涯と彼の作品は、文学者の興味を引くようで、どのようにモラエスを捉えたかをくみ取ってください。Ⅳの「モラエス新考」には、筆者のモラエス関係の論考を少し加えました。興味を持たれたテーマがあれば、目を通してみてください。そして最後に、「モラエス略年譜」、「主な参考文献」、「索引」が載せてあります。

本書により、ラフカディオ・ハーンと同じ頃に来日し、日本をこよなく愛し、日本の一地方都市の片隅で亡くなったポルトガル人がいたことを知ってもらい、読者の皆さんが過去との対話から得るものがあることを切に願う次第です。

目次☆新モラエス案内——もうひとりのラフカディオ・ハーン

I　モラエスの軌跡

モラエスの生涯

リスボン、モザンビーク、マカオ……

モラエスのフルネームは、ヴェンセスラウ・ジョゼ・デ・ソーザ・モラエスといい、一八五四年にポルトガルの首都リスボンで生まれました。当時、日本は幕末でアメリカの提督ペリーが浦賀に来航した翌年、日米和親条約が結ばれた年に当たります。また、モラエスが誕生する四年前には、ラフカディオ・ハーンがギリシャで生まれています。モラエスの父親は役人、母親はポルトガル陸軍将官の娘でした。モラエスには、五歳年上の姉と三歳年下の妹がいました。年下の妹フランシスカとは気が合ったようで、モラエスが亡くなるまで文通を続けています。

モラエスは、生来感受性が強く内向的だったようで、文学的素養のある母親の影響もあってか、少年時代から好んで詩や作文を書いていました。ほんの二ページながら、十一歳の時の手製の家庭新聞が残されています。その後、地元で初等・中等教育を十七歳で終えると、父親の希望に沿ってポルトガル陸軍に志願兵として入隊します。一年後、陸軍から海軍に転じ、翌年、海軍見習士官として海軍兵学校内の理工学校に入学します。陸軍から海軍に移った理由ははっきりわかりません。ただこの頃、モラエスの父親が急死しています。父親の進路への圧力がなくなったため、ポルトガル人に伝統的に受け継がれてきた海への憧れと情熱が、若いモラエスを海軍への道へと後押ししたのかもしれません。

リスボン市

モラエス生家

海軍予科課程の一年を修了すると、モラエスは海軍兵学校の本科に進み、二十一歳で卒業します。その後間もなく、海軍少尉に任官し、海軍軍人としてのキャリアが始まります。そして、アメリカへの訓練航海ののち、アフリカのモザンビーク勤務に就くことになります。モザンビークへは、一八八七年までに四回出向きますが、そこからコロンボ、シンガポール、チモールとアジアへも任務で出かけます。しかし、ポルトガルとは異なる熱帯の気候、息の抜けない勤務の緊張感、狭い艦内での人間関係、故郷への郷愁といったことから、モラエスは心身の不調に何度か陥ります。モラエスは、その性格から心の内を同僚に打ち明けることもできず、海上生活での鬱屈《うっくつ》を抱え込んでいたからでした。モラエスにとっての慰めは、リスボンの新聞の文芸欄に詩や散文を投稿することや本国から時々届く家族や親しい女性からの便りでした。この女性は、マリア・イザベルという名のモラエスの家と同じ共同住宅に住む人妻で、モラエスより八歳年上でした。モラエスは彼女に、仕事上の悩み、家庭内の問題を

モラエスの父親

モラエスの母親

打ち明けています。その後、マリア・イザベルとの関係は恋愛へと進みます。しかし、この恋愛は世間では許されぬ恋、結局、モラエスが東洋のマカオに赴任する前に破局を迎えます。モラエスの十年におよぶアフリカ時代は、表向きには少尉から大尉にまで昇進し、海軍軍人として輝いた時代、内面的には恋愛の喜悦と苦悩の交差する青春時代であったと思われます。また一方、海での生活はモラエスの文学形成に大きな影響を与えました。そこでは、大いなる自然との遭遇、人種や文明の異なるさまざまな人々との交流があり、自然と人間研究の格好の場となりました。

一八八八年、モラエスはリスボンを発ちモザンビークに立ち寄ったのち、マカオに赴任します。マリア・イザベルとの恋愛の心の痛手を紛らわすためか、到着して間もなく中国人とヨーロッパ人との混血娘の亜珍《アッチャン》を愛人として関係を結びます。その後、二人の間には二人の男児が生まれます。

マカオに着任した翌年の一八八九年八月、モラエスは中国北部、日本の情報収集の任務により砲艦リオ・リマで、マカオから日本を訪れます。これが日本との初めての出合いであり、モラエス三十五歳の時でした。最初の日本訪問は、到着した長崎から瀬戸内海を抜け神戸に寄港し、横浜へ向かいました。任務を終えた帰路も同じルートでマカオに戻ります。日本滞在は一ヶ月ほどでした。モラエスは、初めての訪日で日本のすべてに魅せられます。瀬戸内海の航行では、地上の楽園を見たかのようにうっとりとします。無数の小さな島々、沿岸の田畑と風にそよぐ木々の緑、点在する漁港の家々の重なり、鏡のように光を反射する穏やかな海、そこを行きかう漁船や荷を運ぶ船、まさに平和そのものの光景でした。また、上陸した土地では、自然に育まれた伝統や習慣の中で暮らす日本人の落ち着いた生活の調べに感嘆しました。中でも日本女性の優美な立ち振る舞いに魅了されました。モラエスは、日本の印象を眩惑以外の何ものでもないと語っています。熱帯の自然の色彩の強烈なコントラストや、中国社会の人間が群がった猥雑さを体験したモラエスに、日本の穏やかな情景は安らぎを与えたのでしょう。マカオに戻ったモラエスは、そこを基点としての勤務に就きます。一八九一年にマカオでの任務が終了すると、モラエスは一度リスボンに戻りますが、少佐に昇進し、マカオ港港務副司令官として再度マカオに着任します。日本とのかかわりはその後も続き、兵器購入、情報収集の任務、休暇と一八九七年までに都合五度訪れます。五回目の訪日の際には、中佐に昇進していましたが、外交団の一員として明治天皇に拝謁しています。その間、これまでにリスボンの新聞に掲載していた極東の印象をまとめた最初の著作『極東遊記』（一八九五）が出版されます。この印象記では、日本を含めたアジアの国々とそこの人々についての率直な印象が興味深く語られています。続いて、日本の自然、歴史、芸術、生活を詳しく解説した『大日本』（一八九七）が刊行され、本国で好評を博するとともに、作家としてモラエスの名が知られるようになります。

軍人外交官として

一八九七年、任務で日本滞在中、前任者が解任となり空席となったマカオ港港務司令官の地位に、後輩の少佐が任命されるという人事があり、モラエスは精神的大打撃を受け、日本定住の道を探ろうとします。上下関係の厳しい軍人社会にあって、この理不尽な人事はモラエスの自尊心をひどく傷つけたのでした。そして、紆余曲折がありましたが一八九九年になってようやく、本国と日本政府によって承認された神戸・大阪ポルトガル領事館領事として、神戸に駐在することになります。

こうして、モラエスの軍人外交官としての道が開けました。しかし、日本定住が決まったことによって生じたのは、マカオの亜珍母子の処遇問題でした。当時、現地妻を外交官の妻として迎える慣習はありませんでしたし、モラエスと亜珍の関係も性格の違いや子供の養育の仕方などをめぐって冷え切っていました。それでもモラエスは、子供への責任と愛情から母子で来日するよう提案しました。ところが亜珍は、日本に行くにあたりモラエスとの正式の結婚を条件として要求してきました。モラエスは、対面上この条件を呑むことは当然のことながらできず、仕送りを続けるということで、日本での単身赴任の道を選びます。しかし、亜珍母子との関係は、モラエスが思うほど簡単に切れるものではなく、その後も彼を悩ませることになります。領事職に就いたモラエスは、その使命を全力で果たそうと努め、日本とポルトガルの交易推進に力を注ぎます。私生活では、領事職就任を期に生活を一新しようとしたのか、以前の訪日時に知り合ったと思われる徳島出身のくわ芸者おヨネを落籍し、領事館近くの私邸で同棲を始めます。モラエス四十六歳、おヨネ二十五歳でした。控え目で気配りのできる優しいおヨネとの生活は、モラエスの生涯で一番穏やかで幸せな時期であったかもしれません。

生活が落ち着くと、モラエスは公務のかたわら、文筆活動にも精力的に力を入れ始めます。まず、茶の歴史、交易、文化についての小冊子『茶の湯』（一九〇五）を神戸で自費出版します。この本には日本風の異国情緒あふれる挿絵が多数挿入され、本国の読者を魅了しました。翌年には、中国や日本の風俗、歴史、民話・伝説を集めた短編集『シナ・日本風物誌』（一九〇六）を刊行しました。また、リスボンの雑誌『セロンイス』に依頼された日本をテーマとした短編を載せ続けました。後にこれらは、『日本夜話』（一九二六）としてまとめられます。さらに、ポルトガル北部の都市ポルトの新聞『ポルト商報』の社主から、日本の社会・経済・政治情況を報告する日本通信員にとの依頼を受けました。モラエスは、外交官として貿易振興の観点を重視しこの申し出を承諾します。そして、日本のさまざまな情報記事を「日本通信」として新聞に継続的に寄稿することになります。こうした大量の記事は後にまとめられ、『日本通信Ⅰ　戦前』（一九〇四）、『日本通信Ⅱ　戦中』（一九〇五）、『日本通信Ⅲ　日本の生活』（一九〇七）として出版されました。この日本通信は、日露戦争とその前後の日本の社会・経済・政治情勢の貴重な資料であるだけでなく、当時の日本人の生活、伝統、芸術、文学、歴史などの分野におよび、東洋から世界に進出しようとする新興国日本のあらゆる情報を、本国の人々に伝えるものでした。そこからは、ポルトガルと日本との交流をこれまで以上に進めたいというモラエスの姿勢が強く感じられます。

一方、外交官としてもモラエスは、領事館事務に加え、兵庫県庁の落成式に出席したり、大阪で開催された日本の内国勧業博覧会におけるポルトガル物産の展示に奔走したり、また日本艦隊観艦式に招かれ参加したりと領事としての職務を積極的にこなしていきました。また休みの日には、日本各地への興味から、京都、奈良の神社仏閣、四国や日本海側の城崎などを精力的に訪れました。神戸時代伺えます。

のモラエスは、内面の悩みを別にすると、公務に文筆活動、各地訪問と充実した生活を送ったことが

しかしながら、モラエスが外交官として活躍していた二十世紀はじめのころ、ポルトガル本国では政府母体を構成する王党と台頭してきた共和党との対立が鮮明になります。世論は改革を求める共和党支持に傾き、政情は予断を許さない情勢となります。一九〇八年、ポルトガル国王カルロス一世と皇太子が共和主義者にリスボンの街頭で暗殺される事件が起き、共和革命に火がつきます。そして一九一〇年、共和革命が成功し、ポルトガルは王政を廃し共和国となります。しかし、王党の巻き返しの動きがあり、政情は混迷の度を深めます。この影響で、モラエスの領事館運営にも影を落とすようになります。一九一一年になると、領事館への送金が滞るようになり、モラエスは自腹を切って領事館運営を維持しますが、改善の兆しは見られませんでした。そこでモラエスは、領事館閉鎖の旨を本国に打電する手段を強行します。その結果、ようやく送金がなされましたが、モラエスは本国の対応に不満を募らせました。翌一九一二年、日本とモラエスに悲劇が訪れます。まず七月に、モラエスが敬愛の念を抱いていた明治天皇が崩御し、時代は明治から大正へと移ります。次いで翌八月、心臓病を抱えていたおヨネの病状が悪化し、亡くなってしまいます。モラエスは大打撃を受け、おヨネと同居していた家から転居してしまいます。身体の不調とおヨネを失った寂しさに耐えられなかったのか、モラエスはすぐに出雲出身の永原デンを女中兼愛人として雇い、同棲を始めます。モラエスの精神の安定には、世話をしてくれる女性の存在が必要だったのでしょう。しかし、デンとの生活は慰めとはなったものの、神経の衰弱は回復されず、加齢による内臓疾患が具体的に現れるようになります。年が明けた一九一三（大正二）年、心身の衰弱を理由に、とうとう公職からの引退を考えるようにな

ります。そして、三月の末か四月のはじめに、デンが出雲に帰郷します。モラエスとの間に、引退後は出雲に移住するとの口約束が交わされたのかもしれません。

次いで四月の中旬、モラエスは徳島を訪れます。おヨネの姉、斎藤ユキに頼んでおいたおヨネの墓が出来上がったとの知らせを受けていたからでした。墓参の際、徳島での借家の件やおヨネの姪のコハルとの同棲の話がなされたのではないかと思われます。モラエスの出雲でなく徳島移住の決断が何時なされたかは推測するしかありませんが、用意周到なモラエスのこと、墓参以前に徳島移住を決めていたと思われます。それでは、引退後、妹がいる本国に戻る気がなかったかというと、その選択はまったくなかったようです。友人への書簡の中で、「これほど長い間、暮らし、感じ、苦痛を味わった土地である日本を、もう離れることはできない」と語っているからです。モラエスにとって故国は、愛する存在ではあるものの、もはや老後に暮らす土地ではないと考えていたようです。六月に入ると、モラエスは病気を理由に本国外務省に休暇願を提出します。次いで、共和国大統領宛に領事辞任と軍籍離脱を願い出ます。退役軍人としての年金などの特権を放棄しても、本国に戻り退役の手続きをする煩わしさを避けようとしたのでした。公職辞任の理由は、持病の悪化に加え、精神的状態の不調のため職務継続が不可能と判断したからでした。こうして、すべての公職からの辞任願いを提出すると、モラエスは身辺整理に取りかかります。神戸時代にモラエスを個人的に悩ませていたのは亜珍母子との関係でした。実際に母子が余暇を利用して来日したことがあり、その都度、モラエスの精神を極度に乱しました。モラエスは、引退して徳島に移住するにあたり、母子とのつながりを完全に絶とうとしました。この頃、息子たちは既に成人していたため、仕送りの停止を告げました。そして、亜珍には為替手形でお金を送り、最後の贈り物としました。神戸の家の荷物については、大半の家具、調度品は売り払い、書籍の多くは処分しました。そうして、出発前の六月の末に、引越し荷物を徳島の斎藤家に宛てて発送し、七月のはじめに十五年近く過ごした神戸を離れ徳島に向かいました。モラエスは、外交官から肩書きのない社会的地位ゼロの生活に自ら望んで入ろうとしました。モラエス五十九歳の時でした。

徳島へ

徳島に着いたモラエスは、眉山《びざん》すその伊賀町にささやかな家を借ります。そして、斎藤ユキの娘、当時十八歳のコハルと同棲を始めます。モラエスの常識を超えた地方都市への隠棲は、周囲の人たちに驚きの波紋を広げますが、その意志は固く、七月中に、ポルトガル語、日本語、英語で遺書を認めました。日本語の遺書には、「ワタクシハ　モシモシニマシタラ　ワタクシノカラダヲ　トクシマニヤイテクダサレ　トクシマ　大正二ネン七月二九日　モラエス」と書かれていました。心の平安を求めて隠棲した徳島で、コハルの世話を受けながら、モラエスは一市井人として庶民の生活に溶け込もうとしました。住居が日本式の長屋なら、食べ物も米、味噌中心の日本食、飲み物も日本茶で、衣服は、家では和服を着て、下駄も履きました。

晩年のモラエス

モラエスの散歩路

寝る時はベッドでなく布団を使いました。また、家に神棚を設け、冬場には火鉢やこたつも愛用しました。猫の額のような小さな庭の手入れも自分でし、日本人のように自然と親しみました。そして、日々の散歩がてらに、欠かさずおヨネの墓を訪れ追憶に浸りました。こうした生活にあって、モラエスは、一段と深みを増した日本の印象を書き綴っていきます。それが『徳島の盆踊り』（一九一六）です。そこにはもう読者をうっとりさせるきらびやかな異国情調はありません。あるのは、老人の手による日常の細々とした出来事の印象と、日本人の死と死をめぐる文化についての考察でした。モラエスの作家としての新境地がこの作品で開花したのでした。

　しかし、この一見平穏なモラエスの生活は長くは続きませんでした。『徳島の盆踊り』が出版された年に、同棲していたコハルに肺結核が発症し、二十一歳の若さで亡くなってしまいます。モラエスは、若いコハルと暮らすことで生きる気力と異国生活での寂しさを紛らわす慰めを与えられていたのでした。コハルを亡くしたことで人生における希望を失ったモラエスに残されたのは、老いと孤独しかありませんでした。しかし、モラエスは孤独にさいなまれながらも、亡き二人の日本女性を想い続けます。そうして、二人を想うことで生じる喜びとと悲しみの感情が、モラエスの最高傑作と言われる『おヨネとコハル』（一九二三）となって結実します。その後もモラエスは、徳島の片隅に住み、日本について書き続け、本国の読者に向け発信し続けます。一九二四年には『日本史瞥見』を、一九二六年には、神戸時代に雑誌に発表していた短編をまとめた『日本夜話』と、日本の家族の諸相を研究したモラエス最後の作品『日本精神』を出版します。モラエスにとって、執筆に情熱を傾けることは、精神を高揚させることであり、孤独に対する対処法の一つとなったのです。こうして、モラエスは日本について執筆することに全精力注ぎましたが、老いと病はモラエスの体を蝕んでいきました。老人病で体も自由に動かせぬ最中の一九二九（昭和四）年七月一日未明、前の晩に飲んだブランデーによる喉の渇きをいやすため、水を飲もうとしたのか、誤って台所の土間に落下してしまいます。そして、脳震盪を起こし、そのまま誰にも看取られることなく絶命しました。モラエスの死に立ち会ったのは、同居する飼い猫だけでした。日本に滞在すること三十余年、七十五年の生涯でした。

モラエスの死は、現代人の眼からすると外国人の悲惨な孤独死と映るかもしれません。しかし、モラエスは日本で精神的に最も輝いて生き、自ら日本で死ぬことを望んだのですから、悔いのない生涯であったと思われます。徳島では、現在に至るまで毎年モラエスの命日に顕彰の集いが催され、異国の地に眠る故人が偲ばれています。徳島市民の間でも、「モラエスさん」として今でも親しまれています。

モラエスをめぐる女性たち

モラエスの人生を考える場合、かかわった女性の存在が影響をおよぼしています。同時に、運命に導かれてめぐり合った女性たちの人生にもモラエスは大きな影響を与えました。彼は一度も正式な結婚を経験していませんでしたが、女性賛美の情熱にあふれていました。この章では、モラエスとかかわった女性たちを紹介するとともに、彼の恋愛の経過を探ってみることにします。

マリア・イザベル

マリア・イザベルは、モラエスが初めて恋愛をしたポルトガル人女性で、フルネームはマリア・イザベル・ドス・サントスといいます。彼女は、一八四六年生まれですから、モラエスより八歳年上でした。一八七三年頃、リスボンのモラエス家の共同住宅の下の階に下級役人の夫とその母親とともに彼女は引っ越してきました。モラエスは、まだ海軍兵学校に通う見習士官で、十九歳でした。同じ共同住宅ということで、モラエス家の人々とのつきあいが始まり、モラエスとマリア・イザベルは言葉を交わすようになったと思われます。マリア・イザベルは、嫡子ではありませんでしたが、父親により高い教育が授けられ、ピアノが弾け、フランス語、英語に堪能で、家庭教師として自立できる収入を得ていたそうです。彼女の容姿については、写真が残っていないためはっきりとはわかりませんが、ポルトガル側の資料によると、ブロンドの髪、うりざね顔で人を惹きつけるまなざし、ふくよかな体形、白く小さな手足をした小柄な女性だったようです。若いモラエスは、当初この年上の女性の豊かな教養と容姿に憧れの感情を抱いたと思われます。数年後、マリア・イザベルの夫は、進行性の中枢神経にかかわる病気を発症します。モラエスは、彼女に同情し、慰めようとしたと思われますが、一八七七年一月から三年近くにおよぶ第一回アフリカモザンビークへの海外勤務に出かけることになります。この間、両者は書簡を交わし続けます。モラエスは、文通を通し、勤務上の仕事の悩み、海上生活での寂しさ、家族の問題といった心の内を打ち明けます。一方、マリア・イザベルは、神経質で繊細なモラエスを優しく受け入れ、助言を与えてくれました。彼女からの手紙は、モラエスの精神の安定と解放に不可欠なものでした。モラエスが、一八七九年十一月にモザンビーク勤務から帰国すると、病気の夫を抱えるマリア・イザベルとの関係が急速に深まります。しかし、二人の関係を知った周囲の人は、当然のことながら猛反対します。そうなると、両者の恋愛感情は逆に高まり、翌年の末には部屋まで借りるまでして逢瀬を重ねます。その結果、マリア・イザベルは妊娠してしまいます。恐らく、この子供はモラエスとの間の子だったと思われますが、モラエスは自分の子供という意識は薄く、マリア・イザベルの子という意識しかなかったようです。それだけモラエスは未熟であり、二人の関係は彼女がリードしていたようです。そんな最中の一八八一年六月、モラエスは第二回モザンビーク勤務に出発します。マリア・イザベルは、その年の秋口に出産しますが、死産でした。さらに夫の病状も悪化し、付き添いの介護のため、彼女の負担が増します。両者は頻繁に手紙を交わし合いますが、翌年の夏には、許されぬ二人の関係に精神不安定になったモラエスの母親が脳卒中で倒れてしまいます。モラエスは、母親の病状についての心配、マリア・イザベルへの想い、常に緊張を強いられる勤務の心労から重度の神経症を発症してしまいます。一八八三年八月、任期の途中でモラエスは帰国し、休暇が与えられます。しかし帰国直前、母親は再度発作を起こし、身体の不随とともに半ば痴呆状態になります。モラエスは、長期療養のあと病状が回復すると、国内勤務を命じられます。モラエスは、母親と姉妹の生活を支えるため、軍人としての職務を放棄するわけにはいきませんでした。また、マリア・イザベルとの関係も切ることはできず、任務の合間を縫ってリスボンに戻り、彼女との出逢いを重ねました。一方、病気の夫を抱えながらモラエスと密会するマリア・イザベルに対し、同居する夫の母親から不貞を激しく追及され、周り近所の人々の非難が集中しました。マリア・イザベルは、こうした情況に耐えられず、姑と別居し逃げるように転居します。モラエスが、マリア・イザベルの立場をきちんと理解していたのか疑問に思えます。

　こうして、神経症が一応回復した一八八五年三月、モラエスは三回目のモザンビーク勤務を命ぜられます。しかし、出発して二ヶ月後、モラエスの母親が亡くなります。母親の死のショックから一度は回復した神経症が再発し、病気を理由に翌年のはじめに帰国します。帰国後もマリア・イザベルとの関係は継続され、母親を失った衝撃と神経症が癒えると、同じ年の秋にモラエスは四回目のモザンビーク勤務に出発します。そして、両者の文通が再び始まりますが、二人の間には大きな溝が生じます。原因はモラエスの背信行為にありました。二回目のアフリカ勤務から病気のため帰国した翌年の一八八四年、国内勤務でポルトガル南部の港に滞在中、現地の女性と関係を結んだことがマリア・イザベルに露見したのでした。マリア・イザベルは憤慨し、モラエスへの不信感をつのらせます。彼女は手紙でモラエスに対し、子供に命令するように日々の出来事を逐一報告するように求めます。モラエスは、この要求に傷つく一方、苛立ち、彼女の男性関係にまで猜疑心を抱きます。こうした情況に耐えきれず、モラエスは精神不安定になり、翌一八八七年六月、病気を理由に帰国します。帰国したモラエスは、マリア・イザベルを訪ねますが、彼女は別離を決意していました。モラエスは手紙で何度も翻意を促しますが、彼女の決意は変わることはありませんでした。彼女のモラエスに対する感情は冷えており、年上の者の理性的判断から、勤務に復帰したモラエスに、手紙で家族と自分を大切にするように友人として助言しているほどです。さらに、復縁を願うモラエスの最後の手紙に対し、マリア・イザベルは拒否の返事をします。こうして二人の関係は破局しました。二人の恋愛に終止符が打たれたことを理解したモラエスは、一八八八年、故国を離れ東洋のマカオへ向かう任務に旅立ちます。マリア・イザベルとの関係を忌まわしい過去の不幸な出来事として切り捨て、モラエスは見知らぬ新しい環境で新たな生活を始めようとしたと思われます。

二人の恋愛が成就する可能性は、マリア・イザベルの立場を考えるとはじめからほとんどなく、モラエスの人間としての弱さ、未熟さ、身勝手さが当然の破局を招いたと言えましょう。モラエスは、『日本精神』の中で、「愛は一般に一人の男性と一人の女性の偶然の出合いによって引き起こされる甘美な感情である」と語りますが、この恋愛のはじまりはまさにそうしたものであったと思われます。しかし、二人の置かれた状況を考えれば、互いを尊重し合い、互いの自由な選択と同意によって結婚へと導かれるような関係に進むはずはありませんでした。

マリア・イザベルは、数年して夫を亡くしますが、リスボンに住み続け、長寿を全うし、一九三五年に八十八歳で亡くなったとのことです。

マリア・イザベルにとってモラエスは、病気の夫と姑を抱える閉塞的な境遇を慰める存在でしかなかったのかもしれません。しかし、モラエスを愛した結果、マリア・イザベルは恋愛の狂気に巻き込まれてしまったのです。一方、モラエスは、年上の女性への憧れと若さゆえの情熱を抑えきれなかったのです。マリア・イザベルとの実りのない恋愛は、モラエスのその後の人生に大きな影を落とします。何れにせよ、モラエスとマリア・イザベルとの恋愛は、個人と個人の対等な関係での恋愛であり、モラエスにとって、ヨーロッパ人との最初で最後の恋愛でした。

亜珍《アッチャン》

マリア・イザベルとの恋愛の破局によって心の痛手を負ったモラエスは、一八八八年七月、マカオに着任します。モラエスは、三十代半ばの独身男性であり、当時は赴任先で愛人を囲うのは特に珍しいことではありませんでした。そこで出合ったのが当時十四歳の亜珍でした。亜珍は通称で、本名は黄玉珍といい、父親はデンマーク人の水先案内人で、母親は香港の下層階級の中国人でした。兄弟には兄と姉がいて、両親が別れたとき、姉は父親が引き取り、兄は仕事に就き、亜珍は生活苦のため母親により人買い人に売り渡されてしまいます。モラエスは、マカオに着いて間もなく、マカオの妓楼《ぎろう》に移っていた亜珍を見初め、愛人として契約します。そうしてモラエスは、中国人の住む地域に家を借り、亜珍の許に通います。亜珍の当時の様子についてモラエスは、『極東遊記』の一作品「もうひとりのお母さん」で、「私が亜珍を知ったとき、彼女は十五歳ぐらいであった。美しくはなかった。ありふれたタイプでしかなく、ひ弱で発育不良、かの民族すべてに宿命的な遺伝である貧血症状を見せるだけでなく、じめじめして悪臭を放つ路地の薄暗がりの中、かび臭い塀に囲まれて育ち、日の光と空気を渇望する若さをも見せていた。ほっそりとした体の線、あいまいな輪郭、胸のふくらみの曲線がほとんど見られない男の子のような胸、バラ色の兆しすらない蒼白い頬。しかし、中国人女性だけが持つような手、驚くほど優雅で透き通った碧玉《へきぎょく》の小さな手の美しさ、それに、難なく好感を抱かせる善良な若い娘の優しく素朴な感じを顔に与える上がり目の黒い輝きを確かに認めなくてはならない」と述べています。このようにモラエスは亜珍を描写しましたが、彼女をこの作品で中国人の少女として描いているため、フィクションが交じっていると考えられます。実際に残された亜珍の写真では、亜珍はハーフらしい顔立ちをしていて、目がつり上がったようには見えませんし、目も真っ黒ではなかったと思われます。恐らくモラエスは、身体はまだつぼみながら若さと生命力を見せる亜珍の姿と、中国系の女性特有の優美な手の美しさに惹かれたのでしょう。

亜珍と子供たち

　こうしてモラエスは、マカオ港の主艦船の副官として、マカオを基点とした任務に就き、翌一八八九年八月、任務を帯びて初めての訪日を果たします。その後も香港、タイのバンコックとアジアをめぐります。そして、一八九一年の三月、モラエスと亜珍の間に長男ジョゼが誕生します。長男誕生後、マカオでの勤務が満了し、報告を兼ねリスボンに帰国しますが、少佐に昇進して、この年の末にマカオ港公務副司令官として再びマカオに着任します。マカオに戻るとすぐに、モラエスは亜珍を身請けし、翌年早々、親子をマカオの中心地区に転居させます。モラエスは市内のホテルから新居に通ったようですが、家庭と家族を持ったことを意識したと思われます。対面上、モラエスと亜珍との間がうまくいっていたかというと決してそうではありませんでした。モラエスが亜珍の許に通い始めたころは、楽しい日々があったことを認めていますが、両者の性格と考え方があまりに異なっていました。モラエスは、神経質なほど几帳面で、身の回りの整理整頓をきちんとしていました。一方の亜珍は、良く言えばおおらかで、整理整頓など興味もありませんでした。興味があるのは、おしゃべりや楽しく過ごすことで、暇な時でも家事は人に任せ、一日中横たわって好きな小説を読んでいるありさまでした。モラエスは、亜珍の今までの境遇と生活がそうさせたと考え、我慢を重ねたものと思われます。子供が生まれた以上、亜珍が母性に目覚めるとモラエスは期待したのでしょう。しかし、その期待は裏切られました。亜珍は、乳児への授乳も乳母に任せっぱなしで、子供の健康管理にも無関心でした。モラエスが意見をしても無視し、自分のやり方で子供に対処し、自分の判断で行動しました。外出の際にも、モラエスの許可を求めることなく、勝手に芝居見物などに出かけたりしていました。当時のポルトガルの女性の良妻賢母で夫に必ず従うという価値観とは、ほど遠い亜珍の態度でした。子供を生んだことでしたたかになった亜珍の振る舞いに、モラエスは不快感を覚え、彼女と別れたいという気持が生じていました。それでもモラエスが別れ話を出さなかったのは、子供たちの存在があったからかもしれません。

一八九三年六月、モラエスは兵器購入交渉のため日本に出張し、その年の末には中佐に昇進します。その後も出張や休暇でモラエスは日本を訪れます。一八九五年七月の病気休暇による日本訪問は、マカオでの公私に渡る生活からの息抜きと日本についての執筆の準備を兼ねていたと思われます。亜珍に対する不満と不快さはこの間も続きますが、一八九六年には、亜珍の求めに応じてモラエスは亜珍名義で家を購入します。モラエスは、家を購入することで亜珍に一家の主婦として、母親としての自覚が芽生えることを再び期待したのかもしれません。そうしてモラエスは、再度の兵器購入のための長期日本出張に出向きます。しかし、日本滞在中の一八九七年二月、前任者の解任によって空席となったマカオ港港務司令官の地位を後輩の少佐に出し抜かれるという人事が知らされます。ショックを受けたモラエスは、マカオでの職務に戻ることを嫌い、日本で領事となる道を求め運動を開始します。領事として神戸に在住する場合、問題となるのは亜珍母子の処遇でした。翌九八年六月、本国との交渉のためマカオに一旦戻ったモラエスは、亜珍に対し共に日本に行く提案をしました。すると亜珍は、モラエスとの正式の結婚を来日の条件として出してきます。亜珍は、外交官の妻としての地位の安定を求めたのでしょう。しかし、彼女の主張はモラエスの体面や社交関係を無視するもので、とうてい受け入れがたいものでした。モラエスは、日本への単身赴任を決意します。本国政府の任命を受けたモラエスは、一八九九年九月、日本政府の認可を受け、神戸・大阪ポルトガル領事館の正式の領事に就任します。亜珍との関係は、冷え切っていましたが、モラエスは月毎の仕送りを約束し、子供たちを香港のカトリック系の学校に入学させることをマカオでの部下に依頼します。モラエスは、亜珍母子を見捨てたわけではなく、母子の生活と子供たちの教育の責任を義務として果たそうとしたのです。こうしてモラエスは、亜珍の主人として、子供たちの父親として一応の義務を果たして神戸に移り住みます。

しかし、亜珍との関係は思うほど簡単に切れるものではありませんでした。モラエスに見捨てられたと考えた亜珍は、モラエスとの和解のため、しきりに来日を望んだのです。一方モラエスは、亜珍の意に添わなければ、以前にあったようにヒステリーを起こし、自殺を口走り、モラエスを脅迫する場面を想像するのでした。もし亜珍が本当に来日すれば、モラエスの手に入れた地位と生活を打ち壊すと、被害妄想的恐怖心を亜珍に抱いたのです。亜珍をなだめるため、モラエスは、手紙で引退後はマカオで余生を送るつもりであるとまで書いているほどです。亜珍の実際の来日は、一九〇八年の夏になってからで、訪日の理由は、有馬温泉での病後の保養でした。亜珍と同行した次男ジョアンが神戸のモラエスを訪ねますが、来日の知らせを受けてからのモラエスの心境は、恐怖以外の何ものでもなかったと思われます。しかし、亜珍がモラエスに結婚を迫ったりすることもなく、安堵したモラエスは、帰りの船まで二人を見送ります。モラエスの病的な亜珍恐怖症は、時を経ても消えることはなかったのです。では、モラエスは自分の子供たちのことをどう思っていたのでしょう。モラエスは、子供たちに対する愛情を私信でもはっきりと述べていません。もちろん、幼いころは理屈なしに父親としての愛情を注いだと思われますが、時間の経過とともに、ポルトガル人の子供であっても、亜珍に付属する者とモラエスは考えるようになったと思われます。モラエスが息子たちに望んだことは、ポルトガル式の教育によってポルトガル人の価値観を身につけることでした。しかし、息子たちはイギリス系の学校に通い、英語による教育を受けました。そのため、息子たちはポルトガル語がわからず、ポルトガルの伝統文化も理解できないとの不満をモラエスは抱いたのでした。本国にいない以上これは仕方のないことでしたが、亜珍への不満が子供たちにまでにおよんだと思われます。息子たちは、一九〇四年ごろから父親に英語で手紙を送るようになりますが、モラエスは手紙がポルトガル語でないのがやはり気に入りませんでした。しかし、キリスト教の洗礼の相談を息子たちが持ちかけると、モラエスは特に反対せず、一九〇五年九月、二人の父親として署名し、息子たちを正式の子供として認知しました。将来の息子たちの生活に不利益が生じないようにとの配慮をしたと考えられます。このころまでのモラエスと息子たちとの関係は、不満はあったものの大きな確執は見られませんでした。

一方、モラエスの亜珍に対する恐怖症はその後も続き、亜珍の来日を極度に恐れますが、一九一三年、モラエスはとうとう徳島隠棲を決意します。移住に先立ち、モラエスは、知人を介し成人した息子たちへの仕送りの打ち切りを通知し、亜珍にはまとまったお金を手切れ金として贈りました。亜珍と息子たちとの関係を断つために、モラエスは徳島の新居の住所を知らせませんでした。驚いた亜珍母子は、次男を通し香港での同居を勧めます。次男のジョアンは、父親の老後を心配してのことでしたが、モラエスには煩わしいだけで、自分の財産を自由にする意図があるのではなどと疑う始末でした。この時からモラエスは、息子たちに嫌悪感を抱くようになり、息子たちを認知したことを後悔したりします。モラエスの一方的な思い込みと、老人の屈折した病的心理が表れたのでしょう。その後、モラエスと亜珍母子との関係は平穏に過ぎますが、一九一九年になって、長男のジョゼから手紙が届き、モラエスの徳島での隠棲生活を恥ずべき状態と判断し、母親と結婚し一緒に暮らすべきであると書いてよこしました。モラエスは、手紙での長男の意見に対し、被害妄想的な反応をしてしまいます。平穏な暮らしを望んでいたモラエスは、憤慨し、精神の安定を失い、不眠症に陥ってしまいました。その後間もない六月、亜珍とジョゼが日本を訪れます。その知らせを聞いたモラエスは、恐怖に震え、家に閉じこもってしまいます。それでも、亜珍は本当に徳島のモラエスの家を訪れました。しかし、予想に反し、亜珍は彼に結婚を迫ることはなかったし、無理やり香港に連れて行こうともしませんでした。数日後、長男が母親を迎えにきて、何事もなく香港に帰って行きました。これ以後、モラエスの長年に渡った極度の亜珍恐怖症は消え、亜珍に対し好意的にすらなっていきます。モラエスの亜珍恐怖症は、今までの彼女の言動がトラウマとなり、来日というストレスが加わることによってパニック障害を発症したと思われます。この亜珍の訪日以降、両者は次男を介し、手紙での友好的な交流を重ねますが、トラウマとなった亜珍恐怖症が完全に払拭されたわけではなく、亜珍が再度の来日を希望すると、猜疑心からモラエスは亜珍の来訪を拒むのでした。亜珍がモラエスの許を押しかけるように、最後に訪れるのは、一九二七年八月、モラエスが亡くなる二年前のことでした。晩年のモラエスは、心臓病、動脈硬化、腎臓病、糖尿病、それにリューマチなどの老人病を患っていて、体は弱り、歩行にも支障をきたすようになっていました。亜珍の訪日は、七十歳を超えたモラエスの健康状態を心配してのことだと思われますが、モラエスの状態を見て、身体の衰えに驚き、徳島滞在中は優しくモラエスを介護し、家事をこなしました。近所の人の証言によると、二人は仲睦まじく見えたそうです。長い年月を経て、モラエスの亜珍へのわだかまりが完全ではないにしろ、解けていったのでしょう。

一九二九年七月一日、モラエスは不慮の事故により亡くなります。遺言によって、息子たちには法律で定める遺留分が分配されましたが、亜珍への遺産分与はありませんでした。ただ亜珍は、モラエスが生前に約束していた双眼鏡を形見としてほしいと申し出たそうです。その後、亜珍は長寿をまっとうし、百歳ぐらいまで生きたとのことです。

亜珍の若い頃は、身勝手で言動にも問題があり、モラエスを悩ましたのは確かです。しかし、決して性悪な女性ではなく、彼女なりにモラエスを愛していたことは確かでしょう。一方モラエスも、二人が出会った当初は、亜珍を愛したことは疑いありません。しかしその後、亜珍が自分の思うように動かないことに幻滅と不快感を覚え、彼女の言動に被害妄想的恐怖感を抱くようにまでなってしまいました。二人の関係がうまくいかなかったのは、性格の相違が主な要因ですが、生い立ちと育ちの違い、国の違いによる価値観の相違も考えなくてはなりません。しかし、こうしたことは現代においても起こりえることで、二人の別離はしかたがなかったのかもしれません。モラエスと亜珍の物語は、世紀末の西洋と東洋の邂逅による恋として、記憶に留めるべきでしょう。

おヨネ

おヨネは、モラエスが来日してから知り合い、神戸での領事時代、共に暮らした女性です。彼女の死後、モラエスの追憶の人として作品に描かれています。おヨネの本名は福本ヨネで、一八七五（明治八）年に徳島市富田浦町に生まれています。大工をしていた福本只蔵とカツの三女で、トヨ、ユキという姉がいました。家は裕福ではありませんでしたが、母親のカツは三味線の師匠をしており、娘たちにも三味線や踊りを習わせていたそうです。おヨネは、芸事の筋がよく顔立ちも勝れていたため、ある程度の年齢になると、将来家計の手助けになるとして、神戸か大阪に芸者見習いとして家から出されました。地元で芸者になるよりも、大都市の芸者置屋で修行するほうがその後の収入が多いという理由からでした。少女だったおヨネが、どのように修行時代を過ごし、一本立ちの芸者になっていったのかはわかっていません。また、芸者となったおヨネがいつどこでモラエスと出会ったのかもはっきりしておらず、推測するしかありません。モラエスは、一八九三年から九六年にかけて毎年日本を訪れていて、この間におヨネと出会っている可能性があります。一九一六年に執筆された「コハル」の中に、二十年前に大阪の宝石店で指輪を買っておヨネに贈ったという記述があります。二十年前は、一八九六年

福本ヨネ

に当たり、モラエスが新船用の兵器購入のため大阪の砲兵工廠に長期出張していた時期と重なります。すると、指輪を求める場合、サイズを合わせる必要からモラエスはおヨネを同伴したものと思われます。すると、おヨネは当時、大阪松島の遊郭に属していた可能性があります。モラエスは、一八九三年から出張の度に大阪を訪れていて、息抜きのために通った遊郭の料亭で初めておヨネと出会ったのかもしれません。そうして、おヨネをたいそう気に入ったモラエスが、西洋の習慣に従って指輪を贈ったと思われます。残っているおヨネの三十代の写真を見ると、目もと涼しい、細面のそそとした美しい女性で、どこか頼りなげな風情を漂わせています。モラエスは、おヨネの容姿について触れていませんが、小さくしなやかな手、日本人形のような優雅な姿に女性美を感じたのでしょう。その上、おヨネの職業柄身についた接客への配慮、控え目で優美な立ち振る舞いがモラエスを魅了したと思われます。

モラエスはその後、一八九九年に神戸・大阪ポルトガル領事館領事に就任しますが、翌年におヨネ

を落籍します。外国人に落籍されることに、おヨネは躊躇と不安があったはずですが、モラエスの社会的地位と安定した収入、何よりも自分への誠実さから承諾したと思われます。二人は、神戸の生田神社で日本式の結婚式を挙げたと一説では言われています。写真も残されていないためこれが事実かどうかわかりませんが、日本式の式を挙げたとしたら、おヨネの家族の希望と和式の結婚式にモラエスが興味を抱いたからかもしれません。モラエス四十六歳、おヨネ二十五歳の時でした。おヨネとの同棲を機に、モラエスは領事館を外国人居留地にあった神戸の海岸通りから、北の山側に移し、おヨネと共に領事館近くの私邸で暮らします。立場上、おヨネはあくまで愛人であり正式の妻ではありませんでした。モラエスも対面上、おヨネを〈料理女〉と書簡では呼んでいますが、同棲している以上、現地妻としての地位を与えられたと考えられます。事実、おヨネの死後、徳島で書かれた遺書でモラエスはおヨネのことを〈愛しき伴侶〉と書いています。モラエスはおヨネを愛しており、常に身近に置いておきたかったのでしょう。またおヨネも、モラエスの立場を理解し、モラエスに尽くすことで彼の愛情を受け入れ、精神面を支えたと思われます。時間が許せば、二人は近くの神社や山の麓《ふもと》を仲睦まじく散策したとのことです。おヨネは、恐らくモラエスが中国に残した亜珍と息子たちのことは知らなかったし、モラエスもおヨネにそのことを話さなかったろうと思われます。一九〇一年の初夏には、おヨネの希望に沿って、二人は四国高松の金比羅宮に立ち寄り、徳島に向かう小旅行に出かけます。実際はおヨネの里帰りですが、一度も足を運ぶ機会のなかった金比羅詣でをすることで皆の健康と家内安全を祈りたかったのでしょう。また、因襲的な風土の地方都市徳島を外国人と訪れれば、人々の注視を浴びることはわかっていたはずですが、おヨネは覚悟を決めていたと思われます。領事となったモラエスは、公務や執筆で多忙の毎日を過ごしていましたが、亜珍との問題を抱えていたものの、おヨネを得たことで比較的平穏な生活が送れたと思われます。

しかし同棲を始めてから数年後、もともと体が丈夫でなかったおヨネは脚気による心臓病を発症してしまいます。モラエスは心配し、おヨネの体を気遣いますが、寝たり起きたりの状態になってしまいます。おヨネの具合が悪くなれば、看病のため徳島から姉のユキを呼び寄せました。おヨネの病状は一進一退で、小康状態の時にはモラエスと外出もしたようで、一九〇九年の夏には盆踊り見物のため徳島にまで出かけています。この年は、豪雨による洪水のため中止となりましたが、おヨネはモラエスに郷里の盆踊りの熱狂を体験させたかったのでしょう。おヨネの病状は次第に悪化しますが、亡くなる年の一九一二年の六月、二人は須磨の敦盛塚に最後となる外出をします。この散策は、後に『おヨネとコハル』の一編「敦盛の墓」で印象的に語られています。それはある晴れた日のことで、淡路島がくっきりと浮かび、白い帆船が海をよぎる海辺の松林を、二人は暖かな微風に吹かれながら歩を進めます。そして、源氏との戦いに敗れた平家の若き公達敦盛の墓に参り、墓石の御影石に仲良く手を当てて、死者の霊の存在を生きているかのように感じます。帰り際、二人は近くの茶店に立ち寄り、おヨネはそこで求めた桃をおいしそうに口にします。そうして二人は、気分晴れやかに、笑いながら帰途につきます。二ヶ月後、病状が悪化し、おヨネは帰らぬ人となりました。三十七年の生涯でした。

おヨネにとって、モラエスはどのような存在だったのでしょうか。芸者修行に出た以上、将来は芸事で生きていくか、身請けされてその主人を頼って生きる道を考えたはずです。また、好きな人との結婚も夢見たかもしれませんが、くるわ芸者では普通の結婚はなかなか難しいと思っていたはずです。そこに現れたのがモラエスでした。何度も会ううちに、おヨネはモラエスの優しさと誠実な人柄に好感を持ちますが、いざ身請け話を出されると、戸惑い悩んだと思われます。地位や経済力はあっても相手は外国人、世間の目はあるし、現地妻の立場では将来への不安もあります。しかし最終的に、おヨネはモラエスの申し出を受け入れました。おヨネは健康に問題があり、この先を考えると、お金と安定した生活は必要なものでした。それだけなら、外国人のモラエスでなくともいいわけです。しかし、モラエスにはおヨネへの優しい愛情とヨネの信頼に足る人間性があったのです。おヨネは自分の気持に忠実に従い、モラエスの愛情に応えたと思われます。一方、モラエスはおヨネをどう見たのでしょう。既に述べたように、任務で日本に出張中おヨネと出会いますが、モラエスにとって、はじめは滞在中の息抜きであり気晴らしであったと思います。しかし、出会いを重ねるうち、おヨネの容姿、立ち振る舞いだけでなく、控え目な人柄に惹かれていったのでしょう。おヨネは、マリア・イザベルとも亜珍ともまったく違ったタイプの女性でした。おヨネは、マリア・イザベルのようなヨーロッパ人としての教養を身につけていたわけではありませんでしたし、亜珍のようにハーフの雛鳥のような魅力もありませんでした。しかしおヨネは、日本の奥ゆかしい常識と昔ながらの価値観を体得していました。モラエスは来日してすぐに、ヨーロッパや中国社会にいないタイプの日本女性に魅了されますが、自分が愛したおヨネに日本文化を理想的に具現化した姿を重ねたのでしょう。モラエスは、おヨネを日本文化の化身のように思い、愛情を注いだのではないでしょうか。モラエスは、おヨネについての個人的批判は一切口にしていません。おヨネを亡くしてからのモラエスは、おヨネの命を救えなかったことを、悩み、苦しみますが、最期までおヨネを追慕し続けます。

モラエスとおヨネの恋愛は、個と個がぶつかり合う、激情的なものではありませんでしたが、ポルトガルと日本の穏やかな融合がもたらした恋愛と言えるかもしれません。

デン

デンは、本名永原デンといい、おヨネが亡くなってから、神戸で半年ほどモラエスと同棲した女性で、モラエスの死後、多額の遺産を分与されています。デンは、一八八八（明治二一）年に島根県出雲の今市町で、父永原政之助、母タヲの二女として生まれています。生家は、はっきりしませんが酒屋か米屋を営む商家だったとのことです。家業はデンの兄が継ぎ、年頃になったデンは、手先の器用さを生かして町内の呉服屋の仕立ての仕事をしていたそうです。そうしている内に、呉服屋に出入りしていた京都の同業の番頭に誘われ、京都に出ます。しかし、番頭にだまされ三重の四日市の遊郭に売られたとのことです。そしてその後、神戸福原の遊郭に移ったようです。デンとモラエスが知り合った時期ははっきりしませんが、おヨネが体を壊してから、神戸の遊郭で出会ったのではないかと思われます。そして、おヨネが死亡した一九一二年八月の時点で、デンは遊郭での年期が明けたか健康を害したかで遊郭を離れていたと考えられます。一方、モラエスはおヨネの死に打撃を受け、共に暮らした家にいることに耐えられず、九月のはじめに転居してしまいます。そして、口入れ屋の斡旋で女中兼愛人として人を雇います。それが当時二十四歳のデンでした。おヨネの死亡からデンを雇い入れるまで間もないことから、モラエスとデンが、ヨネの生存中から関係を持っていたと考えると、自然な流れではないでしょうか。結果として、デンの若さがモラエスの愛する人を失った心の痛手を慰めたのは確かでしょう。写真で見ると、デンはおヨネとは異なったタイプで、女性としての色気が感じられます。モラエスの死後、遺産を受け取りに徳島に出向いた際、デンと会った人は、きれいな人で上手ものと評していますから、デンは社交的で如才ない面があったと思われます。おヨネとは違った意味で、モラエスはデンに惹かれたのでしょう。こうしてモラエスとデンの同棲が六ヶ月ほど続けられますが、翌一九一三年の三月の末か四月のはじめ、体調を崩したのか、デンは出雲に帰郷します。体調がすぐれないのであれば、神戸で治療が可能ですが、モラエスの引退後、出雲で余生を送る話がデンとの間に交わされたのかもしれません。帰郷後、デンからモラエスへ何通かの手紙が届き、その中でデンは、モラエスの出雲移住の誘いと、生計のためたばこ屋を開きたいこと、そのための資金と家を借りるお金が必要である旨が記されていました。デンの仮名書きの手紙がモラエスの遺品にあったことが確認されていますから、モラエスは引退後、敬愛するラフカディオ・ハーンの住んだ松江からそれほど遠くない出雲移住が選択肢の一つとしてあったと考えても不思議はありません。しかし、モラエスが引退地として選んだのは、おヨネの墓のある四国徳島でした。

帰郷してからのデンは、こじんまりした家に住み、薬や茶を商う店を出して暮らしを立てていたそうです。モラエスはデンの手紙に返事を出し、資金援助をすることで出雲に行かないことへの償いをしたのかもしれません。モラエスが徳島に移ってから、デンとの交流は絶たれますが、デンはモラエスとの関係が切れたものと考え、自分の人生を歩み始めたのでしょう。その後デンは、一九二二（大正一一）年九月、三十四歳で同じ町の雑貨商矢田新吉、四十六歳と結婚

永原デン

入籍します。夫の新吉は、再々婚で既に三人の子供がいて年の差もありましたが、世慣れた者同士、仲の良い夫婦であったとのことです。デンは、モラエスがデンへの遺産分与の遺書を書いていたことを知らなかったでしょうし、モラエスもデンが結婚したことを知らなかったはずです。時代は昭和へと移り、昭和四（一九二九）年七月、モラエスは徳島の自宅で、誰にも看取られることなく事故によりその生涯を閉じます。デンは四十一歳になっていました。

モラエスの死後、ポルトガル語で書かれた正式の遺書が発見されました。そして、遺産相続人の中にデンの名が記されていたため、一大ニュースとなりました。『山陰新聞』で、デンが元神戸大阪駐在ポルトガル領時モラエス氏の若き日の愛人であったと紹介され、記者のインタビューを受けたデンは、モラエスとの思い出と自分の来歴を殊勝な様子で語っています。デンにとって、この遺産贈与は晴天の霹靂《へきれき》であったことと思います。遺書の内容は、デンが生存している場合、モラエスの息子たちへの遺留分、その他を除く一切をデンに贈るというもので、現在の金額で何千万円にも上る高額な遺産贈与でした。身元確認ののち、デンは夫とともに神戸のポルトガル領事館に出向き、遺産分与の説明を受けます。そして、翌年のはじめごろに遺産を受け取ります。モラエスと別れてから十六年後に贈られた遺産でした。その後デンは、モラエスへのお礼墓参のため徳島を訪れます。デンにしてみれば、新聞記事で報道されたように、「思わぬ福音ころげこむ」といった驚きの心境だったでしょう。

モラエスのデンへの遺産贈与について、モラエスの心の内を読むことはできませんが、推測すれば次のように考えたのかもしれません。自分が最も精神的に生きた国は日本であり、ここ日本で人生を完結したい。残る遺産については、生活にそれほど困っているわけではない妹に遺産分与をする必要はない。息子たちには遺産の遺留分が渡されるので、それ以上余分に分配したくない。問題は、残りの遺産を誰に分与をするかである。おヨネとコハルは既に亡くなっているから遺産分与はできない。するとと、残るは出雲にいるデンしかいない。一度は出雲で共に暮らそうと考えたこともあったが、出雲へは行かなかった。それにデンは、短い間ではあったがよく尽くしてくれた。それなら、デンに遺産を贈ろうと。

モラエスは、死の十年前の一九一九年八月に正式の遺書を書いていますが、当時から自分の健康状態に不安があり、近い死を意識して、身辺整理と葬儀の仕方、遺産分割を指示していたことがわかります。

デンの消息は、その後途絶えますが、遺産贈与により経済状態が好転したことで、なに不自由のない生活を送ったものと思われます。婚家矢田家の遺族の話によると、デンはお茶の師匠をしていたそうです。またデンは、外国人の愛人であったという人の目をうとましく感じたのか、周囲の人と和そうとはせず、神戸時代の生活を忘れられないようだったとのことです。モラエスが亡くなってからほぼ六年後、デンは肺炎のため、四十七歳で亡くなります。

デンはモラエスとたった半年ほどの同棲で多額の遺産を受け取ったため、モラエスをだました悪女のように思った人もいたようですが、モラエスの遺書のことはまったく知らなかったわけで、決して悪女とは言えません。自分の紆余曲折の人生に偶然に訪れた幸運に、ただ驚き喜んだのでしょう。デンは、モラエスの月命日には、僧侶を呼んで亡くなるまで欠かさず供養をしています。デンがモラエスに愛情を抱いたのかどうかはわかりません。恐らく、神戸での生活のためモラエスを受け入れたのでしょう。デンにはモラエスへの手紙の書きようから、教養があったとは思えませんが、生きるたくましさが感じられます。一方、モラエスにとってのデンは、おヨネを失った寂しさを慰める存在であり、デンの若さと如才なさがモラエスを惹きつけたのでしょう。デンは、短い間の愛人に過ぎませんでしたが、モラエスにおヨネとは異なる日本の異国情調を見せてくれたのです。そして、デンの懐かしい面影が、モラエスの遺産分与へとつながっていったのです。

コハル

コハル、本名斎藤コハルは、おヨネの姉ユキの娘で、モラエスの徳島時代に三年ほど同棲した女性です。コハルは、一八九四（明治二七）年に、おヨネと同じ徳島市富田浦町で生まれています。父斎藤寿次郎と母ユキの間の八人兄弟の長女でした。父親は、大阪─神戸─徳島航路の汽船の料理人をしていて、母親は、子だくさんの家の家計を支えるため手内職をしていました。家が貧しいため、コハルは尋常小学校を終えると、市内の料理屋の手伝いに出されました。コハルは、少女時代からモラエスのことを知っていました。神戸にいる叔母のおヨネが体調を崩すと、モラエスに頼まれ、母のユキと看病のために神戸に出向くことがあったからです。コハルが、モラエスのことをどう思ったかわかりませんが、はじめは恐らく、体の大きな外国人に威圧感を覚えたことでしょう。

一九一二年に叔母のおヨネが亡くなり、翌一三年の七月にモラエスが徳島に移住してきます。この時、モラエスは五十九歳で、コハルは満年齢でまだ十八歳でした。モラエスは、市内伊賀町のコハル名義の借家に落ち着くと同時に、コハルと同棲を始めます。モラエスの徳島移住前に、母親のユキがコハルを説得して、女中兼愛人としてモラエスの家に入ることが決まっていたのでしょう。当時、コハルには幼馴染みの恋人がいたうえに、世間の狭い地方都市で年寄りの外国人の愛人になることには大きな抵抗があったはずです。しかし、斎藤家は貧しく、一家の生活のため母親の説得を泣く泣く受け入れたと思われます。新しい借家で、料理や洗濯などしたことがないであろうモラエスのために、コハルは掃除、洗濯、食事の世話を受け持ちます。若いとはいえ、コハルは当時としては立派な大人、手当てに見合う仕事はこなしたはずです。コハルについてモラエスは、「健康を売っているかと思われるような、背が高く、小麦色の肌をした、陽気な、生き生きとした娘であった。美人とは言えなかっただろう。それとはほど遠かった。だが、ほっそりとした横顔、街の子らしいきびきびとした動作――彼女はもっぱら街中で育ったのだった――、眼差しの飾らぬ愛らしさ、二列の真っ白い小さな歯並みを見せ、弓形の口元に絶えず浮かぶ微笑、形のよい手足に魅力があった」（「コハル」）と語っています。実際の写真で見ると、コハルは髪の豊かな、ふっくらとした体形で、叔母のおヨネの顔立ちとは異なりますが、可愛らしくて活発な下町娘といった感じです。モラエスは、コハルに若く健康的な生命力の息吹を感じたのでしょう。

斎藤コハル

モラエスは、徳島に隠棲することで、他人に煩わされない平穏な暮らしを得たわけですが、コハルのほうは、恋人がいながらモラエスとの同棲生活でしたから、割り切ったものの心の葛藤あったとしても不思議はありません。同棲し始めてしばらくすると、コハルは妊娠し、翌年四月に男の子を出産します。しかし、子供は未熟児で、その日の内に死亡してしまいます。子供がモラエスの子であったか恋人の子であったのかはっきりしていませんが、モラエスが亡くなった子供を見せてもらえなかったことから恋人の子であった可能性が高いと思われます。この年、一九一四年の八月、日本は第一次世界大戦に参戦し、モラエスとコハルの生活にも影響をおよぼします。日本は、日英同盟を理由にドイツに対し宣戦布告をしましたが、モラエスはドイツのスパイと間違われ、外出時に罵られたり、家に投石されたりしました。コハルも洋妾と後ろ指を差され、中傷されます。神経をすり減らしたコハルはいたたまれなくなり、実家に帰ったり、無断で外泊したりしました。恐らくこの時に、恋人との関係が再び復活したのでしょう。コハルは再び妊娠し、翌年の九月に男児を出産します。この子供はモラエスの子供ではなく、コハルの両親の子として入籍しますが、三歳で事故死してしまいます。モラエスは、コハルの身持ちの悪さに怒り、実家に帰しますが、それでもコハルと別れようとはしませんでした。コハルに不快感を覚えたものの、身近に誰もいなくなってしまうことをモラエスは恐れたのかもしれません。一方、コハルにとってモラエスと別れることは、実家を助ける収入を失うことを意味し、複雑な心境だったと思われます。翌年の一九一六年の六月になると、コハルは体の不調を訴えるようになります。貧しさのため栄養状態がよくないことに加え、出産、育児で体の抵抗力が落ちたためでした。医者に診せると、肺結核という診断結果でした。モラエスは、コハルを療養のため伊賀町の家に連れ戻します。しかし、病状は回復せず、八月の盆踊りの初日に、市内の古川病院に入院してしまいます。実家の家族は、仕事や家事で手一杯のため病院に自由に行くことができず、モラエスが毎日のように病院に通います。モラエスは、コハルが病院内で必要な品をそろえ、食べ物を差し入れます。さらに、コハルの身の回りや食事の世話をする付き添いの看護婦を雇います。モラエスは、コハルの体に痛い所があれば手を当て、痛みが去るまでさすり続けました。食欲不振の時には、口当たりのよい物を持参しました。また、コハルが季節はずれのすいかをほしがると、街中に出て探し求めました。モラエスは、コハルの病院での悲しい境遇と子供や家族と離れた不安を、少しでも慰め、励まそうとしたのでした。モラエスのコハルへの態度は献身そのものでした。モラエスは、自身の気持を、病気でやせ細ったコハルを見て自然に発生した、愛ではない感情の絶頂に達した何とも言えない憐憫の情であると分析しています。しかし、それこそモラエスのコハルに対する愛情の発露であったと思われます。

モラエスの懸命な介護にもかかわらず、入院から二ヶ月足らずの十月のはじめに、コハルは正午の号砲とともにこの世を去ります。二十一歳（享年二十三）の短い生涯でした。コハルはモラエスにとって、お金のためとはいえ、多少とも敬意を持って世話をしてくれ、孤独な生活を慰めてくれた存在でした。また、元の恋人と関係があったことを不快に思ったものの、自分の老後を託せる唯一の女性だったと思われます。一方、コハルはモラエスのことをどう思っていたのでしょう。コハルは、叔母のおヨネの看病ため神戸に何度か行ったことがあり、モラエスがポルトガルの外交官であり、偉い人だと知っていました。しかし、徳島でのモラエスは、職も地位もない年老いた外国人でしかありません。そしてコハルは、その外国人に雇われた女中であり愛人です。当時の徳島には、きつい世間の目と外国人への偏見がありました。そんな中で、恋人がいたコハルがモラエスに愛情を抱いたとは思われません。一家を助ける仕事として、モラエスの世話をしていたのです。貧しさゆえの悲劇と言えましょう。

コハルは、富田浦の貧しい庶民の家庭に生まれ、街の子として元気に育ち、恋もしましたが、体を壊し、短い一生を終えました。モラエスが言うように、「現れたと思ったらたちまち去ってゆくはかない仮の春」(「コハル」)そのものでした。しかしながら、コハルの短い生涯は、モラエスというポルトガル人の筆によって、私たちの記憶にとどまることになったのです。コハルはモラエスの旧居近くにある潮音寺の墓地で、モラエスと一緒に眠っています。

モラエスの文学と主要作品

モラエスの文学

　モラエスは作家としては遅咲きで、四十歳を過ぎてから日本で開花しています。モラエスの作品は、『日本通信』の六巻を含め十六冊におよびます。作品の大部分は日本をテーマにしていて、本国ポルトガルの読者に日本を紹介、解説しています。

　モラエス作品をその内容から分類するのはなかなか難しいのですが、現地取材による報告を中心としたルポルタージュ、文学的要素が加わったルポルタージュ文学、日本研究よりなっていると考えられます。ただし、モラエスの文学作品には、ルポルタージュ、日本研究が同居していると言っても過言はありません。

　最初のルポルタージュは報告文で、その分野は地理、歴史、芸術、文学、宗教、生活、社会・政治・経済と、日本のすべてに渡っています。その代表的な作品は、神戸時代に書かれた『日本通信』です。この作品は最初、新聞に掲載された通信文という性質上、文学的配慮はほとんどされてなく、内容は多岐に渡るものの、読者の求める日本の政治、経済、社会情勢についての報告・分析が多くなされました。とは言うものの、全体的にはこの作品は幅広い日本レポートと言えるものです。

次のルポルタージュ文学は、モラエス文学の生命線で、自身の現地での体験、取材で得た知識を基にした印象記、紀行文、日記、随筆、物語とさまざまです。そして、モラエスの文学を際立たせているのが、未知の文明へのエキゾチシズムとポルトガル人の伝統的民族感情サウダーデです。エキゾチシズムは、未知のものを知りたいという誰もが抱く感情で、人間の本能に根ざしたものですが、当時の時代状況がかかわっています。産業革命以来、技術は進歩し社会は飛躍的な発展を遂げましたが、利潤を追う余り人間疎外の現象が現れました。十九世紀後半のヨーロッパには、自分たちの文明に信頼感を失い、人間としての新たな美的、精神的価値を東洋に求める者が現れました。モラエスもそうした人の一人でした。一方、サウダーデは十三世紀以来、ポルトガル人に受け継がれた伝統により培われた民族精神で、過去に愛した人、ものを想起することで生じるさまざまな感情の総称です。モラエスもポルトガル人である以上、喜びと苦しみの入り混じった人間らしいサウダーデという憂愁の感情を受け継ぎ、それが文学作品に投影されています。

モラエスが最初に執筆した『極東遊記』は、ルポルタージュ文学としての極東印象記そのものです。神戸時代の作品『大日本』、『日本夜話』も日本研究を含めた日本の印象記と考えられ、日記、随筆の形式は見られません。後の徳島時代に書かれた『徳島の盆踊り』も徳島に取材した随筆風の内的印象記と言える作品ですが、神戸時代の作品とは異なり、モラエスの生活と人生哲学がはっきりと投影されています。モラエスの執筆方法は、折に触れての印象を短い覚え書きにし、長い思考を避けるために行間で切り、あとで配置するものでした。『土佐日記』、『枕草子』、『方丈記』、『徒然草』といった日本の古典文学から影響を受けたと、『盆踊り』の中でモラエスは語っています。その影響からか、『徳島の盆踊り』には、隠棲者の心境を随筆として語った部分と執筆の日付が打たれた日記形式の部分があります。また、この作品全体のメインテーマである人間の死とそれをめぐる日本文化研究をレポートしたものが、随筆形式と日記形式の間に挿入されています。一方、同じ徳島時代の『おヨネとコハル』は、独立した短編集ではありますが、現地での体験、取材を基にしている以上、これもルポルタージュ文学の範疇に入ります。この作品集において、モラエスは亡きおヨネやコハルを中心に据え、自分のあるがままの姿を語っているため、「コハル」のように私小説と感じられる短編がありますしかし、フィクションはなく事実の世界に踏みとどまっている以上、私小説とは言えません。しかしながら、登場人物がサウダーデというポルトガル人の民族感情の調べに乗って見事に蘇り、完成度の高い文学的作品となっています。この作品集の何編かは、ルポルタージュ文学に新たな息吹と可能性を吹き込んだ感がします。

最後の日本研究については、『日本史瞥見』、『日本精神』の二作品があります。『日本史瞥見』は、世界史に登場した新興国日本の歴史をまったく知らないポルトガルの読者への歴史ガイドブックといった作品です。モラエスは、本格的な歴史研究をしておらず、先輩の西洋人の手による歴史書を下敷きにしました。そのため、方法論、題材の選択、説明の仕方のどれを取っても不十分でした。現代では、この作品は価値を失っていますが、本国の読者には、モラエスの平易な語り口による日本史点描が役立ったものと思われます。一方、『日本精神』は日本文化史の流れを日本人の精神面から捉え、解明しようとしたものです。モラエスは、日本人の思考、行動原理の根本にある没個性の特質とその表れを家族という単位から社会、文化全体に広げ解説しました。当時の分析としては納得のいく面もありました。しかし、現代では西洋の功利主義、個人主義が日本人に浸透していて、没個性だけで日本人の精神的特性を説明できなくなっています。モラエスの日本研究は、独自の理論を打ち立てたわけではなく、同時代の外国人研究者の研究を利用したにとどまっていました。

　では、モラエス作品の魅力や価値はどこにあるのでしょうか。それは、生命線であるルポルタージュ文学作品を通して感じられる、モラエスの人間としての真摯な生の軌跡にあります。確かに神戸時代までのモラエスの作品は、旅行者として、滞在者として、現地の自然、歴史、芸術、文学、社会はもとより、生活における珍しいもの、異国情緒あふれるものを、きらびやかに、絵画的に読者の興味を惹きつけるように描いています。また、庶民に同情、共感する暖かい眼差しが終始感じられます。西洋人が当時の中国や日本をどう捉えたのか、その意味では興味が引かれ、文章の流麗さに魅了されます。しかし、それまでの作品には、筆者の情熱は充分に感じられるものの、報告的印象記の枠を超えるものではありませんでした。ところが、徳島時代のモラエスの作品には、今までのような華やかな印象は影を潜め、地味ではありますがより深い印象が、自らの体験を通して語られます。もちろん、ルポルタージュ文学ですから報告的要素が中核にありますが、単なる外側からの報告的印象記とは別物になっています。その理由は、モラエスが長い間日本に住み、人生の悩み苦しみを経験したこと、一市井人として暮らし、庶民の側からの視点を得たことにあると思われます。しかしながら、愛する日本にいてもモラエスは西洋人、それも肩書きも地位もない一介の異邦人にしか過ぎませんでした。現地の人々に好意的に受け入れられるはずもなく、心の内に葛藤があったと思われます。それでも、受け入れてもらえない悲しみの感情を内に秘め、庶民を冷静に観察し、共感と同情を持って庶民を語りました。モラエスは、そうして日本のより深い印象を獲得しました。さらにモラエスは、日本の深い印象を語るだけでなく、自分自身の喜び、悲しみ、苦しみを素直に、またある時は、控え目ながら心の内を語りました。引退後のゼロからの人生の再出発、周囲を気にすることのない自由な生活、自然との共感、ささいなことに見出す喜び、また、愛する人を失った苦しみ、孤独と寂寞、老いと死を語りました。モラエスは、人間が〈生きる〉とは何か、人間の〈死〉とは何かを身をもって示してくれたのです。モラエスは、人種の壁は越えられないと語っていますが、死に至るまでの人生をいかに充実して生きるかは、西洋人、東洋人だけの問題ではなく、すべての人間に共通する問題です。現代にも通じるこうした問題を、モラエスは提起してくれているのです。

モラエスの作品は、明治、大正の日本と日本人のありさまを生き生きと垣間見せてくれるだけでなく、日本の庶民の生き方に触発されて自分自身を語ることで人間本来のあり方を示してくれているように思えてなりません。そこにこそモラエス作品の魅力と価値があるのです。では、モラエスの主要作品を紹介しましょう。

モラエスの主要作品

『極東遊記』

モラエスの最初の作品集で、一八九五（明治二八）年にリスボンで出版された、東南アジア、中国、日本についての印象記です。この作品が出版された時は日清戦争の最中で、アジアの大国清に挑む新興国として日本が注目され始めた時期でした。作品集は、リスボンの新聞に掲載されたものを含み、一八八八年から一八九四年の間に執筆された二十二編の短編よりなっています。ただし、後の版では一八八五年に書かれた「バタヴィアにて」の一編が追加されています。内容は、〈シャム回想〉として「バンコクにて」、〈シナの思い出〉として「人力車」、「小さな足」、「キスの質問」、「もうひとりのお母さん」、「広東の川」、「カモンイスの洞窟」、「チンミン」、「通りにて」、「僕の家」、「タンカと船乗り」、「ハーフ・キャスト」、「霊験あらたかな薬」、「レプラ患者」、「小さなアファットの話」、「猛獣の格闘」、「沼地の魅力」、「皆既月食」、「ある事件」、「寺院」、「シナの最後の覚え書き」、そして最後に「日本のサウダーデ」となっています。

〈シナの思い出〉では、本国のポルトガル人の興味を引くと思われる中国の珍しいもの、異国情調あふれる風物、風習が紹介されます。西洋にない人力車、てんそくの風習、商売道具であり住居にもなる小船タンカ、墓参りの日の祭りチンミン、まじない的治療法、珍しい食べ物、寺院建築と宗教儀式、中国の自然と動植物などが興味深く描かれています。しかし、そうしたもの以上にモラエスが描こうとしたのは、そこに暮らす民衆の生活と人生でした。「小さな足」では、貧しさのためにてんそくを施される四歳の少女の運命、「もうひとりのお母さん」では、妓楼に売られた娘の生活、「小さなアファット」では、タンカで暮らす赤ん坊が台風で水死する悲劇、「レプラ患者」では、見捨てられた病人たちの悲惨きわまる情況が語られます。また、「通りにて」では、〈幸福通り〉の名称とは程遠い、異臭ただよい暗くごみごみした通りで目にした庶民の様子を描写しました。時には、生活の悲惨さだけでなく、チンミンの祭りでの庶民の飲食の楽しみや、コオロギを使ってのささやかな賭け事にも触れます。モラエスは最初の作品から、視線を庶民に向けていて、庶民を語るとき、モラエスの筆は生き生きとし生彩を放ちます。特に幼い者や弱者への眼は温かく、思いやりにあふれ、読者の共感を誘います。また、東洋人を描くモラエスの筆には、尊大さや自己過信は見られず、むしろ人間の悲惨さを直視することで生じた悲しみや憐憫の情がにじみ出ています。モラエスは文章を書く場合、粉飾や脚色は一切していませんが、私事に触れる場合、公職に就いている立場上、事実を変えたりしています。「もうひとりのお母さん」で登場する中国人の少女は、モラエスが同棲した亜珍で、中国人とデンマーク人との混血児でした。しかし、作品を書くにあたり、自分が愛人として契約したとは書けず、亜珍の相手をヨーロッパ人の船乗りとし、亜珍も中国人として描きました。そして、モラエスは自分を当事者ではなく、第三者として登場させ話を進めました。自分を第三者とすることで、かえって冷静な客観的描写が可能になったと思われます。

最後の「日本のサウダーデ」は、一編だけでこの作品集全体の約四十パーセントを占め、モラエスがいかに日本に傾倒したかがわかります。長崎に着くとすぐに、モラエスは気も狂わんばかりに日本を愛し、ここで余生を送りたいとまで姉への書簡で語ります。モラエスと日本は、運命的出合いを果たしたのです。どうしてモラエスが日本をこれほど気に入ったかと言うと、それは中国と日本の印象のコントラストにあったと思われます。モラエスが見た中国の自然は、壮大であるものの、特定の場所を除き緑は少なく単調で、背景の山は禿山です。居住区には貧しい人々が群れ集まり、悲惨そのものの生活を送り、街は不潔で汚らしく、人間と食べ物の異臭に満ちていました。ピエール・ロティの言う〈黄色の地獄〉との印象を、モラエスも抱いたのでしょう。一方、日本の自然は、壮大さはないものの穏やかで、山々や田野にあふれる緑、瀬戸内海に浮かぶ島々の絵のような風景、ささやく小川、清らかな滝の水、優雅ですらある花や昆虫と、平和な光景そのものが目に映るのでした。そこで暮らす人々の生活も、貧しくとも健全に見え、生活の静かな調べはモラエスには心地よいものでした。さらに、日本の街路や家屋は清潔この上なく、家の家具や日用品にも自然の意匠を巧みに取り入れ、たとえ家の小さな庭でも自然との調和を見せていました。モラエスにはすべてが芸術作品に見えたのでした。またモラエスは、女性の着物や帯の模様や色彩の美しさに驚き、着物を着こなし、優美な立ち振る舞いを見せる愛らしい日本娘にうっとりしました。こうした日本の印象を、モラエスは恋に陥った人のように「日本のサウダーデ」で本国の読者に伝えています。

『極東遊記』は、中国と日本の印象を中心にまとめた印象記です。日本を除く中国での印象記は、六年に渡って執筆されていて、滞在者としての体験から生まれたものです。ですから、読者の興味に応え、珍しく異国情緒あふれる話題を提供し、冷静な観察と分析でそこに生きる人間を浮かび上がらせています。モラエスは、最初の作品から文学で人間研究を目指していたのではないかと考えられるほどです。一方、日本の印象記は、日本に魅了された短期旅行者の印象であり、文章は華やかかつ軽妙で、熱い情熱を感じますが、美しい絵画を見るようでまだ陰影のある人間の姿を描けていません。モラエスがより深い日本の印象を得るには、長い時間と多くの経験を要するのでした。ともあれ、『極東遊記』は、文学者としてのモラエスを誕生させた記念すべき作品集と言えましょう。

『大日本』

『極東遊記』出版から二年後の一八九七（明治三十）年、次作として刊行されたのが『大日本』です。この作品は、インド航路発見四百年記念の国家行事の一環として、リスボン地理学協会から出版されました。国家プロジェクトの一つであったことに加え、日本が大国清との戦争に勝利したことで日本への興味が高まっていたため、本国で好評を博しました。『大日本』は、モラエスにとって大作であり、「日本のサウダーデ」を進めた日本の印象記であると同時に、歴史、美術の日本研究の面も備えています。

作品の構成は、祖国を離れて　序曲、第一章　歴史、第二章　工芸―美術、第三章　生活―最初の瞥見、第四章　生活―最後の印象　よりなっていて、『極東遊記』より詳細であると同時に、体系的に日本の不可思議な姿を捉え、解説しています。

〈祖国を離れて　序曲〉では、伝染病のためマカオで死亡した友人の話を挿入し、『大日本』が書かれた経緯を説明します。モラエスは、この不幸な友人が逃げるように故国を離れ、アフリカ、アジアをめぐり、極東のマカオに流れ着いた事情、過去の追憶と異国情調に生きる仲間として親密になったいきさつを語ります。その後モラエスは、世間ののけ者であるこの友人が日本を訪れ、日本についての著作『大日本』を執筆しようとしていたことを知ります。そして、友人の遺志を継いで『大日本』を執筆したとモラエスは打ち明けます。この友人のモデルが誰であったのかはわかりません。ただ、マカオ時代の友人に、モラエスが兼務した中等学校リセの同僚であった象徴主義詩人カミーロ・ペサーニャ（一八六七―一九二六）がいました。この異端の詩人とモラエスは気が合い、個人的に親しくつきあっていました。恐らくモラエスは、疫病で亡くなった知人と友人のペサーニャを重ね、架空の人物を創り上げ、さらに自分自身を重ねたのかもしれません。モラエスがなぜこうした文学的手法を用いたのかよくわかりませんが、読者の興味を引くためと、自分自身のこれまでの心境を語りたかったのではないでしょうか。また、表題の〈大日本〉については、先の友人が決めていたとモラエスは言いましたが、さらなる説明によると、日本人が「偉大な」という意味で〈大日本〉と一般的にそう呼ぶと説明しています。確かに、江戸時代から『大日本史』、『大日本沿海輿地全図』という呼称が使用され、一八八九年には大日本帝国憲法が発布されています。どうやら、明治の初期から庶民の間でも、〈大日本〉という呼び方が一般化していたようです。モラエスは、〈大日本〉という呼称が、小国ではあるものの卑屈にならず、一般の庶民までが自国の文化、伝統、民族精神に誇りと自信を持ち、国の発展を無条件に信じている日本人にふさわしいと思い、表題の冒頭を敢えて日本語で「大日本」としたのでしょう。

〈第一章　歴史〉では、日本史の知識がまったくない読者に、神話時代から明治の日清戦争に至るまでの歴史を概説します。中でもポルトガル人の来航、ザビエルによるキリスト教布教と南蛮文化の影響では、当然のことながらポルトガル側からの視点で語られます。また明治以降、西洋文明が大量に流入することで日本文化の独自性が損なわれることをモラエスは危惧しています。国家の歴史は、国民の独自性、自立性、精神性を培うものと考えたのです。モラエスは、スケッチ風に日本の歴史を簡単に概観しましたが、ガイドブックとしても一国の歴史を記述するには資料も内容も充分とは言えないものでした。

〈第二章　工芸―美術〉では、日本の芸術の魅力は、地勢や気候などの風土の条件から生じた、日本人の自然崇拝にあり、自然界に躍動する生命を表現することにあるとモラエスは言います。モラエスはまず、芸術の母体となる絵画を取り上げます。日本画の描き方は、対象物を観察し、記憶にとどめ、その印象を描く手法で、濃淡はあっても、遠近法も陰影も必要ないとします。そうかと言って、写実性が欠けるわけでなく、花や虫、風景などを印象的に写実するわけです。また、絵巻物で描かれた人物は、一見平坦で類型的ですが、そこには把握された写実性があると説明します。色調については、自然を模し、色彩の分析できないほどの微妙な配合が見られ、時には印象による大胆な色彩が用いられることに気がつきました。そして、金色に輝く雨、真っ赤に燃える地平線、金や銀色の花弁と現実にはありえない色彩でも、自然の光の加減のなせる技でそのように感じるなら、色彩に背反していないと解説しました。モラエスは、西洋画と異なる日本の絵画の手法に感服したようです。また絵画だけでなく、家具、着物や帯、手ぬぐいに至る品のデザインと色彩も、自然の究極の再現を目指していると見ます。陶器、磁器、漆器については、中国の影響が大きかったものの、単に模倣したのではなく、長い年月と習練により模倣を超えて自然と融合した独自性があると明言します。さらに、神社や寺院の宗教建築、庭園には、自然との調和が計算された緻密性があるとモラエスは捉えました。日本の芸術は文化の高さを示す指標となると、モラエスは考えたのです。

〈第三章　生活―最初の瞥見〉では、架空の職人の娘お花さんを案内人として登場させ、庶民の視点から日本人とその生活を描写します。モラエスは、街中の平和な情景、商人の客への謙虚で親切な対応、おじぎに見られる礼節、作法、相手への気配りに好感を抱きます。また、職人の自分の技と職への誇り、肉体労働者の車夫であっても卑屈さはなく、逆に肉体の強さと走る技術を誇る態度を見て、職業人としての高い評価を下します。さらに、職場だけでなく、庶民の生活においても道徳が機能していること、清潔さが重視されることに心地よさを覚えます。そのほか、公衆浴場での入浴と羞恥心、行商人やあんまのありさまなどがレポートされます。中でも、モラエスの心を一番捉えたのは、日本娘の愛らしさでした。手足のしなやかな美しさ、愛らしい容姿と優雅な仕草、可愛らしい歩き方、笑い声、身に着けた着物や履物までが異国情緒そのものを表すのでした。絶賛する日本娘を描くモラエスの筆はとどまるところを知りません。お花さんの日本案内に続いて、日本の歳時記を解説した日本人男性尾崎の手帳のページが加えられます。手帳の中で、歳時記のほか、日清戦争後の日本社会の様子、政治情勢、中国事情の分析、日本居住の中国人の動向などがレポートされます。モラエスは、本国の読者に親近感を持たせるため、お花さん、尾崎を登場させましたが、登場人物に生彩が感じられず、文学的効果があったのかどうか疑問が残ります。

〈第四章　生活―最後の印象〉では、日本が西洋文明を受け入れたものの、外国の経済侵略に危惧を抱き始めた現状、日本人の外国人への表面的な好意の裏に嫌悪の感情が潜むことについて触れます。そうであっても、モラエスの興味は前章に続き、愛すべき日本女性の生活と人生を描くことに向かいます。日本の娘は、普通、結婚すると夫に全面的に従い、忍耐によって夫に献身すること。子供を授かると母性を発揮して子供を守り夫と子供に尽くすこと。そして、生涯を懸けて家庭を守り家の繁栄をひたすら願うという義務を解説します。その一方、妻の座に座らない芸者や娼妓《しょうぎ》を取り上げ、別の生活をする女性の異国情調の神秘を語ります。続いて、前章で書き切れなかった事柄を紹介します。庶民の楽しみである芝居のありさま、見世物小屋、宴会と日本料理、日本酒と茶、茶屋、宿屋などです。モラエスは、茶について特別の関心を寄せたようで、神戸時代に『茶の湯』（一九〇五）という作品を自費出版しているほどです。またモラエスは、日本のことわざや物語を興味深く紹介します。前章で登場したお花さんが絵入りの小冊子を愛読していたことから、日本人の識字率の高さを論じ、いくつかの説話や民話を語ります。モラエスは、印象記が単調にならないためのアクセントとして、物語を挿入したものと思われます。そしてこの章は、ある停車場での情景、汽車の旅、日光、江の島への小旅行、日本との別れとなって終わります。モラエスは、作品を書き終えるに当たり、日本人には望んでもなれないが、再び日本に戻り、そこでずっと暮らしたいとの感懐をもらします。

モラエスの『大日本』は、くだけた調子の親しみを感じさせる魅力的な文章で、日本のエキゾチックな側面を詳細に見事に映し出しています。この作品でモラエスの文名が確立したのは確かで、ポルトガル本国では、モラエスの代表作であるという評価もあります。しかしこの作品は、モラエスが日本に赴任する以前のマカオ時代に執筆されたもので、『極東遊記』の「日本のサウダーデ」を超えるものの、外国人旅行者の印象記の枠を大きく超えるものではありませんでした。

『日本通信』

この作品は、モラエスの神戸時代、ポルトガルの経済紙『ポルト商報』の社主であり、編集長であったベント・カルケージャから、日本通信員となってほしいとの依頼が、領事に就任していたモラエスにあったことがきっかけでした。日清戦争後、清国の弱体化が明らかになり、西洋列強の国々は帝国主義による侵略を開始し、中国での利権の獲得を進めました。それに対し、中国の民衆の間では排外的気運が高まり、義和団の乱（一九〇〇）が起こりました。日本を含む列強はこれを鎮圧し、逆に清国での権益を増そうとします。中でもロシアは、南下政策を推し進め、日本の大陸進攻政策と激しく対立します。日本は、対ロシア対策として日英同盟（一九〇二）を結びますが、ロシアの南下政策は止まらず、満州、朝鮮での権益を巡りロシアと一触即発の状況となっていました。『ポルト商報』としては、中国、ロシア情勢と、日葡貿易促進のため日本の政治、経済、社会、文化事情全般を、当事国に駐在する同国人のモラエスから直接に得たかったわけです。一方、モラエスとしては、日本の対外政策を把握、分析する仕事は、領事館年報の延長上にあり、通信員となることはポルトガルと日本の貿易振興の助力になると考えたのでした。こうしてモラエスは、無報酬の通信員として『ポルト商報』に記事を送り始めました。そして、送られた記事は後に、全六巻の本としてまとめられました。六巻は、第一シリーズとして、『日本通信Ⅰ 戦前 一九〇二―一九〇四』（一九〇四）、『日本通信Ⅱ 戦中 一九〇四―一九〇五』（一九〇五）、『日本通信Ⅲ 一九〇五―一九〇六』（一九〇七）、第二シリーズとして、『日本通信Ⅳ 一九〇七―一九〇八』（一九二八）、『日本通信Ⅴ 一九〇九―一九一〇』（一九二八）、『日本通信Ⅵ 一九一一―一九一三』（一九二八）となっています。記事は新聞に掲載されたため日付が打たれ、一九〇二年から一九一三年までの長期間に及び、英字新聞などから得た情報を基に、モラエス自身の体験、日本研究を加えて執筆されています。

日本通信の内容は、大きく分けると二つに分類されます。一つは、日露戦争前後とその後のマカオを含めた中国、ロシア、日本の極東情勢、当時の日本国内の政治、経済、社会事情、日葡貿易の現状と将来への展望という外交官としてのレポートです。特に日露戦争の経過や戦争前後の国内記事では、戦争への国民の気運や愛国心の世相が報告され、貴重な資料となっています。また、戦争前に大阪で開催された内国勧業博覧会にポルトガルが物産展を設けたため、モラエスは詳細な情報を送っています。もう一つは、モラエスが心に留めた日本のあらゆる分野の事象に渡る日本レポートです。四季の移り変わりと年中行事、桜やもみじに代表される花見や紅葉狩りの行楽、台風、地震、洪水、火事などの災害、天皇と日本人の民族的特性、微笑の謎、家族の形態、女性の結婚、離婚、心中、衣服や家具、うちわなどの日用品、食生活、屋台のうどん売りなどが興味深く報告されます。また、日本人の名前、日本語における擬声語、ことわざ、短歌、俳諧、説話、民話の文学、新劇、君が代の国歌、武術としての柔術などが語られます。さらに、メディアとしての日本新聞事情、日本におけるポルトガル人の足跡の歴史、日本に関する本の書評、ラフカディオ・ハーンの紹介と作品解説などが加えられています。

このように『日本通信』は、内容が非常に多岐に渡っていますが、ジャーナリスティックな視点から日本をとらえているため、文学的配慮はほとんどなされていません。しかし、文学的価値が高くないからといって、この作品を簡単に切り捨てるわけにはいきません。モラエスは、私たちが驚くような情熱と興味を持って、膨大な量の日本レポートをしてくれたのです。レポートの中には、現代の日本では失われてしまったもの、懐かしく思い出されるものがちりばめられています。『日本通信』の一つの価値は、既に述べたように、日露戦争前からの極東の国々と日本の動向を外国人の視点から報告、分析していることにあります。もう一つの価値は、二十世紀始め、明治後期の日本の社会、生活、文化が膨大な量の記事の中に収められていて、文化史的価値に加え、モラエスという作家の筆によって、当時の世相が生き生きとパノラマのように蘇ってくることにあります。

『日本通信』は、一外交官の単なる仕事の延長では決してなく、モラエスの日本への深い愛情がなした作品であると思われます。

『徳島の盆踊り』

『徳島の盆踊り』は、モラエスが公的生活を離れ、四国徳島に移住してから執筆した最初の作品です。執筆のきっかけは、『日本通信』の時と同じ『ポルト商報』の編集長からの依頼で、日本の地方都市の印象をレポートすることでした。二回の盆踊りをはさんだ一九一四年から翌一五年までの一年半のモラエスの生活と徳島での印象が、六十八回に渡り新聞に掲載され、後に一冊の本として一九一六年にポルトで出版されました。この作品でモラエスは、日本人の死を死者の祭り「盆踊り」で象徴するとともに、副題に〈内的印象ノート〉とあるように、自らの生活哲学、人生哲学を飾ることなく表に出して語りました。

『徳島の盆踊り』は、新聞に掲載されたものをまとめたため、掲載日の日付が示されているものの、特別に章立てはされていません。近年出版された新訳の章立てを利用させてもらうと、内容から、〈表題について〉、〈随筆文学について〉、〈徳島考〉、〈身辺雑記〉、〈死をめぐる日本の文化〉、〈死についての考察〉、〈徳島日記〉、〈ベント・カルケージャへの手紙〉となります。

〈表題について〉では、表題が日本語であるため、盆踊りが死者の祭りであることをモラエスは読者に説明し、人生の終盤を迎え、死を意識した時期の自らの心境にそぐう表題だと述べています。〈随筆文学について〉では、『土佐日記』、『枕草子』、『方丈記』、『徒然草』などの日本古典の日記・随筆は、すぐれた散文作品であり、自分の日記、随筆を書くに当たって影響を受けたと述べています。モラエスは、『土佐日記』から日本の日記の形式と平易で上品な言葉遣いを学び、『枕草子』には清少納言の鋭い感性と才気あふれる心理表現に驚きました。『方丈記』では、鴨長明の俗世を離れた隠者の精神と必要最低限のものだけで満足する生活態度に共感しました。また、『徒然草』では、隠遁していても世俗の事物や人間を鋭く観察し、時には処世術を説き、洗練されたユーモアを示す兼好法師の生き方に好感を抱きました。日本の随筆のように、つかの間の浮かんでは消える印象を書き留めることは楽しく、また一方、思いを引き止めることになり、モラエスの好みの執筆態度とも重なるのでした。しかし一方、長明や兼好のように俗世からの解脱や観想的な清澄さは、モラエスのような西洋人の柄ではなく、人生を達観するなどできるはずはありませんでした。モラエスは、平穏な暮らしの喜びを綴る一方、孤独や苦悩にさいなまれ、愛する人の死におののくありのままの姿を思いつくままに書き綴るのが自分の随筆であると語ります。

次の〈徳島考〉で、徳島についてのモラエス流の随筆形式の印象記が幕を開けます。徳島は「永遠の怠惰のうちに眠りこけている貧しい土地」ではあるが、人生の旅に疲れ切った心を抱える人には避難所になると語り、徳島を神々の町、仏たちの町、死者の町と紹介します。そして、町のたたずまい、歴史、気候と植物、蚊と犬の多いこと、石の文化などを淡々と語ります。庶民の暮らしについては、時を告げる鐘の音、夏の蚊帳、冬のこたつ、行商人の声、夜なべの機織り仕事の音、神仏の恩寵をひたすら願う人々の素朴な信仰、お遍路さんと批評することなく人々のありのままの姿と生活を伝えます。モラエスの文章からは、ようやく平安を得た、著者の開放された心の内が伝わってきます。

〈身辺雑記〉で、モラエスはようやく自分の生活と現在の心境を語り始めます。定めた住まいは、長明の方丈の庵からすると贅沢でしたが、生活必需品を除き簡素を旨としました。寝る時には日本人のように布団を用い、神棚も設けました。昔の隠者のように暮らせないにせよ、気持の上で余分なものをそぎ落としたかったのでしょう。モラエスは、家の庭も自分で世話をしました。植物を友とすることは、生命の息吹を浴びることで、孤独な老人には楽しみの一つだと語ります。かつて見た植物は、昔の風景や親しかった人を思い出し、心を揺さぶられるとも言います。植物に集まる蝶や蜂、トンボ、コオロギなどの昆虫も、生命の輝きを見せ、小さな庭をにぎわせてくれました。また、飼ったニワトリや猫は、孤独なモラエスの同伴者となりました。こうしてモラエスは、徳島の片隅で社会的ゼロの免状を獲得し、他人には精神的自殺と見えても、一応の満足と喜びを覚えます。しかし、モラエスの心を常にとらえていたのは、死と死者のことでした。近づく死を意識したモラエスは、死に至るまでの生き方を打ち明けます。将来に希望がなくなった人間は、たとえ苦い喜びであっても、過去を想起することで慰めを得られ、生きていけると語ります。モラエスが徳島に隠棲した理由も、死者の追慕とともに過去を追憶する世界、サウダーデの世界に生きるためであったと告白します。モラエスにとって、死が心の中で大きな存在を占めていたのです。

〈死をめぐる日本の文化〉では、人種の異なる日本人の死についての文化を詳細に観察し、報告します。葬儀の手順に始まり、葬儀の様子、火葬と遺骨、墓地と墓、墓石の家紋、戒名、墓参、家庭の仏壇と日本の事情を伝え、解説します。そして、日本人の間には死者崇拝が根づいていて、家庭には仏壇が設けられ、生者による死者を敬う祭祀が、熱心に実行されていると語ります。一方、死者は仏となっても、先祖として生者の家族とともに生きていて、家族を見守り守護する役目を担っていると説明します。そのため、日本では死に臨んでも死の恐怖が軽減されたり、穏やかな諦念に浸れたりすることがあるのだと述べます。モラエスは、日本の死者崇拝の伝統が、死の宗教文化に厳然と生きていると考察したのでした。

続く〈死についての考察〉では、人間に宿命づけられた死という現象への見解と、西洋と日本の死の受容の仕方の違いが述べられます。モラエスによると、死は自然の営みから見ると無価値であり、西洋人のキリスト教信仰には神の国に入るという慰撫はあるものの、死の観念は恐怖と不安に満ちていると述べます。一方、日本人には死者崇拝の信仰が根づいていて、恐怖や不安への慰撫作用が機能すると言います。またモラエスは、自分の死には苦しまないものの、愛する者の死には苦しみが伴うと語ります。死者を時間の経過によって忘却できなければ、追慕するしかないとモラエスは考えました。亡き人への追慕の念、これがモラエスの語るポルトガル語のサウダーデです。しかしサウダーデは、過去の死者の姿を思い起こすことですから、慰めと同時に心の痛みもよみがえります。それでも、慰謝と苦痛のサウダーデこそがポルトガル人の精神性を表すと言うのです。モラエスの死と死者についての考えが、ここで示されたわけです。

次の〈徳島日記〉では、日付を入れた日記形式が採用されます。モラエスは、徳島で思いついたことをほとんど話してしまったので、特定の日の出来事や印象を語るには日記形式のほうが意図にかなうと考えました。そうしてモラエスは、その日に見聞きしたささいな事を、筆に任せて淡々と書き綴っていきます。近くの山々の美しさ、みかん畑の芳香、古い墓石、つつじの花を語る態度には何の構えもありません。飼い猫のいたずらへのユーモラスな反応、幼子の地蔵尊への祈りの様子、住民から唐人とか毛唐人などと呼ばれたことなど、身辺の出来事をあるがままに素直に語ります。池田や鳴門への旅の紀行も、感動を無理に求めるのではなく、日本の旅情をひたすら味わい楽しみます。しかし時には、自らの来し方を振り返り、死者を想い、行き着く先の死に思いをめぐらせます。〈徳島日記〉は、モラエスの心情が日本の景観とささいな出来事とともにさりげなく描かれた日記形式の印象記と言えましょう。

最後の〈ベント・カルケージャへの手紙〉で、死者の祭りである盆踊りは、生者の熱狂的な祭りでもあることを語ります。しかし、モラエスは人種も文化も異なる異邦人であるため、盆踊りの熱狂から自分が除外されていることを強く自覚し、虚しく筆を置きます。

『徳島の盆踊り』では、これまでの印象記とは異なり、鮮やかな絵画的色彩による日本の印象は影を潜め、地味ではありますがより深い印象が捉えられています。また同時に、モラエスのあるがままの生活と心境が明らかにされています。そうした境地に至った理由は、モラエスが公職を離れ精神的に自由になったこと、庶民の生活に飛び込み、同化しようとしたこと、遠くない自らの死を強く意識したことにあると思われます。何れにせよ、『徳島の盆踊り』は、モラエス文学の新境地を開いた最初の傑作と言えましょう。

『おヨネとコハル』

『おヨネとコハル』は、十八の短編をまとめた小品集で、『ポルト商報』と雑誌『ルーザ』の別冊として掲載されたもの、その他の作品を集めて一九二三年にポルトで出版されました。この作品集の献辞でモラエスが、「夢とサウダーデに生きていて、憂愁の病を患っている人たちに、そういう人たちにだけ、この取るに足りない本は捧げられます」と述べているように、サウダーデの念が亡きおヨネとコハルに向けられています。

作品集の内容は、「コハル」、「おヨネだろうか……コハルだろうか……」、「正午の号砲（またもやコハル）」、「祭日のごちそう」、「日本の三人心中」、「日本の異国情調」、「潮音寺の墓地のごみため」、「着物？　それともお金？──着物」、「久松は留守です」、「無臭」、「半分のバナナ」、「ある散歩での感想」、「風景を最後にひと目」、「夢を見て」、「敦盛の墓」、「笑ったり泣いたり」、「私のサウダーデの園で」、「ある日本の諺」となっています。

最初の「コハル」は、結核を発症した町娘コハルの入院から死までのルポルタージュ文学作品で、コハルの看病を通じてモラエスは、日本の医療制度と庶民の有様を冷静に観察します。さらにモラエスは、コハルの様子を語りながら自身の内面の感情を告白してしまいます。コハルへの感情は、「愛でも友情でもなく、情熱的な感情の極地にまで至った憐憫の情である」と語りますが、自己の枠を超えての献身的介護の様子からは、憐憫の情の裏に脈打つモラエスのコハルへの愛情が伝わってきます。「コハル」は、一人の日本娘の生と死を見つめた作品ですが、同時に文学的に完成された小品であり、ルポルタージュ文学の可能性を広げた作品と言えます。

次の「おヨネだろうか……コハルだろうか……」は、暗くなって帰宅したモラエスの家の鍵穴を照らしてくれた二匹の蛍の光に亡きおヨネとコハルの霊魂を感じたという幻想的な作品で、モラエスの孤独と愛した二人への想いが悲しくも美しく伝わってきます。

「正午の号砲」、「半分のバナナ」、「風景を最後にひと目」もコハルについての作品です。「正午の号砲」では、コハルの生への決別の時を告げた正午の砲音とともに、時の経過の無情が語られます。愛する人を亡くした生者に残るのは、死者へのサウダーデの念だけであることをモラエスは悟ります。「半分のバナナ」では、コハルの入院中、用意したバナナから、アフリカでのデザートのバナナの一人一個半というおかしな分配方法をモラエスは懐かしく回顧します。しかし、コハルの残した半分のバナナを口にしたものの細菌のことが頭をよぎり、本能的に吐き出してしまいます。モラエスは、理性が本能に負けたことで自己嫌悪に陥ります。「風景を最後にひと目」では、入院前日、コハルが住まいの二階の窓から外の風景を眺めていたことから、人間の霊魂の話がなされます。死を覚悟したコハルは、外に向かい霊の粒子を放射していたとモラエスは考えました。そしてコハルの死後も、コハルのことを考えるのは、〈共感〉という名の粒子が自分の周りに集い、サウダーデの世界で自分の霊と関係を結ぶからだと語ります。

「夢を見て」と「敦盛の墓」は、亡きおヨネの美しい姿が彷彿される作品です。「夢を見て」では、夢の不可思議な幻想が語られます。目覚めていて見る夢には死者がしょっちゅう現われ、ひどく苦い痛みを伴うものの、寝て見る夢には死者はほとんど現れないとモラエスは言います。しかし、この作品で、ある夜に見たおヨネの夢が語られます。夢の中でおヨネは、日常のたわいのないおしゃべりを長々とします。興味を失ったモラエスは、おしゃべりをするより生き返って共に暮らしてくれるようおヨネに懇願します。しかし、おヨネは黙って、微笑みを残して消え去ります。モラエスは、愛した人が残した微笑ほど美しく、亡き人の優しさが伝わるものはないことを知ります。「敦盛の墓」では、モラエスとおヨネの神戸時代の最後の散策が回顧されます。源氏との戦に敗れ、若くして戦死した平家の公達、平敦盛の墓石のぬくもり、墓の近くの茶屋でおヨネが口をつけた桃の芳香、そして二ヵ月後のおヨネの死。絵のような瀬戸内の海辺の風景を背景に、人間の死と死を前にした生の輝きが印象的に伝わります。

「祭日のごちそう」、「笑ったり泣いたり」では、老人の孤独が語られます。「祭日のごちそう」は、正月の元旦にポルトガルの妹が送ってよこした野菜スープのレシピに従い、ひとり料理をする楽しさを語る話ですが、料理の味とともに故国の妹と亡きおヨネとコハルの微笑みを思い出し、モラエスは孤独をかみ締めます。「笑ったり泣いたり」では、孤独な人間がどうなるかが語られます。孤独な人は、周りに家族も心の内を開く相手もいないため、植物、動物、身近にある品といった万物が家族となり、万物への愛情が強まるとモラエスは語ります。また孤独な人は、そうでない人よりものがよく見え、聞こえ、よく感じることができると言います。モラエスは、蛇やニワトリの当たり前の行動もこっけいに見え、ひとりで笑い、時に近所の家のニワトリが庭の大切な花をついばめば、ひとりでののしります。孤独な人もしゃべり、より強く生を意識し生きていると言うのです。しかし、家にある陶器の人形にふと目を向け、愛する亡き人の手が優しく触れていたことを思い出し、モラエスの内にサウダーデの情があふれ、悲しみの涙となって流れ出ます。

「着物？　それともお金？――着物」、「私のサウダーデの園で」では、コハルの妹の十三歳で亡くなった千代子の話が語られます。千代子は、モラエスの家に遊びにきたとき、お金を盗もうとしたことがありました。しかし、お盆の時期の贈り物として着物の生地がいいかお金がいいかとモラエスが尋ねると、着物と千代子は子供らしく素直に着物と答えました。生活の貧しさにあっても、子供の純粋さを見せる千代子にモラエスは拍手を送ります。しかし、千代子は可哀そうにも病気で亡くなり、おヨネ、コハルの眠る潮音寺に埋葬されます。サウダーデの園は潮音寺墓地のことであり、モラエスは亡きおヨネとコハルとともに、あまりにも若くして亡くなった千代子を偲びます。

「潮音寺の墓地のごみため」では、自宅から三人の女性の眠る潮音寺墓地まで墓参に出かけるモラエスの自画像が第三者の視点から描かれます。そこでは、人生に難破し、数多くの労苦や辛酸をなめ、疲れきった異邦人の老人の姿を淡々と客観的に捉えます。作品の最後で老人の実名を明かしますが、読者には誰か最初からわかっていてもほほえましさが感じられます。孤独の中、一人芝居を演じることで自らを楽しませようとする作者の意図が見えるユニークな作品です。

「無臭」では、日本の尼僧が紹介されます。この尼僧は、月に一度モラエスの家を訪れ、仏壇に向かい経を上げます。世俗を離れた尼僧との会話は、モラエスの心を和ませますが、彼女は人間の愉悦となるにおいを感じることができません。しかし、臭覚がないことが信仰の妨げとはならないことを知ります。修道院の中で生きる尼僧とは異なり、死者の冥福と生者の救済に奉仕する日本の尼僧の姿を、モラエスは描写しようとしたのでしょう。

「日本の異国情調」では、ヨーロッパ人によく見られるエキゾチシズムの心理が解説されます。モラエスは、エキゾチシズムを見知らぬ遠い国、そこの美と芸術への強烈な愛と定義し、先人としてラフカディオ・ハーン、ピエール・ロティ、エドモン・ド・ゴンクールの例を挙げます。モラエスもエキゾチシズムに突き動かされ、世界を駆け巡り、ここ日本で最も精神的に生きたことを告白します。しかしモラエスには、結局すべては無に帰すという強い憂愁感が常に伴い、圧倒的な歓喜、幸福感を味わえなかったと語ります。そして現在では、過ぎ去った過去への審美的崇拝が自分の精神を支えているとモラエスは告白します。この作品でモラエスは、自身の人生と文学の柱となったエキゾチシズムの思想とサウダーデへの信仰を明らかにしました。

「日本の三人心中」、「久松は留守です」では、日本のエキゾチシズムを刺激する出来事が語られます。「日本の三人心中」では、日本に自殺、心中が多いことの理由を説明し、当時実際に起きた、日本でも稀な愛が原因の三人での自殺事件を語ります。モラエスは、個人を規制する道徳の意義について触れるものの、道徳を超えた愛の衝動によるこの心中を一概に否定するのでなく、結果としての死を悲しみ同情を寄せます。「久松は留守です」では、先ず江戸時代の浄瑠璃お染めと久松の悲劇の心中物語を基に、死後も久松を捜し求めさまようお染の霊の仕業とされるお染風邪の流行が語られます。時代は移り、多くの死者を出したスペイン風邪の猛威がモラエスの住む日本を襲います。日本の庶民は風邪の猛威に対し知恵を絞り、〈久松留守〉のまじない札を家の入り口に貼って対抗します。それでも多くの人が亡くなりました。モラエスは、災厄を心配して悩む相手がもう誰もいないことに気づきます。しかし、モラエスの想いは亡きおヨネとコハルに向かい、この疫病で床についている二人の女性の姿が頭に浮かび、治ることを願い、悩む気持を庶民と共にします。

最後の「ある日本の諺」では、仏教的ことわざ〈会うは別れの始め〉を取り上げ、人間の愛と死、現世の無常を語ります。仏教の僧侶が、人を愛しても死による別離が必ずあり、苦しむことになるから愛することを避けるようにと説くのに対し、モラエスは、たとえ別離に苦しんでも愛することを止めないし、後悔もしないと明言します。この世は無常であり、この世のすべてが幻影であると認めるとしても、人を愛することは生きることそのものであるとモラエスは考えたのです。愛についてのモラエスの信念が、このごく短い作品の文章に見事に表れています。

『おヨネとコハル』は、出版されるとポルトガルの読者に感動を与え、評判になりました。その理由は、遠く離れた日本が舞台であっても、そこに生きて死んだ人間の姿がサウダーデの世界で悲しくも美しく語られたこと、筆者モラエスが自らの心の内を率直に吐露したからだと思われます。モラエスが語った、愛する者の生を奪う死の残酷さと残された者の心の痛手、孤独の寂しさ、死を前にした老人の生き方は、人種、国籍、時代を超えて人間に共通する問題であり、普遍性を内包しています。モラエスは、悲しみを抱えながらも万物を愛し、心を働かせて生きることによって、有限な人生がより豊かになることを私たちに見せてくれます。

『おヨネとコハル』は、舞台となった日本と感受性豊かなポルトガル人作家とで産みだされたルポルタージュ文学の傑作小品集と言えましょう。

『日本史瞥見』

『おヨネとコハル』の執筆後、すぐに取りかかり半年ほどでモラエスが書き上げた作品が『日本史瞥見』で、一九二四年にポルトで出版されました。日本を理解するためには歴史研究が不可欠であり、以前の『大日本』の歴史の記述では不十分であると考えたモラエスが、日本の歴史分野を拡大して概観したのがこの作品です。しかしながら、専門の歴史研究家でない者が本格的研究書を出版するのは自分の役柄ではないと考え、モラエスは平易な読み物としての日本歴史入門書をポルトガルの読者に提供しました。

内容は十九章よりなり、補遺として一九二〇年に『ポルト商報』の別冊として出版された『日本におけるフェルナン・メンデス・ピント』が加えられています。各章は、第一章 日本人、第二章 先史日本の文献、第三章 日本人の宗教、第四章 古代日本、第五章 仏教導入と大改革、第六章 藤原氏―平氏―源氏、第七章 北条氏―蒙古襲来、第八章 足利氏―ポルトガル人の来訪、第九章 信長、第十章 秀吉、第十一章 徳川家康、第十二章 徳川氏―ポルトガル人の追放、第十三章 さらに徳川氏―アメリカ人の来訪、第十四章 徳川氏の崩壊―王政復古、第十五章 近代日本、第十六章 二つの戦争、第十七章 栄光の日本、第十八章 近年、第十九章 将来の日本 となっています。

この作品は歴史入門書とは言え、欠陥を抱えています。歴史記述の方法論が確立していないため、章題選択の仕方に統一性が欠けているだけでなく、モラエスの解説も知識不足と歴史の実証的記述からの逸脱が見られます。また、文献資料も乏しく、イギリス人のW・G・アストンの『神道』（一九〇五）やJ・マードックの『日本歴史』（一九一〇）などの著作をそのまま下敷きにしていて、現代ではその価値を失っています。しかし、モラエスはこの作品を、日本の歴史を一見し、知識のまるでない読者に自分なりに日本の歴史をスケッチしたものだと語っています。ですから、平易な親しみを覚える語り口で、当時のポルトガルの読者に新興国日本の歴史を知ってもらう意味では、それなりの価値があったと思われます。

一方、私たち日本人にとって興味深いのは、モラエスという宣教師でないポルトガル人の視点から見た日本とポルトガルの交流史とその後の日本についての予測です。日葡交流について、モラエスは鉄砲の伝来や築城法など西洋文化の影響は認めるものの、キリスト教の布教と宣教師の追放の歴史は、宣教師の布教熱意を評価しても、日本人に益することはなかったと冷静に分析しています。また、日本の将来については、問題はあると言うもののむしろ楽観的な見方をモラエスはしています。日本は今後も西洋思想の影響を受け続けるが、その良し悪しを選別できる能力がある上に、国民には強い愛国心による結束力があるとモラエスは述べ、時間は要するものの日本は弱体した西洋を良い方向へ導いていくであろうと予測しています。そこからは、当時の日本にはモラエスに期待されるほどのものがあったことが伺えます。

『日本史瞥見』は、当時のポルトガル人の時代の要求によって執筆された作品ですが、日本事情の一環と考えれば、欠点はあるものの評価してもよいのではないかと思われます。

『日本夜話』

『日本夜話』は、一九二六年にリスボンで出版されていますが、モラエスが執筆したのは神戸時代で、ポルトガルの文芸雑誌『セロンイス』から依頼されて掲載した短編をまとめたルポルタージュ文学の印象記です。〈夜話〉と表題にあるように、日本についての肩のこらない軽い読物を夜の集いの話題として提供されています。

内容は、「もみじ」、「仏教と愛」、「畠山勇子」、「日本の宗教建築」、「輝く足」、「いろはだとえ（日本のカルタ遊び）」、「日本の異国情調アルバム」、「日本女性の衣服」、「日本の紋章」、「日本におけるポルトガル人の足跡」、「柳谷観音」、「菊」、「神戸の滝」、「日本の手紙」、「万亀楼（日本の海辺のある料亭で）」、「宇治　茶どころ」、「嫁と姑　日本の家族瞥見」、「日本の風景」の十八編よりなっています。

「もみじ」、「菊」では、日本の秋の植物の美しさとそれを愛でる行事が紹介されます。「仏教と愛」、「輝く足」では、仏教の六道輪廻の世界観と愛の問題、仏陀の足の形が仏教の話題として語られます。

モラエスは、仏陀の足の裏は扁平で、日本人も履物の違いのため同様の足をしていることを発見します。そして、特に女性の足は色の白さと調和して美しく優美であると賞賛しています。「日本の宗教建築」では、神道と仏教が融合した建築様式が話題となります。衝撃的な事件として取り上げたのは、「畠山勇子」です。これは、来日中のロシア皇太子が警備を担当した巡査によって負傷させられた大津事件（一八九一）とその後の話です。この事件で天皇が心を痛めたことを知った畠山勇子が、奉公先の東京から京都に向かい、遺書を認め府庁の前で自害した事件の顛末をモラエスは話題にしました。名もない一庶民の女性にまで忠義の日本精神が浸透していることにモラエスは驚くと同時に感動し、勇子の眠る京都の寺を訪れます。一方、日常の生活の話題として、「いろはだとえ」、「日本女性の衣服」、「日本の紋章」、「日本の手紙」、「嫁と姑」が取り上げられます。〈いろはカルタ〉は、遊びによって文字を覚えさせるだけでなく、ことわざや格言による道徳を学ぶ教育手段となることを説明します。女性の衣服では、着物のすばらしさが再度語られます。家の紋章では、紋章のデザインの解説と、紋章が明治以降、庶民の間でも広く使われるようになったことを伝えます。手紙については、日本人は気持を伝える手紙を大切にすること、紙は巻紙を用い筆で書くこと、文字は縦書きで、行は右から左に進むことなどが説明されます。また、嫁と姑の関係については、両者の家庭内での位置と役割が述べられ、家の存続と保守が最上位に来る家族制度の中では、嫁は献身と犠牲を特に強いられていることが報告されます。「日本の異国情調アルバム」は、日本のエキゾチシズムの詰まった小さなオムニバスといったもので、さまざまな異国情調が絵のようにきらびやかに語られます。富士山、かじか、白い蝶、朝顔、庚申、アイヌ、車夫、芸者、モラエスの飼っている尻尾のない牝猫など枚挙に暇がありません。次に、モラエスが出かけた折に体験した話題としては、「柳谷観音」、「神戸の滝」、「万亀楼」、「宇治　茶どころ」があります。京都府の柳谷観音は、眼病治癒を祈る庶民の信仰を集める観音で、フランスのルルドの例を出しながら日本の庶民の信仰が語られます。神戸の滝は、神戸近郊の雌雄よりなる布引の滝で、滝の水への日本人の信仰と滝の近くの茶屋で接客する娘の話が出されます。万亀楼は、神戸の舞子浜にある料亭で、亀は長寿、福を示すこと、日本人と亀との関係が説明され、そこでの宴会の様子と瀬戸内の美しい海岸の景観が語られます。茶どころの宇治は、当時から有名で、モラエスはのどかな茶畑で茶摘みを見学し、茶摘み唄に耳を傾けます。そして、以前宿泊した宿で宿主の子供から両親の生死の運命の話を聞かされます。たとえ外出時の話題であっても、モラエスの話題の中には庶民の姿が常にスケッチされています。その他、日本とポルトガルの接触と交流の話題としては、「日本におけるポルトガル人の足跡」があります。モラエスは、キリスト教の布教と迫害の歴史を語りますが、宣教師が西洋に送った遣欧使節が日本人に世界への目を開かせたとして評価します。また、長い間の禁教令にもかかわらず、幕末の長崎に隠れキリシタンが現れたことを驚異的出来事として報告します。その他、タバコやカルタ、テンプラなどポルトガル語が日本語に入った例を紹介します。モラエスにとって、日葡交流史は押さえておきたい話題だったのでしょう。最後の「日本の風景」では、日本の起伏に富んだ地形、季節による気候の変化が豊かな自然を育んだと語ります。また、日本の自然は時に暴発して災害をもたらすものの、小さな愛らしい家庭的自然であり、日本人の自然に共感、同化しようとする国民的特性に影響を与えたと考察します。

『日本夜話』は、モラエスの徳島時代の出版ですが、書かれたのは神戸時代であり、きらびやかな異国情緒を喚起してくれます。しかし、『徳島の盆踊り』や『おヨネとコハル』に見られるような深化した日本の印象やモラエスの心の内が語られているわけではありません。その理由は、執筆の目的が楽しく興味ある話題を本国の読者に提供することにあったからです。それでも、提供された話題からは、日本の自然と動植物、芸術、文学、庶民とその生活といった日本のすべてに対するモラエスの愛情が伝わってきます。

『日本精神』

『日本精神』はモラエスの最後の著作で、『日本史瞥見』刊行の二年後の一九二六年にリスボンで出版されました。作品の序文で、「国民の歴史と国民の精神とはまったく別物ではあるが、間違いなく関連があり、一つの目的に向かって助け合っている」と述べているように、モラエスは歴史と精神の二面から日本と日本人の全体を分析、研究しようとしました。歴史は表に現れた現象を記述しますが、精神的価値観が歴史に作用をおよぼすと考えたのです。モラエスは、特に日本人の精神構造の基にあるのが家族制度であり、家族の形態、愛、結婚、死という諸相に注目しました。またそれだけでなく、民族、宗教、言語、文学、芸術といった分野を加え、体系的にまとめ、日本人の精神の秘密に迫ろうとしています。

作品の構成は、十二章よりなり、補遺として「日本の教育」が加えられています。章立ては、第一章 最初の考え、第二章 言語、第三章 宗教、第四章 歴史、第五章 家族、第六章 部族、第七章 国家、第八章 愛、第九章 死、第十章 芸術と文学、第十一章 これまでのまとめ、第十二章 日本精神はどこまで行くのか？ となっています。

第一章 最初の考えでは、日本人が精神的特性を形成するに至った要因の一つは、穏やかな自然の景観と温暖な気候であり、そこから自然との共生を望む温和な感情が育まれたと捉えます。しかし一方、日本には災害も多く、国土の怒りっぽさが人間の精神性にも影響を与えたと見ました。モラエスは、国土の環境が日本人の精神形成に影響を与えたと考えたわけです。

第二章 言語、第三章 宗教、第四章 歴史では、精神への自然環境の影響が解説されます。第二章の言語ではまず、言語はその国民の精神を表すと述べます。そして、日本語に自然現象を模した擬声語、擬態語が多いことから、人間も自然の一部でしかないという日本人の自然主義的態度をモラエスは読み取ります。また、名詞の性・数に対する文法的名称がないこと、動詞に人称による変化がないことから個を強く主張しない日本人の没個性を見出します。第三章の宗教では、日本人には汎神論的自然主義に加え、古来から祖先崇拝の伝統があり、先祖の霊を敬うのみならず、英雄や君主の霊を神格化し、神道として郷土愛、愛国心を鼓舞していったと説明します。また仏教では、先祖の死者の霊を仏として受け入れ、神道では捉えなかった死後の霊の行方を論理的に解説し、神道を補完したと見なしました。第四章の歴史では、歴史を絵巻物に例え、日本人の国民性が歴史上の出来事を通して理解できると語ります。日本人の怒りっぽさは、秀吉や家康ら支配者の暴政、圧政として現れ、国を乱すキリスト教の布教活動に対しては、迫害という憤りとなって現れたと解釈しました。さらに、怒りっぽさだけでなく、支配者は家臣に対し保護者的温情を示し、家臣の忠誠崇拝を引き出したと論じました。その他、日本人の国民性として、蒙古襲来という外圧に対する団結心、日本とは異なる中国や西洋の文明の事物にすんなり適応する柔軟性を、モラエスは特性として挙げました。

第五章 家族、第六章 部族、第七章 国家では、生者は祖先の霊を敬い、祖先の霊は生者を守護するという祖先崇拝の原理が、家族から国家に至るまで一貫して機能していると捉えます。モラエスは第五章で、日本の家をアリの巣に例え、家庭は祖先崇拝の寺院、家長は巣の王、家族は働きアリで、家という巣の存続と繁栄のために皆が個性を消して協働していると見ました。また、家を維持するには規律が必要ですから、そこから礼儀、礼節、節度が生じたと解説します。第六章の部族では、家族が地域に拡大したものが部族で、祖先の部族の霊の崇拝が氏神、その他の人格神の崇拝へとつながると説明します。次の第七章の国家では、祖先崇拝がさらに国家へと広がると、頂点となる天皇への敬意、崇拝に向かうとモラエスは論じます。

第八章 愛、第九章 死では、日本人の恋愛観、死生観が語られます。第八章の愛では、日本人の結婚は、ヨーロッパ人とは異なり、愛のためではなく家の継承者を得ることが目的であると考察します。それは、家が第一の家族崇拝の宗教的伝統に由来し、そこに没個性が見られると述べます。そのため日本人は、親が選択し、勧める相手と結婚する場合が多くあるものの、結婚後の長い期間を考えると、むしろ幸福を得ることが多いと言います。だからといって、没個性の日本人に恋愛感情がないわけではなく、内に秘めた豊かな感情がさまざまな文学作品で表現されており、日本的な心中という事件にまでなっているとモラエスは説明します。第九章の死では、日本人は、比較的死を恐れず、穏やかな態度で死を迎える民族であると語ります。その理由は、生者の中に生き続ける死者への崇拝、仏教の無常観、来世観、儒教の忠節の影響が日本人に深く浸透しているため、日本人にとって死をそれほど恐れる現象ではないのだとモラエスは説明します。そして忠義の例として、四十七士の切腹、乃木大将の自殺などを挙げ、目的のためには死を辞さない日本人の一面を紹介します。

第十章 芸術と文学で、モラエスは一国の芸術と文学は国民の精神を語ると述べ、日本人のこの分野への態度には、汎神論的自然主義が見られるとします。そこには、静観して崇める優しい自然崇拝、没個性、審美的感覚が見られ、絵画、建築から日用品に至るまですべてが芸術になっていると語ります。文学については、伝承文学の『古事記』から最古の和歌集『万葉集』、平安時代からの随筆文学の流れ、短歌から発句（俳諧）の発生をはじめに概説します。そして芸術と同様、文学にも日本精神の特性である自然崇拝が色濃く表れているとモラエスは見ます。モラエスは、散文の随筆文学のほか、とりわけ発句に興味を覚えたようで、その簡潔さ、事物の瞬間描写、叙述でない示唆、暗示に高い芸術的評価を与えています。ポルトガルには四行の短詩の伝統があるため、モラエスは芭蕉などの発句を四行詩に翻訳しているほどです。

第十一章 これまでのまとめでは、日本精神が形成されるに至った要因は、風土と祖先の遺産の影響であると再度語ります。風土からは、温暖な自然と共生し、時に怒る自然を恐れ敬う自然崇拝と抗わない穏やかな感情を得、祖先の遺産としては、中国大陸の民族に見られる拡張と侵略の闘争心、アジアに広く見られる祖先崇拝の慣習を受け継いだとします。そして、社会が組織化されるにつれ、組織維持と生きるための手段として、日本人は顕著な没個性の特性を身につけたとモラエスはまとめます。さらに没個性について、万物の神と自然を区別しない自然崇拝にあっては、個我は必要とされず、社会にあっては、個我を消した自己犠牲、協働、団結が求められたと説明します。しかし、西洋文明の波が押し寄せた当時の日本は、外国との利権闘争に巻き込まれていました。モラエスは対抗策として、没個性による更なる協働、団結を提言します。また、西洋の功利主義が幅を利かせてきたことにより、日本の芸術・文学、風習の魅力が無用のものとして崩壊の危機を迎えているものの、日本人の持つ適応能力によって、時間を要したとしても、過去の歴史でしたように新たな試みと改良を図ってほしいと期待を寄せます。最後の第十二章 日本精神はどこまで行くのか？ では、西洋化が進展する中で、たとえ障害が立ちふさがっても、日本精神がそれを克服し、日本精神はさらに遠くに進んでいくであろうと希望的推測を述べます。最後にモラエスは、日本精神は衰退したヨーロッパに活力を与えるかもしれないと結びます。

『日本精神』は、モラエスの日本研究を総括した作品ですが、正式の表題が『日本精神瞥見』となっているように、論文形式の本格的研究ではなく、日本精神を研究・考察した評論的エッセーといった作品です。モラエスは、敬愛するラフカディオ・ハーンの神道を中心に据えた研究論文作品『日本 一つの試論』（一九〇四）に著作の刺激を受けたものと思われます。また、日本を分析する理論面と作品の構成は、アメリカ人パーシヴァル・ローウェルの『極東の魂』（一八八八）に倣ったのは明らかです。ローウェルはこの著作で、没個性を日本人の特性として取り上げ、文化の後進性を示すものと判断しました。一方、モラエスは没個性を日本人の優れた美質として評価しました。しかしながら、『日本精神』は、現在では、それほど高い評価を得られていません。モラエスが独自の分析を標榜したわけではないことと、現代にあっては、西洋の功利主義思想、個人主義思想が日本に浸透した結果、協働、団結、節度といった没個性の長所も従来のように機能しなくなっているのがその理由かと考えられます。しかし、だからと言ってモラエスの『日本精神』が、まったく価値のない作品であるとは決して言えません。『日本精神』は、過去の日本人の精神生活をはっきりと身近に感じさせてくれるからです。また、私たち日本人が、現在の、そして将来の精神的困難に立ち向かう何らかの手がかりをこの作品が与えてくれるかもしれないからです。

II　モラエスとハーン

二人の作家の共通点と相違点

明治時代のほぼ同じ頃に日本を訪れたモラエスとハーンは、西洋に類を見ない社会、文化に触れ、驚くと同時に日本に心酔しました。そして、日本という同じ舞台で作家として名を上げました。しかし、人や立場が異なれば共通点だけでなく、相違点もあるわけです。この章では、両者を比較しながら二人の軌跡と人となりを映し出してみたいと思います。

モラエスとハーンの旅

モラエスは一八五四年、ポルトガルのリスボン生まれ、ハーンは一八五〇年、ギリシアのレフカス島生まれです。モラエスはハーンより四歳年下になりますが、両者は同時代の人です。モラエスの生涯を時代で大きく分けてみると、誕生から海への旅立ちまで、アフリカのモザンビークと極東のマカオを拠点とした海軍時代、神戸、徳島の日本時代となります。ハーンの場合は、誕生からアメリカへの出発まで、西インド諸島滞在を含めたアメリカ時代、日本時代に分けられます。

モラエスは、役人の父親と軍人の娘の母親の息子として誕生しています。成人前に父親を亡くしますが、経済的に困窮したわけではなく、中産階級の子弟として育ちます。そして、軍人としての道を歩みます。海軍軍人として二十一歳で巣立つまでのモラエスは、それなりに順調な行路をたどったわけです。一方、ハーンの幼少期から旅立ちまでの期間は、決して順調とは言えないものでした。ハーンは、父親がイギリス軍の軍医で、赴任先の現地の女性との間に生まれた子供でした。幼くしてハーン一家は、父親の出身地アイルランドに移り住みますが、性格や習慣の違いなどから両親は別れてしまい、母親は単身ギリシアに帰ってしまいます。残されたハーンは、後見人となった父方の大叔母の許で何不自由なく育てられますが、母親への思慕を秘め、孤独な生活を送ります。その後、イギリスのカトリック系の学校に進学しますが、在学中の十六歳の時に事故で左眼を失明してしまいます。さらに、父親が任地のインドで病気を発症し、帰国途中で病死してします。不幸はそれだけでなく、後見人の大叔母が出資の失敗から財産の大部分を失うという事態が起きました。経済的背景を失ったハーンは、学校を退学し、ひとりで生きていかなくてはならなくなります。そして、アメリカにいる遠い親戚を頼りに、ほとんど無一文で新天地を目指します。ハーンが二十歳になるかならない時のことでした。ハーンのアメリカに旅立つまでの経緯は、モラエスの場合と異なって、経済的にも精神的にもはるかに過酷なものでした。

次の、モラエスの二十年以上におよぶ海軍時代、ハーンの二十年ほどのアメリカ時代は、両者の青春時代を含み、人間形成と作家としての資質が磨かれた時期と考えられます。モラエスがアフリカで勤務した時期は、海軍軍人として祖国に貢献して輝いた時代ですが、職務の必要上から鋭い観察眼と分析力が養われ、後の文学の下地形成に役立ちました。しかし一方、長期の海上生活は、ハーンのような経済問題はありませんでしたが、心の問題を生じさせました。これはモラエスの生来の気質に起因すると考えられますが、職務上の緊張感、郷愁と孤独感から何度も心身の不調に見舞われます。さらに、慰めと救いを求めた相手がマリア・イザベルという人妻であり、恋愛の破局とともに祖国を離れる決意し、マカオに赴任します。マカオに着任したモラエスは、軍艦リオ・リマ号の副官として中国沿岸の警備の任務に就き、ポルトガル領のチモール島にまで出向いたりしました。情報収集のため日本を初めて訪れたのは着任の翌年のことでした。こうして新たな任務をこなしていくモラエスでしたが、恋愛の破局の痛手を埋めるためか、着任早々ヨーロッパ人と中国人の混血娘亜珍と愛人関係を結び、家を借り通い始めます。その後モラエスは、亜珍との間に子供をもうけ、亜珍を身請けします。モラエスは、マカオでの任務を完了すると一度リスボンに戻りますが、マカオ港の港務副司令官として再度マカオでの任務に就き、ポルトガルの極東での権益を守る先兵としての役割を果たすことになります。また、文筆活動については、職務の合間を縫って後に『極東遊記』としてまとめられる文章を精力的に書き始めています。モラエスの十年以上におよぶマカオ時代は、海軍軍人としての公的活動、愛人亜珍との私生活、作家モラエス誕生への揺籃の時代であったと言えましょう。

モラエス

　一方、ハーンのアメリカ時代は、生きていくために常に生活との戦いでした。ニューヨークに着いたハーンは、親類の住むオハイオ州シンシナティに向かいます。しかし、当てにした縁者は頼りにならず、職を転々と変えながら極貧生活に耐えます。それでもハーンは、文筆で生きるジャーナリストへの道を独学で探ります。その間、ハーンの文才を認めた町の印刷業者ヘンリー・ワトキンに助けられますが、苦労の末、二十四歳で日刊新聞『シンシナティ・インクワイヤラー』の記者として採用されます。そこでハーンは、読者の興味を引く特異な題材の記事を書くことで評判を得ますが、新聞社から解雇通告を受けてしまいます。解雇の理由は、法律で認められていない混血の黒人女性マティ・フォリーとの結婚でした。二人のなりそめは、記者になる以前、ハーンが下宿で病気にかかり、マティが献身的に看病したことにあったとのことです。しかし、非合法の結婚を機に二人の関係はこじれてしまいます。世間の冷たい目、ハーンの解雇、マティの超自然現象を信じる常識を超えた言動が二人を破局へと導きます。結局、ハーンはマティと別れることになり、二十七歳で新天地を求め南部のニューオーリンズに移ります。ニューオーリンズでもハーンの経済状態は不安定でしたが、小新聞『デイリー・アイテム』に職を得ます。ハーンの記事はここでも注目され、生活もようやく安定します。さらに、文学的要素を含む記事が評価され、大手新聞『タイムズ・デモクラット』社に文芸部長として迎えられることで、ジャーナリストとしての地位を確かなものとします。ハーンは、現地のクレオールの文化と生活について解説したほか、フランス文学の翻訳にも手を染めました。また、生涯の友人であり憧れの対象となった新進のジャーナリスト、エリザベス・ビスランドと知り合います。しかしハーンは、せっかく手に入れたニューオーリンズでの記者生活に飽き足らなかったのか、ニューヨークの出版社と記事を送る契約をし、以前から憧れていたカリブ海の仏領西インド諸島に向かいます。ハーンには、一ヶ所に長くとどまれない漂泊の魂と未知の神秘への憧れの感情が強くあったようです。そして、知られざる神秘の世界を描くことが自分に与えられた使命であり、読者の興味にも一致すると考えたのでしょう。滞在先のマルチニーク島で、ハーンは熱帯の自然に圧倒されますが、島の人々の生活、文化の印象を筆にし、島を舞台にした小説も構想します。ハーンは二年弱そこに滞在しますが、熱帯の過酷な風土と経済的理由からニューヨークに引き揚げます。そして今度は、以前から興味を抱いていた訪日の機会を手に入れます。ハーンのほぼ二十年におよぶアメリカ時代は、経済的に独立して生きることの厳しさを知った時代、ジャーナリストとしてキャリアを積んだ時代、自らの文学の方向を見出した時代と言えましょう。ハーンは、アメリカでも人生の紆余曲折を経験しましたが、さらに日本というもう一つの舞台が用意されていたのでした。

モラエスとハーンの軌跡が交差するのが日本時代です。モラエスは、一八八九年八月、海軍の任務で長崎に着き、神戸、横浜をめぐり、一ヶ月ほど日本に滞在します。モラエス三十五歳の時でした。ハーンが日本を訪れるのは、翌年の四月で、民間の汽船でアメリカの東岸バンクーバーから太平洋を横断し横浜に到着しました。ハーンが四十歳になるところでした。訪日の目的は、『ハーパーズ・マンスリー』誌の依頼で、通信記者として日本紀行の原稿を送ることでした。日本に到着した日から、モラエスと同じようにハーンは日本に魅了されます。

ラフカディオ・ハーン

モラエスはその後、任務を帯びて何度も日本を訪れますが、後に神戸・大阪領事館領事に転身し、外交官として活躍します。私生活では芸者であった福本ヨネと同棲します。モラエスの神戸時代は、十数年続きますが、作家としても開花し、本国の読者に日本の異国情緒を親しみのある美しい文章で伝えます。しかし、愛する伴侶を病で失うと、一切を捨て引退し、おヨネの墓のある四国徳島に隠棲します。徳島でのモラエスは、愛した人を追慕しながら、愛する日本について書き続け、孤独の中で七十五年の生涯を終えます。日本に滞在したのは、三十数年におよびました。モラエスの日本時代は、外交官、作家として活躍した時代、一市井人作家として自由に生きた時代でした。また、人間として最も充実して輝いた時代であったと思われます。

一方、日本に着いたハーンは、雑誌社との契約内容に不満を抱き、同社との契約を打ち切ります。そして、東京帝国大学の外国人教師、B・H・チェンバレンに就職の斡旋を依頼し、山陰の松江中学に英語教師として赴任します。教師という職を得たことで、ようやく安定した経済的基盤ができたわけです。ハーンは、古き日本の面影を残す松江が気に入り、小泉セツという生涯の伴侶を得ます。しかし翌年、松江の冬の寒さがこたえたため、温暖な九州熊本の第五高等中学校に転任します。熊本では長男が誕生しますが、近代化の進む熊本の土地柄が合わなかったことと同僚との人間関係から、契約完了を機に退職します。英語教師としてのハーンは、高い評価を得ただけでなく、人間としての想像力の大切さを生徒たちに訴えました。退職後、ハーンは神戸の英字新聞『神戸クロニクル』の記者として神戸に移ります。しかし、新聞社での仕事は激務のため眼を痛め、数ヶ月で退社してしまいます。退社後しばらくハーンは神戸にとどまりますが、その間にハーンは日本への帰化を果たします。帰化の決断は、後に残される家族の法的立場を考えてのことだと思われます。その後、チェンバレンを通して、東京帝国大学の文学部英文科講師として招聘したいとの話が届き、考慮の末、ハーンは申し出を受け入れ東京に向かいます。東京でのハーンは、大学で英文学の講義をするかたわら、日本についての著作を命を削ることとひきかえにほぼ毎年出版していきました。また、私生活では三男一女に恵まれます。しかし、死の前年の一九〇三年、文学分野の時代の流れから六年以上勤務した大学を解雇され、夏目漱石が後任としてその後を継ぎます。大学を解雇されたのち、ハーンは早稲田大学に出講することになりますが、一九〇四年の九月、狭心症のため五十四歳で波乱の人生を閉じます。日本に滞在することと十四年でした。ハーンの日本時代は、日本を紹介・解説することに命をかけた時代、教師として自らの教育理念を示した時代、そして、根無し草の境遇を抜け出し、家庭を形成した時代と言えましょう。

モラエスとハーンは、ほぼ同時期に日本を訪れ、長い間暮らし、日本についての多くの著作を残し、日本で亡くなりました。しかしながら、両者が直接出会うことは一度もありませんでした。

モラエスとハーンの横顔と女性観

ここではまず、モラエスとハーンの性格から、両者がどんな人間であったのかを見てみましょう。個人の性格は、持って生まれた性質がその後の状況や経験によって強められたり、弱められたり、また修正されたりして形成されていきます。ただし、本来の性質が消え去ることはありません。モラエスとハーンの場合も同様ですが、両者の性格には似通った面が多くありました。二人とも好奇心旺盛で感受性が豊かでしたが、内向的で神経質な面がありました。こうした人間は、概して感情の起伏が大きいのが特徴です。両者とも生来内気で繊細である上に、不正を嫌い正直であり過ぎるため、他人との交際はあまり上手ではありませんでした。モラエスは、支援してくれた編集者や友人と些細なことで絶交しています。ハーンも同様に、長年の友人や出版社、日本で世話になった恩人と意見の違いから決別しています。一度思いこんだら絶対に意見を変えない頑固な面が両者にはあったのです。また、感受性の強さからか猜疑心が強いことも共通していました。モラエスは、マリア・イザベルとの恋愛の破局において、自分の裏切りを棚に上げ、勝手に相手の男性関係を疑い、一方的に捨てられたとの意識を持つありさまでした。後年、モラエスの息子が、年老いたモラエスを引き取り共に暮らす提案をした時も、財産を奪う魂胆があるのではとの病的な猜疑心を抱いています。ハーンの場合は、アメリカ時代の生活苦の中で生きていかなくてはならない状況下での自己防衛本能から、他人への猜疑心が生じたのかもしれません。また、モラエスやハーンのような繊細な人間には、自信と不安が常に同居している傾向があります。自分の著作に対して、両者ともプライドを持って全力を尽くしますが、その結果には神経質になっています。モラエスは、自分の作品を謙虚に過小評価しますが、内面では読者や他人の評価を気にしています。ハーンは、自信を持って作品を発表しますが、同時に批評を気にし、好評を得ると安堵します。人間は誰もこうした面がありますが、モラエスとハーンはガラスの神経を持っていて、評価に対しかなり神経質な性向を見せました。両者の性格は、人生を歩み、社会を渡っていく上でマイナスとなる面を見せましたが、一方で非常に勝れた能力を示しました。それは美に対する詩的感性と鋭い観察力です。モラエスもハーンも美しいものを捉える美的感覚に勝れていました。ポルトガル語と英語の違いはあっても、両者の紀行文や印象記には、リズミカルで美しい響きが感じられます。また、物事を観察し分析・考察する能力は、職業によって鍛えられたと考えられます。モラエスの場合は、海軍軍人という職務の必要上から、ハーンの場合は、ジャーナリストという仕事上の性格からこうした能力を開花させたのでしょう。モラエスとハーンは、勝れた長所と生きていく上での欠点とも言える面を兼ね具えていたわけですが、人間としては複雑で難しい人間であったと思われます。

次に、両者が女性をどう捉えたかを見てみましょう。最初に、モラエスとハーンがめぐり合った女性を考えてみます。モラエスは海軍兵学校時代、普通の男性のように淡い初恋を経験しますが、既に述べたように年上の人妻マリア・イザベルに恋をします。相手は、美しい容姿、知性、教養を備え、憧れとともに優しく包まれたいという願望があったようです。モラエスは、母親と暮らしていましたが、マリア・イザベルには、母親と違った母性的な安心をもたらすものがあったと思われます。ハーフ・キャストの亜珍に対しては、年齢差もあり、生命力あふれる若さ、子供のような可愛らしさ、頼りなさに惹かれています。また、亜珍の境遇に同情を寄せています。おヨネには、日本女性の美質を備えた上品な愛らしさに惹かれています。コハルに対しては、亜珍と同じく、若さと生命力、素直な可愛らしさを挙げています。モラエスの女性に対する態度には、人種偏見は見られず、相手の性格、行動を言及することはあっても、知性、教養については特に問題にしていません。また、容姿について、西洋の造形美の影響があったはずですが、東洋においては、表情や仕草、生命の輝き、純真さ、愛らしさといった容姿を超えて外面に現れる美質により魅力を感じたようです。ただ、モラエスには女性の身体に関する好みの性向がありました。それは、女性の小さく美しい手足を好む性癖で、生涯変わることはありませんでした。マリア・イザベルの白く美しい手、亜珍の透き通った優雅な小さい手、おヨネのしなやかな小さい手、またコハルの調和のとれた手足にモラエスは惹かれています。モラエスの眼に映る女性の魅力は、理想としては、述べてきたように女性の外面、内面におよびますが、生活を共にする身近な女性に求めたのはごくありふれたものでした。モラエスが伴侶と呼んだおヨネを例に出すと、おヨネはモラエスに対し、優しい愛情、信頼、共感、敬意を示しました。これらは平凡なものかもしれませんが、モラエスが現実の女性に望んだものであったと思われます。

一方、ハーンの場合は、モラエスが女性に対し積極的に行動したのに反し、身体的ハンディがあったためそれができませんでした。モラエスは、身長百八十センチを超える長身、髪は金髪で青い眼、白い肌をしていました。また、若い頃のモラエスはやせ型で、憂いがちの眼差しをしていたそうです。一方のハーンは、身長百六十センチ足らず、髪の毛も眼も黒っぽく、独眼で強度の近視でした。また、皮膚は赤茶けた褐色で骨太でした。全体的には声を含め女性的な感じがしたとのことです。ハーンは、西洋人の理想の男性像から外れていたわけです。そのためか、自ら積極的に女性に近づくことはしませんでした。最初の結婚相手マティとは、病気の看護をしてもらったことがきっかけとなりました。しかしモラエスと同様、ハーンには黒人との混血であるマティへの人種偏見はまったくありませんでした。後に妻となるセツに対しても人種偏見はなく、日常の世話をしてもらうという偶然のきっかけから関係が始まりました。ハーンがセツに心を惹かれたのは、教養や外面的な容姿ではなく、セツの内面的資質であり、境遇への同情もありました。ただし、ハーンが女性に積極的に行動しなかったからといって理想の女性像がなかったわけではありません。ニューオーリンズ時代にハーンが出会ったエリザベス・ビスランドは白人の才色兼備の女性で、ハーンは永遠の女性として憧れを抱き、その気持を生涯胸の内に秘めます。結局、マティとの結婚は破綻し、セツとの関係は生涯続くわけですが、ハーンが関係のあった現実の女性に求めたものは、モラエスと同様に、難しいものではありませんでした。特にハーンの場合、幸せで平穏な家庭を知らなかったため、女性に愛情と優しさ、信頼や共感のほか、家庭における平安と穏やかな喜びを求めたものと思われます。

モラエスとハーンが身近な現実の女性に求めたものは、ありふれたものでしたが、男性にとっての女性は神秘的魅力に富む存在です。特に西洋人は、女性を美の女神として理想化して崇拝する傾向があります。しかし、両者は日本女性を熱狂的に賛美しました。二人が日本女性を賛美した理由は、ある意味で、女性の理想化に求められると思われます。日本女性は、西洋の完璧な女性美からは外れていることを両者は理解していましたが、そのあどけない純真さ、愛らしい立ち振る舞い、優しい微笑、小鳥のさえずりのような声、着物姿の女性の優雅さにうっとりします。両者は、日本女性の優しさ、愛らしさに女性美を見出したのです。また、日本女性の柔和さ、慎み深さ、従順さ、忍耐強さ、利他的献身を精神的特性として両者は賛辞を呈します。これらは旧日本の道徳による美質ですが、この上なく美しく映ったのです。モラエスは、日本女性を美術品とまで言っています。結局、両者は過去の日本の歴史が造り上げた女性の美しさを日本女性全体に敷延し、理想化して捉えたと言えましょう。

モラエスとハーンは、このように理想化して日本女性を語りましたが、ハーンはさらに女性における永遠なるものを追及しました。ハーンが女性を美しく神聖な存在として崇めた一面があったのは確かですが、西洋人は女性には男性に優しい慈しみを与える面と、時にはひどい冷酷さを見せる面があると考えます。これは、自然を女性と見なし、自然には恩恵と災害をもたらす二面性があるという事実に由来すると思われます。しかし、ハーンは女性の冷酷さの裏には人間としての苦しみと悲しみの感情が隠れているはずであると考えました。そうしてハーンは、根源的な永遠の女性の姿を、美しくも恐ろしい霊的存在として『怪談』などの作品で語りました。ハーンが西洋人であったことと、母親の充分な愛情を受けられず、見捨てられた結果となった事実がハーンの永遠の女性像に影響を与えたのかもしれません。一方モラエスは、ハーンのように永遠の女性像を追及しようとはしませんでした。しかし、晩年のモラエスは、亡きおヨネとコハルの霊をサウダーデの世界で追慕し続けます。サウダーデの世界では、過去を想起すれば二人の女性が美しい姿で蘇り、モラエスが生きている限り永遠に生き続けます。そうしてモラエスは、二人の女性の霊に感応することで共感を図りました。ハーンの場合とは異なりますが、モラエスにとっておヨネとコハルの霊は永遠なる存在であることには違いありません。モラエスとハーンは、霊魂の存在を信じていたとは思われませんが、両者には永遠なる女性を求める夢想的な心性があったのではと思われます。

モラエスとハーンの日本観

次に、モラエスとハーンがどう日本を捉えたのかを見てみましょう。

まず、日本人の自然観と生活から見てみます。西洋人は過酷な風土の状況から自然を人間と対立する存在として捉え、生き残るために自然を支配、征服しなければならないと考える傾向があります。一方、日本人は厳しさよりも恵みが多い風土で生活していたため、自然の猛威に抗うのではなく、自然に依存しつつ共生する道を選択します。そして、そこから生じたのが熱烈な自然崇拝であり、汎神論的アニミズムであると両者は認識しました。ですから、日本人は、ありのままの自然の景観をこよなく愛し、自然の移ろいに美を感じ、共感を求めるのだと見なしました。同時に日本人は、植物、鳥、虫、魚などの自然の生命をいとおしみ、自然現象や山、川、岩などの無生物にも神性を見出すと両者は考えました。モラエスは、西洋人が自然と自然における神性の概念を分離し、自然を呪い征服しようとする一方、自然の聖なる面は観念的に理想化して崇め敬うのに対し、日本人は自然を静観してひたすら崇めると見ました。一方ハーンは、日本人が自然を中性的なものとして現実的に眺めるのに対し、西洋人は自然を人間に模して擬人的に眺める伝統があると言います。そのため、自然を擬人化するに当たり、美的感覚から女性になぞらえて自然の美を理想化、神格化して捉えるとしました。ハーンは、そこに自然観における西洋人と日本人との相違を見出したのです。

では、自然を愛し賛美する日本人の生活態度はどうかというと、モラエスとハーンは、日本人は自然との触れあいと調和を願い、生活に自然の姿を取り入れようと工夫してきたと見ました。そして、衣服や履物、家具、日用品に自然の意匠が巧みに配され、木造の家の畳や障子など自然を意識した様式、自然を模した庭の樹木の配置など、自然との調和、共感を日本人が重視していることを挙げました。このように、自然を身近に感じて生きる日本人の生活には、自然崇拝の宗教的雰囲気と相まって落ちついた穏やかな調べがあると両者は称賛しました。

モラエスとハーンは共に西洋人であり、西洋の自然観の影響を受けて育ちましたが、その気質は普通の西洋人とは異なっていました。両者は、日本人の汎神論的自然主義に賛意を示し、自然との調和、共感を求める生活態度に大きな魅力を覚えました。モラエスは、人間が自然の上位にあるのではなく、人間も自然の一部であり仲間であると考えました。そうして、自然と親しく接することで共感を得ようとしました。またモラエスは、日本人のように万物に魂が宿るとの確信が持てなかったものの、詩的感性から自然に働きかけ、友愛関係を結ぶことで、ありふれた風景も、時にうれしい風景、悲しい風景に見えると語り、事物の魂の印象を捉えようとしました。ハーンの場合は、来日する以前から汎神論に同調する考えを持っていたようで、日本人の自然観を抵抗なく受け入れました。さらにハーンは、自然との共感を願うだけでなく、日本人の内に見られる、自然との同化、融合を求める感情があったことを著書の中で述べています。少年の頃に感じた、青い空を眺め、空に溶け込んでその一部になってしまいたいという感情は、普通の西洋人とは少し異なる感覚をハーンが持っていたことを示しています。モラエスとハーンには、日本人の自然観と生活態度を受け入れる下地が始めからあったと言えましょう。

次は宗教についてです。モラエスは一国の国民性を知るにはその国の宗教を研究することが必要だと語っています。宗教は、人間が生きる上での道徳的、精神的指導力を発揮するからです。ハーンも宗教の重要性を語っています。そしてハーンは、日本の宗教の根源にあるのは神道であると考えました。日本人は、自然に存在する太陽、山、岩、樹木といった神々しいものに霊性があり、それらを畏怖し崇めることで自然の事物から恩恵を得ようとしたと見ました。また、人間にも霊性があり、祖先を崇拝することで加護を受けようとしたと見ました。そうしてハーンは、自然崇拝、祖先崇拝の対象が神格化、人格化されたのが神道であると考察しました。神道には、教義もなく、哲学体系もあいまいですが、民衆の素朴な心情と魂の活力がそこには脈打っているとハーンは感じたのです。またハーンは、祖先崇拝による家庭の祭祀が氏族・部族の祭祀、国家の祭祀へと広がり、統合されていったと捉えました。モラエスも、日本では自然の霊を神として神格化されるだけでなく、神道における祖先崇拝が基本となって、家族の先祖の霊、君主の霊、英雄の霊、皇室の霊が神格化され、社会の隅々まで行き渡っていると考えました。その結果、神道の祖先崇拝は日本人の愛国心に変容したと考えました。モラエスの神道観はハーンと同様でしたが、ハーンの理解度に比べるとそれほど深いものではありませんでした。

仏教についてハーンは、既にアメリカ時代から仏教研究を始めていました。西洋の物質万能主義の隆盛によって失う心の平安を東洋の知と精神に求められるのではないかと考えたからでした。そこで手がかりとなったのは、仏教の進化論的解釈でした。ハーンは、この世界のすべての物質的存在は絶え間ない進化における一時的な現れに過ぎず、仏教の言う人間や動物すべては無常変転の生死を繰返し、今ある姿は仮のもので、〈業〉の織りなす幻影でしかないという教えに類似すると見なしました。つまり、仏教の輪廻転生の循環は、生物進化の理論で説明できると考えたのでした。その意味で、人間も動物も進化の所産であるというわけです。また〈我〉について、仏教では、前世の行為による業が作り出した複雑な合成物であり、死によって自我は消滅するものの涅槃に入ることで死者と仏が交じり合うとするのに対し、進化論では、死によって個我は死滅するものの、生存中の経験がなした遺伝的記憶の有機的合成物として後世に伝えられるとするわけで、これも類似しているとハーンは考えました。このようにハーンは、仏教と生物進化論との共通点を探りましたが、仏教には当然のことながら、進化論にはない別の価値があることに気がつきました。それは、仏教における人間の善への志向、人間も動物もすべて生命を持つ同胞という見解、そこから生じる万物への慈悲という考えでした。もちろんハーンは、民間仏教を信じる日本の一般庶民が、大乗・小乗仏教の区別や涅槃の観念は理解できず、ただ因果応報による魂の転生を信じ、ひたすら善行を重ねることで極楽に行くのを願っていることを知っていました。しかしながら、こうした庶民の仏教に対する素朴さ、善良さ、信心深さをハーンは愛したのでした。一方モラエスは、ハーンのように仏教の本格的研究をしていませんでしたが、仏教を神道に欠けている死後の世界を示し、神道を補完するものと見ました。そして、仏教が祖先崇拝を受け入れ、死者の魂の存在を信じる庶民の家庭における祭祀を人間のあるべき姿として肯定しました。モラエスは、仏教の難解な教義ではなく、民衆に浸透した仏教のあり方を美しいと感じ、それを信じる庶民の素朴な信仰心を尊重したのです。

　では、モラエスとハーン自身の宗教はと言うと、両者はキリスト教信徒ではなく、仏教徒でも神道主義者でもありませんでした。しかし、日本の宗教と宗教的雰囲気が両者の精神に影響を与えたのは確かです。モラエスは、死者の魂の存在をハーンと同様に科学的には認めていませんが、人間の魂が過去の無数の魂の元素の寄せ集めだとすれば、死者の魂は元素として空中に浮遊し、死者が生前に愛した人の上に降りてきてそこにとどまると心理的な解釈をしました。ですから、生者が過去に愛した人を想起すると生者と死者の魂との共感、交流が生じ、生者に慰謝を与えると考えたのでした。これがモラエスの言うサウダーデによる共感です。しかしながら、サウダーデでは死の恐怖の軽減、死後の救済が望めるわけではなく、サウダーデは宗教と言うより生きる上での哲学であったと考えられます。その意味で、モラエスには特定の宗教がなかったと思われます。またハーンも、既成の宗教を否定はしないものの、基本的姿勢は不可知論者であるため宗教を持っていたとは思われません。

　次に、モラエスとハーンはどのように日本社会を捉えたのでしょうか。当時の日本社会は、西洋文明を全面的かつ急激に採用して、西洋の列強に追いつこうと奮闘努力している最中にあると両者は見ました。しかし一方、旧来の日本人の精神は急に変容するわけはなく、従来の安定した古い社会が混乱し、崩壊の危機に瀕していると考えました。モラエスもハーンも、西洋文明の流入とそれとの衝突は時代の流れであり、より良い社会となるには産みの苦しみが伴うことを理解していました。しかし、両者が心を惹かれたのは旧社会の魅力でした。モラエスやハーンのような外国人にとって、日本社会における犯罪の少なさ、風俗・習慣の優雅さ、人々の忍耐力、謙虚さ、礼儀正しさ、個を主張しないこと、穏やかな微笑、また、女性の愛らしさ、従順さといったすべてが、不可思議で神秘的に映るのでした。では、こうした社会を動かす原動力は何かというと、両者は日本人の祖先崇拝の宗教伝統を挙げました。モラエスとハーンは、祖先を敬うことが日本の家庭での家族の行動原理の中心にあり、この祖先崇拝のエネルギーは、村落、地域、国家と頂点に向かって収斂したと見ました。そして、家を、国家を守り繁栄させるためには、身を捨てての献身、自己犠牲、協働が求められ、没個性の必要性が社会に広がったと両者は捉えました。モラエスは没個性について、祖先を生者より上位に置く祖先崇拝に既に個我を軽視する没個性の芽が潜んでいると見ました。ハーンは、むしろ祖先崇拝の強制、圧迫が自己抑制の没個性を強化したと見ました。ただし、日本人の没個性についてはじめて言及したのは、両者より以前に日本を訪れたアメリカ人パーシヴァル・ローウェル（一八五五―一九一六）でした。ローウェルは、競争原理が働かない日本の文明の後進性を示すものとして没個性を取り上げました。しかしモラエスは、自由な競争のない没個性は、無気力、停滞を示すように見えるかもしれないが、人間の生存闘争への自然な対応であり、個人でなく集団の福利を求め、個人を殺し他人と団結、協働することは日本精神の美質であるとして評価しました。しかしながら、没個性には競争原理が欠如しているため、他国との利害闘争には没個性が逆に不利に働く可能性があり、さらなる国民の団結、協働が必要であるとモラエスは考えました。一方ハーンは、連帯、集団化を強制する没個性は、戦争などの国家の非常時には有利に機能するものの、個人の自由競争が制限されるため産業の国際競争では柔軟性に欠け、不利に働くと考え、社会的圧力による全体的な集団行動は控えるべきだと主張しました。ハーバート・スペンサー（一八二〇―一九〇三）の社会進化論を信奉していたハーンは、当時の日本社会が西洋という外圧により、社会の安定した均衡状態が壊れかけている状態だと理解していました。そして、日本人の没個性は前代の残存物であると見なしました。しかし、ハーンは日本人の没個性を評価しなかったわけではなく、没個性が産み出した道徳面での勝れた点を評価しました。日本人には、家制度を守る目的を前にして利己的な個人主義は見られないとみました。そして、その目的を達成するために、自制心、節度、礼儀、礼節が個人に強いられたと考えました。日本人のこうした道徳心は、西洋の利己的に個性を発揮する面のある個人主義より、人類全体の健全な発展からするとより勝れているとハーンは評価したのです。モラエスは、社会における日本人の没個性の有効性に危惧を抱いたものの、日本人には歴史的に培われた外圧に対する臨機応変の勝れた柔軟性があるため、西洋文明の価値あるものだけを精査、選択することで日本社会が生き残り、発展する道があるのではと期待を寄せたのです。

次に、モラエスとハーンは、日本の芸術と文学をどう見たのでしょうか。両者は、この分野の全面に流れているのは自然崇拝であり、さらに仏教などの宗教観が影響を与えていると考えました。モラエスは、日本の芸術は汎神論的自然主義と言い切り、自然に近づき、できるだけそれを模倣して回想することに美的努力の最大限を払っていると述べました。ですから、日本では繊細な工芸品は言うにおよばず、日用品のうちわ、手ぬぐいに至るまですべてが装飾、意匠において自然と調和し、自然を生かした芸術品であると賞賛します。ハーンも、たとえ安価であっても、すだれや盆など用と結びつくと美術品になると言います。ハーンはまた、凧や羽子板、でんでん太鼓、紙人形などの玩具などにも美しさと宗教的な民衆の信仰心を感じ取りました。

絵画美術に関して、両者は日本画に注目し、日本画は人間を含めた自然の生命の諸相と美を、印象や記憶に基づき忠実に写し取っていると直観しました。モラエスは、日本画は下描きもせず、一筆か二筆で、写実的であるものの自然から受ける印象を伝えると述べました。また、日本画には陰影や遠近法の技法もなく、色彩ですら対象物の実際の色そのものと異なっていても、目で見た印象を重視してそのまま描いていると見ました。さらに、絵巻物などで描かれた人物は類型的であっても写実性があり、一瞬で把握された印象を見る者に与えると語りました。モラエスは、日本画の特性は没個性的であり、静観的かつ流動的であると推察したのでした。ハーンも、日本の画家が二、三筆の線で昆虫や鳥などの形態や動きの特性までも感覚と記憶によって見事に捉えていると感嘆します。また、自然の風景を描くにしても、細部は描かず、省略したりぼかしたりして暗示する技法を身につけていると見ました。人物描写において、描かれた顔に表情、個性がなく非現実的であるという批評に対しては、画家が人間のさまざまな類型を目的として描いているため、実在する人間をむしろ写実的に描写しているとハーンは反論します。さらに、顔の描写が没個性的であっても、衣装や髪型、描く顔の線の数や形で身分、年齢、心理状態まで暗示できると述べました。モラエスとハーンは、西洋とは異なる日本人画家のユニークな表現方法を知り、驚くと同時に大いに評価したのです。

建築についても、両者は日本人の自然観、宗教観が顕著に現わされていると見ました。モラエスは、西洋の宗教建築が観念主義的なのに対し、日本のそれは自然主義的であり、日本の神社の建物が自然を祭祀の調度品としていること、また神社も寺院も周囲の自然の風景に調和するように設計されていることを挙げます。また、庶民の家は簡素な木造小屋に過ぎないものの、内部は素材の木材の味を生かしていて、総じて幾何学的な均整、規格性は見られないと語ります。ハーンも同じように考えますが、庶民にとって家は生活の一時しのぎの場所であり、西洋のように永続性を求めていないと見ました。ハーンは、そこに諸行無常、万物流転の仏教の宗教観が表れていると考察したのです。

また、モラエスとハーンは造園の仕方から日本人の自然とのかかわりを論じました。モラエスは、日本の庭は自然の一部であり、自然の風景を模倣して縮小したものであると見ました。そして、樹木や草だけでなく、庭に置かれた石も自然の一部として庭を構成する要素であると語りました。ハーンも庭石に注目し、石の色調、明暗に美を認め、幾何学的均斉を求めずに自然の印象をとらえた不ぞろいな美の配置に一幅の絵を見るようだと述べています。モラエスとハーンは、寺院の庭園には宗教的な意味を理解したはずですが、日本のありふれた庭や小さな庭にも、日本人の自然に対する審美眼の確かさを読み取ったのです。

文学について、モラエスとハーンは、日本人の自然崇拝が主情的に色濃く表れていると見ました。両者は、日本の詩歌である短歌や発句（俳句）に特に注目しました。ハーンは、モラエスの触れなかった短歌への見解も述べました。ハーンによると、短歌は絵画的抒情を感情、情緒に訴える詩で、短いがために暗示によって相手の想像力を刺激し、余情を残すと説明しました。またそこには、悲哀という日本的美意識が表現されていると捉えました。モラエスは、長い詩は日本人の感情的な好みに合わず、『万葉集』以後、長歌から三十一音節の短歌、さらに十七音節の俳句となり、二つの形式でさまざまな階層の人々の間で詠まれていると歴史の流れを解説するにとどめました。モラエスは、短歌より俳句をより重視し、簡潔さの極地であり、作者は十七音の中に感情を凝縮し、自然の移り変わりを没個性的に写した短い完全な詩と見なしました。また俳句は、美しい情景、思いがけない光景から生じる感嘆の声であるとし、叙述でない示唆を旨とするためすべてを言い尽くさず、後は相手の推察に任せると説明しました。ハーンもモラエス同様、俳句を好み著作で多く取り上げましたが、俳句の題材が庶民的であり、季節の変化を瞬間的にとらえた感情の絵画として受け取りました。また、短歌より俳句はさらに短いため、より暗示が幅を利かせていると考えました。モラエスとハーンは、俳句から日本人の自然の風物に対する観照態度を見抜き、惜しみない称賛の声を上げました。しかし、両者とも日本語がわからず、俳句の十分な情報、知識が得られなかったため、季語や切れ字の概念、蕉風の理念などを把握するには至りませんでした。

散文について、モラエスとハーンは、『古事記』に始まる日本文学の流れを紹介、解説はするものの、むしろ自分の執筆スタイルや作品の材料として利用しました。モラエスは、つかの間の印象を書きとめる古典の日記、随筆の形式が胸の内を吐露するのに有効であると考えました。そして、『土佐日記』、『枕草子』、『方丈記』、『徒然草』の手法を学び、自著の『徳島の盆踊り』に採用しました。また、日本各地に残された民話、伝説を日本人の精神と心情を伝える格好の材料として利用しました。

一方ハーンも、モラエス同様に民話、伝説の類を日本解説のために利用しました。またハーンは、人間の魂の神秘性を『今昔物語』、『古今著聞集』、『雨月物語』などに取材し、怪談、奇談の材料として、西洋人の読者のために再構成しました。

何れにせよ、モラエスとハーンが日本人の民族精神の顕著な表れを芸術と文学に見出したのは確かであると思われます。

モラエスとハーンが日本で求めたもの

モラエスとハーンが日本で求めたものは、明らかに異国情調（エキゾチシズム）でした。モラエスは、「ヨーロッパ人の心理の非常に興味深い表れの一つは、間違いなく見知らぬ遠い国、異国の文明に対して多くの人が抱く愛である」と語りました。そして、中には異国情調のためにすべてを投げ出し、すべてを失い、奴隷となる人がいて、そうした人は現実から逸脱して理想を追い求める夢想的な審美家であるとも語りました。異国情調への憧れは西洋人だけのものとは言えませんが、モラエスとハーンにとって日本は理想的な国でした。気まぐれでうっとりとさせる豊かな自然、自然と調和した人々の穏やかな生活、素朴で善良な庶民の信仰心、女性のまばゆいほどの優雅な美しさ、洗練された芸術に両者は驚嘆しました。日本に着くと、何もかもが目新しく、楽しく、モラエスは日本で余生を過ごしたいと、ハーンは日本で骨を埋めたいとまで思うほどでした。一方、両者が育った西洋社会は、産業革命以来、急速な発展を遂げたものの、物質万能主義が顕在化し、科学技術の進歩による社会問題や人間疎外の傾向が現実のものとなり始めました。その結果、人間を幸せにするはずの社会の発展が弊害をもたらすことを知った人々は、自分たちの文明に信頼感を失いました。そうした歴史的状況にあって、西洋文明から離れ、異国情調とともに人間としての異なった精神的価値を東洋に求める西洋人がいました。モラエスとハーンもそうした人たちであり、西洋文明の矛盾や欠陥を救済する知恵を東洋に期待したのでした。しかし、両者が訪れた当時の日本は、西洋化の波をかぶり、物質万能主義が幅を利かす社会に向かっていました。日本が決して理想のパラダイスではないことを、両者は時間の経過とともに理解しましたが、それでも古き良き時代の面影を残す日本の姿に愛着を抱き、そうした日本と一体化しようとしました。

モラエスとハーンは、西洋化した日本を嫌ったものの、日本という美的環境に身を置くことで多くのものを手に入れました。両者は、長い体験を基に日本を見事に紹介、解説し、作家として世に知られました。モラエスは、私生活で家庭を築くことはできませんでしたが、心優しい伴侶おヨネを得て、生活での心の安らぎを初めて味わいました。ハーンは、教師という職により経済的基盤と社会的地位を得ただけでなく、小泉セツを妻とし、子をなし、幸せな家庭を築きました。両者は、与えられた環境の中で自己実現がかなりできたわけです。しかし、モラエスとハーンは、それだけで満足できない上に、日本人の中に溶け込むことができませんでした。その理由は、両者の持って生まれた気質と西洋人としての精神的特性にありました。先に述べたように、両者は常に新しいものとの接触と刺激を必要とする夢想家であり、魂の漂泊をせざるをえない気質を備えていました。モラエスは、どこにいても心安らかでなく、完全な幸福を感じたことがないと語っていますし、ハーンも同様に常に新鮮で新奇なものを求め各地をめぐり歩いています。ですから、モラエスの言う精神のパンがいつも必要で、常人が幸福であると感じる境遇にあっても心が充足しないわけです。さらに、両者を魅了した異国情調も長くそこにとどまれば色あせ、ときには幻滅を覚えることもあります。モラエスの日本滞在は三十年以上におよび、かつてあれほど感動させた異国情調も当たり前のことになり、色を失ったはずです。ハーンの抱いた異国情調の魅力も、現実の生活の前では当初の輝きを失い、激しく愛したがために逆に日本に嫌悪感を覚えたとしても不思議はありません。そこに顔を出すのが西洋人として受け継いだ精神的特性です。モラエスは、ヨーロッパ人種には人生に対するペシミスティックな観念とキリスト教に見られる苦痛崇拝の特性が遺伝的に与えられていると考えました。ですから、日本人のような死者崇拝によってなされる甘美な慰謝も、死に対する穏やかな諦観もモラエスには無縁のものでした。モラエスに与えられたのは、サウダーデの世界で、過去に愛した死者を思い起こすことで生じる苦痛を伴うわずかな慰謝だけでした。ハーンも、東洋人と異なる西洋人に積み重ねられた遺伝的記憶が、自分の精神に影響を与えていることを意識しました。両者は、そこに日本人に同化のできない人種の壁が存在することを意識したわけです。

では、モラエスとハーンはこうした情況にどう対応し、何を求めたのでしょうか。モラエスの場合、経済的裏づけを考えると、引退を機に西洋に回帰することができたはずです。しかしモラエスは、日本での体験をすべて夢と割り切って故国に戻ることはしませんでした。モラエスの精神は深く日本に根をはっていて、過去に抱いた日本へのすべての愛の記憶のために日本を捨て去ることはできませんでした。モラエスが最後に求めたのは、たとえサウダーデが幻想の世界であっても、漂泊する魂を一番輝かせた日本での過去の幻想に生き、幻想を抱いたまま死ぬことでした。事実、モラエスは、徳島行きに際し友人への私信の中で、日本で死ぬことを願っていると語っています。一方ハーンは、晩年に大学を解雇された際、アメリカの大学から招聘の話があり、西洋への回帰を計画したようです。この計画は、相手側の事情で実現しませんでしたが、新たな刺激を常に求めて止まないハーンの漂泊の気質が見えるようです。ただハーンには、日本を離れる選択のほかに心の内で追い求めたものがありました。それは、単なる現実からの逃避ではなく、日本を越えた理想の世界を想像して描くことでした。ハーンの理想の世界は、人種にかかわらず皆が共存する世界、悪意や私利私欲がなく、飢餓もない平和な世界、自然とも共生する美しい世界であったと思われます。中国の伝説を基にした晩年の作品「蓬莱」で、ハーンはその一端を次のように描いています。蓬莱の国に存在するもののほとんどは小さく、奇妙でした。そして、そこに住む人々は妖精で、互いに信頼しあい仲睦まじく、死と悲しみが訪れる時以外は常に笑みを浮かべている。心は老いることなくいつも若々しく、悪を知らないから不安も心配もない。そして、蓬莱を包む大気には、太古からの霊魂の精気と過去の死者の理想、希望への憧憬が溶け込み、その大気を吸う人々の心に影響を与えていると。しかし、蓬莱はこの世には存在しない幻の蜃気楼の世界でした。

モラエスとハーンは、異国情調を求めて来日し、日本に長期間とどまり、最後は美しき幻想を追った孤独な夢想家だったのかもしれません。

モラエスとハーンの文学

モラエスの文学と作品については、「モラエスの文学と主要作品」の章でその概要を述べましたので、ここではハーンの文学について語りながらモラエスとの比較をしてみます。

ハーンは、日本滞在の十四年間に日本についての十三の作品を出版しています。そして、作品の内容から、現地に取材したルポルタージュ文学、物語文学、日本研究よりなり、それらが三位一体となって日本人の特性を伝えていると考えられます。モラエスと異なるのは、『日本通信』のようなルポルタージュ作品がないこと、ルポルタージュ文学における物語が文学として成立していること、日本研究に欠点はあっても本格的な研究になっていることです。

ハーンのルポルタージュ文学は、印象記、紀行文、随筆などからなっていて、モラエスと同様に、時に物語、日本研究が同居しています。ハーンは、鋭い観察力と詩的感性で見聞きし、頭でなく直観でとらえた日本と日本人の姿を美しい文章で西洋人に伝えました。モラエスとの違いは、ルポルタージュ文学の書き方にありました。ハーンはジャーナリストでしたから、ルポルタージュであっても一度読んだら消え去る記事を読者にいかに印象深く伝えるかを習練していました。どんな記事が読者にとって興味深く、面白いかも知っていました。つまらない記事を書いていたら、アメリカ時代のハーンは生活が維持できなかったのです。その点、日本はあり余る素材の宝庫でした。それでもハーンは、最初の印象記作品『知られぬ日本の面影』から、日本での取材を単に珍しい印象記や紀行文にはしませんでした。常に読者の興味と印象の鮮明さを視野に入れて、時間をかけて推敲し、読者を惹きつける工夫と努力を重ねました。とりわけハーンは、視覚による観察眼に加え、現地で感じた皮膚感覚や耳にした音声を大切にしました。最初の「極東第一日」では、日本の印象を横浜の春の朝の肌寒さ、大気の澄んだ清明さ、富士から吹き下ろす風から叙述し始めます。街中では、ハーンの乗る人力車がたてる音、通行人の下駄の異なったリズミカルな音、訪れた寺の賽銭箱《さいせんばこ》に銅貨を投げ入れる音、神社でのかしわ手、夕暮れを告げる寺院の鐘の響きと、擬声語を交え日本の音を表現します。ホテルに帰ってからもあんまの客を探す呼び声と笛の音と読者の耳を刺激します。また、ハーンと車夫、寺の若い僧侶との言葉のやりとりを入れ、臨場感を高めます。こうした手法のほか、ハーンは、感覚器官を駆使して日本を立体的にとらえようとしていることが伺えます。ハーンは印象記や紀行文が単調になるのを防ぐため、アメリカ時代からしていたように、その土地の伝統、信仰を紹介したり、民話や伝説、そこで起きた事件を物語として効果的に挿入したりしました。さらに、印象効果を高めるため、実際に現地で聞いただけで実際には見ていないことまで時には想像力を働かせて書き加えました。

モラエスのルポルタージュ文学も、ポルトガルの読者の興味を視野に入れ、得た印象の文学的配置を意識していました。またハーン同様、単調さを避けるため印象記の中に民話や昔話、言い伝えなどを加えました。しかしモラエスの書き方は、見聞きした印象を感じるままに書き記すもので、ハーンのように想像力を駆使して文学的効果をねらうようなことはしませんでした。モラエスの神戸時代までに執筆された印象記、紀行文は、珍しくきらびやかで美しい日本の異国情調を伝えるものの、まだ印象の深さに欠け、ハーンのそれと比べると、推敲の緻密さ、分析の鋭さにおいてハーンの筆致にはおよびませんでした。しかし、モラエスの五感による感覚はハーン同様に鋭く、視覚はもとより、聴覚、嗅覚を利用し日本を解説しています。視覚によってモラエスは、着物や帯の色調が自然の微妙な配色を日本人が認識し、衣服に調和させていることを語りました。音声については、芸者が歩く衣擦《きぬず》れの音、哀調を帯びた三味線の音色、海の波のうねりのような読経の声、日本語のサヨナラの優しい響きと日本の音を捉えます。においについても、芸者がほんのり発する化粧の芳香、紙幣に残るかすかな絹の香り、線香の匂いと嗅覚を働かせます。しかし、これらは西洋人に訴える異国情調そのものでした。ところが、徳島時代に入ると、モラエスの印象記は独自の生彩を放つようになります。その理由は、モラエスが一切を捨て去り、庶民の生活に溶け込もうとしたからでした。そうしたことで、日本のあるがままの姿がよりよく見え、聞こえ、感じられたのでした。モラエスが『徳盆踊り』で描いたのは、地方都市のありふれた景観、朝のかしわ手の合奏、同情を誘う魚を売る女行商人の呼び声、ほろりとさせられる夜なべ仕事の機織りの音でした。そこからは、庶民の生活の調べが自然にすっと読者の心に伝わってきます。

さらに、ハーンとモラエスの印象記には読者を楽しませる別の要素があります。それは両者のユーモア感覚です。ハーンはアメリカ時代からその効果を意図してかユーモア表現を文章にちりばめています。先の「極東第一日」でも人力車の車夫とのちぐはぐな異文化コミュニケーションをユーモラスに描いています。また、ハーンは車夫がまんじゅう笠をかぶり、走る様子をマッシュッルームが上下に踊りはねているようだとユーモラスに描写しています。一方、モラエスもユーモア感覚を示しますが、意図的にその効果をねらってはいません。『徳島の盆踊り』で、徳島の犬の飼い主が世話をしない理由を、貧しいためか、けちんぼうなのか、めんどくさいためなのかとユーモラスに語り、犬も自由にゴミをあさり、公衆衛生管理担当の本物の職員のように堂々と立ち去るのだと役人への皮肉を込めて語ります。また、飼い猫が机の上の原稿を汚すのを、文学好きで原稿の訂正をしているのかもとユーモアたっぷりに述べます。ハーンやモラエスのユーモア感覚は、両者の文章に息抜きとほほ笑ましい味を添えています。

随筆について、ハーンは二つのスタイルを採用しました。その一つは、自らの体験や文献から得た知識についての分析や意見、思索を論文的にまとめたもので、エッセーと呼べるものです。『心』の中の作品「日本文化の真髄」、「祖先崇拝の思想」などがこれに該当し、日本研究とも言えます。もう一つは、思うままを書き留めて、推敲された文章で感懐を述べる文学的随筆です。『霊の日本』の「焼津にて」などがこれに当たり、海辺の寒村での心境が限りなく美しい文章で綴られています。ハーンは、エッセー、随筆をルポルタージュ文学に取り込んだと言えましょう。一方、モラエスの随筆には、ハーンのエッセーに相当するものはほとんど見られません。モラエスにとってエッセーは、日本研究の分野に入るものでした。モラエスの随筆は、心に浮かんだ印象をありのままに、短い文章で簡潔に述べる日本式のスタイルで、長い思考を避けるためにはこの形式が向いていると考えました。『徳島の盆踊り』は随筆また日記形式を利用した作品ですが、モラエスは徳島での日本のより深い印象と引退後の心境を、地味ではありますが冷静に、客観的に、また飾ることなく素直に語っています。モラエスは、『盆踊り』でルポルタージュ文学に日本の古典文学の形式を手に入れ、独自の印象記を展開させました。この作品は随筆形式を主にして書かれ、日記形式の部分もありますが、全体としては徳島の内的印象記になっているのです。不ぞろいではありますが、逆に西洋文学とは異なる新鮮な魅力があると思われます。

ルポルタージュ文学におけるハーンの物語は、日本人の心情を示すインパクトのある話として印象記、紀行文に挿入され、効果を上げました。その上、ハーンの物語の一つ一つが文学として成り立つものでした。晩年には、ハーンを有名にした『骨董』、『怪談』という独立した再話の物語集まで出版しています。ハーンの物語は、取材で得た風変わりで珍しい内容の原典のある説話、伝記、またニュース記事などを基にして再構成した文学そのものでした。ハーンは、物語作家としての才能に恵まれていただけでなく、読者を惹きつける努力と工夫を重ねました。時間をかけ何度も文章を推敲し、物語の内容を拡げたり省略したり、時には変更したりフィクションを加えたりもしました。これは、物語のわかりにくさを解消し、緊迫感や迫真性を与える文学的効果をねらったものでした。幕末に起こった南海地震による津波の人命被害を救った人物の実話を基にした『仏の畑の落穂』の「生き神」では、村の庄屋である主人公をハーンは孫もいる老人として設定しています。実際の主人公は、まだ三十代の壮年であり、職業も農夫でなく町に住む商人でした。主人公は、津波を警告するために、刈り取って干してある大切な稲むらに火を放ち、住民を消火のために高台に集めますが、実際に津波が村を襲ったのは十二月であり、稲穂は脱穀した後の稲束でした。しかしハーンは、事実認識の誤解もあったでしょうが、この実話を主人公の機転と犠牲的精神による美談として捉え、西洋人が納得する緊迫感ある物語に仕上げたのです。また、来日中のロシア皇太子を襲撃し負傷させた明治中期の大津事件を遺憾に思い京都で自殺した畠山勇子を取材した作品「勇子——ひとつの追憶」(『東の国から』)があります。この作品でもハーンは、事実を変更したり、時間を短縮したりして話をすっきりさせ、勇子の心情に迫っています。ハーンは、勇子の名前から勇ましい武士の娘と想定して話を進めますが、先祖が武士かどうかはっきりしていません。勇子を侍の末裔とすることで、武士階層の自己を捨てての君主、この場合は天皇への強い忠義心を暗示したのでしょう。また当時、勇子は東京の魚問屋にお針子として奉公していましたが、奉公制度の説明が要るためか、以前に勤めた神奈川の裕福な家の女中にしています。そして勇子が自殺を決意するにあたり、先祖の霊との心中での対話をはさみ、先祖の霊が天皇の憂慮を晴らすために勇子に一命を捧げることを命じます。ハーンは、日本人の精神における祖先崇拝の影響力を具体的に示したかったと思われます。自殺当日の朝、勇子は奉公先に暇乞いをするとすぐに汽車で発ち、昼ごろ京都に到着します。実際には、前日に東京を発ち、翌朝京都に着いています。ハーンは、時間を短縮して読者の意識を話の進行に集中させたかったのです。そしてハーンの話によると、京都に着いた勇子は自殺用の剃刀を研がせますが、事実は既に東京で研ぎを済ませています。ハーンは、自殺の道具を敢えて現地で研がせることで緊迫感の高まりをねらったのです。またハーンは、勇子が自殺決行までの間に、京都で政府高官宛の訴願状と家族宛の遺書二通を認めたと語りますが、書状は全部で十通ほどあり、家族、親族宛の遺書は投函しています。書状を二通に集約して自殺時に所持させたのは、ハーンが読者の理解をしやすくするための技法でしょう。「勇子」の物語には、事実認識の誤りが見られますが、話そのものは語り口と工夫によって読者を引き込む作品に仕上がっています。そして話の最後に、事件後のマスコミの反応と大臣のコメントを加え、政府が高度な判断と称してこの事件のことを知らんふりをしたと皮肉ります。ハーンは、庶民の一女子である畠山勇子の自己犠牲を厭わない忠愛精神に深い感慨を抱き、事件を冷静にかつ感情を込めて回顧することにより一つの完成した小品に仕上げたのです。ハーンの物語は、『怪談』の話のように原典があり、それを再構成した再話文学として独立した作品もありますが、「生き神」や「勇子」のような作品は、再話文学の手法を用いて実際に起こった異国での出来事を物語として描き、日本人の精神的特性を明確に示したのです。

ハーンに比べ、モラエスは物語文学と呼べるようなものは書いていません。印象記の中に日本の民話、昔話、伝説を加えますが、フランス語や英語に翻訳された文献をポルトガル語に翻訳して紹介し、若干の考察を加えたものでした。『シナ・日本風物誌』（一九〇六）での物語などがこれに当たり、物語を再構成しないものの、親しみのある語り口で中国、日本の異国情調とその印象を伝えました。ただ、自分が直接に聞いた話、体験した実話、実際に起こった事件を語る際には、文学的配慮を施しました。この傾向は、最初の作品『極東遊記』に既に見られ、「もうひとりのお母さん」や「纏足」で小さな物語を、淡々としかし感情を込めて語ると同時に、中国の庶民の実情を浮き上がらせました。また、モラエスの神戸時代の『日本夜話』に実話をテーマとした作品「畠山勇子」があります。モラエスは、ハーンの作品を読んで感銘し、勇子の眠る京都の寺を訪れ、住職と親交を結びます。そうしてハーンと同じく作品化したわけですが、モラエスの勇子の物語は、事件の顚末を語る新聞記事を解説したようで、物語としては成功していません。モラエスは、ハーンのように話を再構成する意図がまったくなかったため、そこからは物語の躍動感が伝わってきません。唯一モラエスが気を配ったのは、勇子の心情の解説です。モラエスを感動させたのは、天皇を崇拝する日本精神が平凡な一庶民の女性にまで行き渡っていることであり、その表れの例を描きたかったのです。モラエスの「畠山勇子」は、話が終わった後で、モラエスが勇子の内の日本精神を考察しているため、物語風の小品と言えます。しかし、物語の部分を見るとハーンのように文学的効果をねらった書き方はしていません。モラエスには、物語を再構成したり創作したりする意志はなく、物語の内容を通して日本人の心の内を表現したかったと思われます。このようにモラエスの物語は、純粋に文学的なものではなく、現地ます。

の人々に浸透している宗教観、道徳・倫理観などを具体的に表現する一つの手段であったと考えられます。

最後の日本研究は、両者のルポルタージュ文学の一部として作品の中に挿入されています。そうではありますが、日本研究を目的とした単独の作品がハーンとモラエスの代表作のひとつになっていますから、ここで少し触れておきます。ハーンは『日本 一つの試論』、モラエスは『日本精神』を日本研究の集大成として書き上げています。ハーンの『日本』は、過去の歴史、宗教、社会、教育を分析し、民族精神に迫ろうとしました。そして、西洋に立ち向かわなくてはならない当時の日本の現状を考察しました。一方、モラエスの『日本精神』は、固有の民族精神が日本の家族から国家、教育、言語、芸術と文学、愛と死の観念などにいかに表れているかを考察しました。モラエスも、当時の日本の現状に危惧を抱きましたが、将来の日本はその精神性において世界に貢献するはずだと期待を寄せました。両者の著作は、時代状況が変わり、研究が進んだことにより、現代ではその価値の多くが失われています。しかし、当時の日本と日本人を真摯に分析、考察した文献として価値を損なうものではありません。ハーンもモラエスも学者ではなく、両者の日本研究は、集めた文献が十分でなく、欠落した分野や知識不足が指摘されることがあります。確かにそれは事実ですが、ハーンの日本研究はモラエスのそれと比べると、はるかに緻密で本格的です。モラエスは、ハーンのように難解な仏教の教義やスペンサーの進化論には足を踏み入れませんでした。モラエスの日本研究の目的は、日本人の固有な精神がいかに民衆の内に生きづいているかを考察することにあったからです。両者が最後に執筆した日本研究の著作は、日本の現状への危惧や批判的な面も見られますが、日本への深い愛情と期待から執筆されたことは確かでありましょう。

モラエスとハーンは、来日以来、死に至るまで、文学、研究という手段を用いて日本と日本人を語り、解説しました。とりわけ、両者が独自の文学を通して語ったときに生彩を放ちました。モラエスは、文学は人間研究であると語り、言葉通りのことをしました。またモラエスは、日本人の感情と人生を語るだけでなく、自分自身の感情と人生を語りました。日本で影響を受けた自らを例として、人間としての生き方を模索したわけです。そこに現代にも通じるモラエス文学の魅力があります。一方のハーンは、自分をさらけ出しての感情を語っていません。これは、両者の文学の違いに帰せられるものです。ハーンは、消えゆく古き日本の良さに触れ、啓示を得て、美しくも深みのある文章で日本と日本人を語りました。そして最後には、自ら抱いた理想のユートピアの世界を夢見たのです。

モラエスもハーンも、この世の美を追求し続けた印象派作家と位置づけられますが、両者の文学は、人間研究を目的としており、古き良き時代の日本の姿を回顧させるだけでなく、時代や場所が異なっていても、人間としての変わらぬ姿を私たちに見せてくれているように思われます。

モラエスにおけるハーン

モラエスはハーンのことを著作や書簡の中で、この上なく繊細な芸術家気質を備えた思想家、哲学者、エッセイストであり、形式の美しさ、魅力的な言葉づかい、鋭く丁寧な観察力、優れた批評精神、独特の情緒性において類を見ないと第一級の評価をしています。それでは、モラエスにとってハーンはどんな存在だったのでしょうか。モラエスがハーンの存在を知ったのは、来日してからのことであったと思われますが、初めてハーンの名前が登場するのは『日本通信』においてです。モラエスは、外国人による日本関係の著作として、ハーンの日本での最初の三作品『知られぬ日本の面影』、『東の国から』、『心』を挙げました。それ以降も『日本通信』だけで、ハーンの名前が三十回以上も現れます。ハーンの死と埋葬、来歴、著作の紹介と解説、女性についての考察、昆虫など小さな生き物への愛情、ハーンの物語の紹介、晩年の日本嫌いに対する弁護など、モラエスのハーンへの態度は終始好意的で敬意に満ちています。さらに、その後のモラエスの作品のほとんどに、ハーンの名前が記されます。モラエスの徳島空襲で焼失した遺品の蔵書目録には、ハーンの十三冊の著作がありました。モラエスは、ハーンとその著作について『おヨネとコハル』の中で次のように述べています。

以前もっとたくさんあった残りである私のささやかな蔵書の中で、私が最も敬愛する作家は、疑いなく実にひたむきな日本の解説者であるラフカディオ・ハーンである。彼の本を何度となく読み返すが、読むたびにこの上ない新鮮な喜びを覚える。それも、自分の仕事に専念し社会的なつき合いのあった神戸にいた時よりも強い喜びである。しかし、このことに関して受ける印象をより厳密に表現しようとするなら、彼の本を読み直しているのではなく、まるで日本のことを話しに徳島の私の避難所に来ているかのように、作家本人が語るのを私が聞いていると言うほうがよいであろう。彼の素晴らしい作品を繰り返し読むたびに、ラフカディオが私を訪れているような気がする。だから私にとって実のところ、彼とは何かと言うと、私が誇らしく迎え、耳を傾け、共に語り、その言葉で私を魅了する心優しい友である。ラフカディオと一度も会ったことがないとか、彼が十五年前に亡くなってしまっているとかは、私にはほとんど、あるいはまったく関係ない。今日、明日、どんな日でも、ラフカディオの本のどこかのページを読み直すと、何よりも大いなる友の優しい姿が見えたり、見えてくる。彼は遠くから私を訪ねてくれ、私は挨拶の言葉を口にする……

モラエスは、ハーンの著書を何度も読み返しただけでなく、自分の著作に引用したり、ハーンの著書から示唆を得たりしました。その意味で、ハーンはモラエスの先輩であり師でもありました。またハーンは、モラエスの徳島での孤独を慰める友でありました。さらに、モラエスはハーンを自分と同じ異国情調を愛する審美家であり、同じ志を持つ同志であると考えました。モラエスは晩年に、徳島から友人に宛てた書簡で次のように語っています。

ラフカディオを少し理解するには、私がしてきたような生活、つまり三十年近く日本にいて、できるだけ庶民の生活に立ち入り、生活を共にし、数限りない幻想に身を熱くし、大いに悩み、終には日本のために死ぬことが絶対に必要なのです。

モラエスにとってハーンは、先輩であり、師であり、同志であり、何より日本を語る上で最も信頼できる心の友であったのです。

おわりに

以上、モラエスとハーンの生涯、人間的側面、日本観、文学などについて比較してみました。そこからわかることは、両者には多くの共通した面があることです。それらを列記してみると、次のようになります。

（1）西洋から来た同時代の人であり、勝れた日本の解説者。（2）印象主義作家であり、日本で作家として開花したこと。（3）漂泊の魂を持つ異国情調の信奉者であり、美を求める審美家。（4）西洋の物質文明に危機感を抱いたこと。（5）東洋の伝統的知恵に西洋にない価値観を見出したこと。（6）西洋化した日本を嫌い、旧来の日本を愛したこと。（7）長期間日本に住み、日本で亡くなるまで日本と日本人を観察し続けたこと。（8）民衆への視線は常に温かく、民衆の中に入り込もうとしたこと。（9）日本女性をとりわけ賛美したこと。（10）キリスト教に背を向け、日本の宗教を肯定的にとらえたこと。（11）性格、感性が似通っていたこと。（12）最期まで西洋人であったこと。

こうして見ると、両者が似通った性向と態度を示し、同じような道を歩んでいったことがわかる気がします。モラエスもハーンも学者ではなかったため、知性による日本の理知的理解を第一に目指したのではなく、日本への熱烈で温かい共感を基盤に心で日本を理解しようとしたのです。

一方、両者に相違があったことも確かです。モラエスは、神戸では外交官という地位にありましたが、引退後は徳島に一市井人として隠棲してしまいます。ハーンは、神戸、松江、熊本、神戸、東京と職と住まいを移しました。そして、神戸で新聞記者をした時期を除くと、教師という立場で公的生活を送り、日本人社会の中で生活しました。また交友関係について、モラエスには、神戸時代に仕事上の知人はいましたが、本国の友人を除いて、日本人、外国人を含め知的交友関係を結んでいません。徳島時代に至っては、外国人とのつき合いは避け、庶民の仲に埋もれる生活を続けました。ですから、日本についての情報は外国語の新聞、文献、それに自分の体験しかありませんでした。それに引きかえ、ハーンには日本の知識人、チェンバレンなどの学者との交流があり、日本に関する知識、情報をモラエスよりはるかに多く得ていました。書くことは、モラエスにとって神戸時代から興味と情熱の発露でした。徳島時代には、執筆することは生きる上での活力となりました。ハーンの場合も、書くことは生きる活力でしたが、日本を解説し伝えることは、教師と並ぶ職業的な使命でした。書くことへの態度も両者は異なっていました。モラエスの書き方は、折に触れて現地で得た印象の短い覚え書きを、文学的配慮はするものの、時間をかけずに配置するもので、印象の深さが作品の生命でした。ハーンの場合は、現地で得た印象に時間をかけて推敲を重ね、再構成することで作品に生き生きとした生命力を与えることを主眼としました。両者の違いは、文章のスタイルと書くことで生計を立てる者とそうでない者の違いに帰せられるかもしれません。

このように、モラエスとハーンの違いを挙げれば切りがありませんが、人と生活が違えば当然のことです。ただ、日本で歩んだ道での偶然の出合いが両者の人生に大きな影響を両者に与えたのは確かです。それは、日本女性とのかかわりです。

モラエスは、既に述べたように日本で家庭を築きませんでした。愛する日本で得たのは、おヨネとコハルの二人の愛人でした。中国には現地妻の亜珍と二人の息子がいましたが、家庭は崩壊していてモラエスには悩みの種でした。そうしたモラエスの心を慰めたのが神戸時代のおヨネとの生活でした。しかし、おヨネは病で亡くなり、モラエスは現実社会から離れ徳島に隠棲します。徳島ではおヨネの姪コハルと同棲しますが、数年後コハルをも病気で失います。このように、愛する人を亡くす痛ましい出来事を経験したことが、今までとは異なる人生観をモラエスに与えました。『徳島の盆踊り』は、日本人の死をメインテーマにした作品ですが、おヨネが生存していればあれほど達観した心境は得られず、違ったものになっていたはずです。コハルが亡くなってから、モラエスは孤独への対処法を学びました。徳島に移住する際に孤独を求めたのは、現実社会での耐え難い悩みから逃れるためでしたが、今度の孤独は共に暮らす人のいない死を前にした老人の孤独でした。そして、日本について書くことは、孤独に対しての何よりの対処法になりました。亡きおヨネとコハルを追憶して書くことは、常に痛みを伴いましたが、それでも生きる支えになりました。愛する者をすべて失った孤独の中にあったからこそ、モラエスは自らの生き方、内なる感情を素直に吐露できたのです。おヨネとコハルが生きていれば、『おヨネとコハル』は誕生していなかったはずです。その意味で、二人の日本女性は、モラエスの人生に、文学に大きくかかわったと言えましょう。

ハーンにも同じことが言えます。モラエスと違って、ハーンは日本で家庭を築いています。伴侶となる小泉セツとの出会いのきっかけは、異国での生活の不便さを解消する手段から生じたものですが、ハーンはセツの飾らぬ人柄に惹かれ、愛情を育んだと思われます。その後ハーンは、セツを妻とし、四人の子をもうけ、家族のために小泉家に入籍し日本に帰化します。帰化することは、家族に対し責任を負うことですから、これまでの根なし草から法的にも一家の中心的存在となったわけです。ハーンと旧来の道徳観を身につけたセツとの関係は非常に良好で、セツの敬意と愛情に包まれたハーンは、セツに対し心配はするものの不満と言えるような言葉を漏らしていません。その意味で、セツはハーンに家庭の幸せを提供したのです。また、セツはハーンの文学にも貢献しました。怪談の書物を捜して古本屋を走り回り、セツはハーンに聞かせました。長男一雄の『父「八雲」を憶う』で、セツが教養のないため十分な手伝いができないことを恥じると、ハーンは戸棚の本箱の自分の著書を指して、セツの協力のおかげで本が完成できたと感謝したことが述べられています。ハーンにとって、セツはこの世でなくてはならない存在であったわけです。ハーンは、不幸な生い立ち、悪戦苦闘のアメリカ時代を経て、日本で幸せな家庭を築き、安住の地を得たはずですが、それでも心の奥に孤独感をつのらせていました。それは生来の漂泊者の孤独であり、妻のセツにも理解できないものでした。ハーンは自分の孤独を口に出して語っていませんが、モラエスはハーンの著作から同志としてそれを感じ取っていたように思えます。もしハーンがセツとめぐり合っていなければ、日本に帰化することもなく、新たな神秘を求め日本を脱出した可能性が多分にあったのではないでしょうか。セツは、その意味でハーンの人生を変えた日本女性でした。

モラエスとハーンは、運命に導かれ明治の中期に日本を訪れました。そして、昔の面影が残る日本に感激し、地上の楽園を求め日本の深奥に分け入ろうとしました。しかし、西洋人であるがために日本に同化することはできませんでした。また、現実の日本は西洋化が進み、西洋の価値観に基づき動き出していました。それでも両者は、たとえ異国情調が色あせても、日本に愛情を注ぎ続けることをやめませんでした。モラエスとハーンのような人間は、世紀末の時代状況が産みだした結果かもしれません。しかし、日本とのかかわりにおいて、これほど希有な西洋人は両者のほかにいなかったのではないでしょうか

モラエスが現代に語りかけるもの

ここまでモラエスとハーンの共通点と相違点について述べてきましたが、この項では、第I部、II部を通してモラエスが語ってくれたものから、現代に送るメッセージとはどんなものであるのか考えてみたいと思います。

モラエスが語ったのは、明治・大正時代の日本と日本人についてです。モラエスが見た当時の日本社会には、西洋文明の波が押し寄せ、日本は大きな変革の道を歩んでいました。国力を増し、世界の列強の仲間入りを果たすため、日本はさまざまな西洋の制度、科学技術、思想を急速に受け入れました。モラエスの言うように、日本にとって良いものと悪いものの仕分け、選別をする時間も余裕も当時はまったくありませんでした。モラエスは、日本が物質万能の功利主義に陥ることを危惧しましたが、一世紀か二世紀後にはその弊害を克服できるものと期待を抱いていました。なぜなら、日本人の適応能力の高さと柔軟性に加え、日本社会には庶民に至るまで、社会を動かす昔ながらの宗教観、道徳が厳然として存在していると見たからでした。当時の日本人は、一部の地主、商人、実業家などを除けば多くは貧しく、貧困がいかに人間の心身を圧迫するかを中国などでのこれまでの体験からモラエスは学んでいました。しかし日本では、生活は貧しくても、自分たちの現在を支え守護する祖先の霊を大切にし、地域に根付く神を敬い、さらに国家の最上位にある天皇を崇拝する構図が確立されていました。日本社会の基本は家制度にあり、家長は家の安泰と繁栄のためひたすら家族に服従、協力することを求めました。そこでは、私利私欲は嫌われ、時には愛する家族に自己犠牲を強いることもありました。さらに、家だけでなく国家に奉仕するため、忠誠心、愛国心が求められました。こうした宗教観、道徳観が社会に浸透し、内部では団結、協働の連帯となり、外部の外国人へは礼節、親切心、穏やかな微笑となって表れるとモラエスは考えたと思われます。

モラエスはまた、日本の庶民の素朴な信仰心に好意を抱きました。汎神論的感情から、太陽、水、火、岩、樹木に自然の霊を感じ、それらを畏怖し、感謝する純粋な宗教的態度、神社仏閣に熱心に詣で、家族の安全と家の安泰を祈る心の善良さを讃えました。日本人の自然に対する態度にもモラエスは共感しました。自然は日本人にとって、人間と対立するものではなく、共棲し融和するものでした。日本人は、家や庭、日常の調度類、衣服の意匠などにも自然を調和的に取り入れ、生活を豊かにしているとモラエスは捉えました。モラエスのような外国人にとって、日本人の生活は質素であっても、好ましく美しいとさえ映ったのです。しかし、モラエスが訪れた時代の日本が理想的な社会であったわけでは決してありません。庶民の多くは貧困に喘ぎ、モラエスが賞賛した日本人の精神体系はその後、ひたすら国家の繁栄を求め、領土拡大、海外侵略へと向かう軍国主義の原動力となっていったのも事実です。しかしながら、当時の日本社会は貧しくとも、それなりの安定した秩序と落ちつきがあったことは確かで、人々の心もさほど病的な状態を示してはいませんでした。

一方、現代の日本は、西洋の科学文明が隅々まで浸透し、生活は当時に比べ格段に豊かで便利になりました。しかし、便利さ、快適さとひきかえに心の問題がなおざりにされ、さまざまな問題が生じています。自殺者やうつ病の急増、短絡的な犯罪の増加、家庭内暴力、育児放棄、学校や職場でのいじめ、無気力、引きこもり、老人介護問題と枚挙に暇《いとま》がありません。こうした現象の原因は、利己的個人主義の広がりに加え、旧来の道徳、倫理観がある意味で機能しなくなったことに起因するのかもしれません。モラエスが抱いた日本の将来に対する期待は、残念ながら現代の日本では実現できていません。だからと言って、社会のこうした傾向をすぐに改善することは不可能です。それでも日本がより健全な社会を目指すならば、各人が意識して行動しなくてはなりません。それはモラエスの言うように、個人の利益追求だけでなく、利他の思想に基づき、個人ができる範囲において、他者との共感と連帯の輪を広げる行動にしかないのかもしれません。モラエスは、社会において大切なのは民族の健全な精神であると語っています。私たちは、モラエスが書き残したものから将来の日本社会へのメッセージを読み取らなくてはならないと思います。

モラエスが語ったもう一つは、自分自身を含めた人間の生と死についてです。モラエスが亡くなってからかなり時が経過しましたが、生とは、死とは何かとの問いは、時代が変わっても国や人種が違っていても、人間すべてに問われる問題です。しかも、その回答は人によって異なり、こう生きるべきなどと言うことはできません。モラエスもそうしたことは説いていません。ただ、自分の人生についての考えを、著作の中で告白しているだけです。モラエスは、ハーンと同様に世界を駆けめぐり、さまざまな体験を重ねました。彼の七十五年の生涯で体験した人生の告白とはどんなものであったのか、耳を傾けてみるのは決して無駄ではないと思います。

モラエスは仮にとしていますが、「生きることは、感じることであり、愛することであり、感動に心が震えることであり、愉《たの》しむことであり、悩み苦しむことである」（『おヨネとコハル』）と語っています。

〈感じること〉は、生命の存続のためにどんな動物にも不可欠なものですが、人間の場合それだけでなく、生を豊かにするために心が働く必要があるとモラエスは言うのです。中でも、モラエスは、〈愛することと〉を生きることの中心に据えました。モラエスは、異国情調を愛し、感動に心を震わせましたし、女性との恋愛も重ねました。恋愛において、人は激しい情熱をたぎらせ時には理性を失い、時には悩み苦しみます。しかし、それだからこそ生命が躍動し、喜びも大きくなります。モラエスは、理性を失うほどの恋愛の病を患い、利己心から破局を体験しました。また恋愛が成就した場合でも、相手の死による別離の痛手をこうむりました。それでも、モラエスは愛することをやめませんでした。過去を想起するサウダーデの世界で、愛した人の姿を愛の名残として追い求めました。人を愛することは、無上の喜びであり、悩みや苦しみを伴ったとしても、人が生きた証であるとモラエスは考えたのです。晩年のモラエスはまた、自然界の万物を愛することを学びました。人は年を重ねるにつれ、激しい情熱は穏やかになります。しかし、万物への愛情は弱まることはありません。そこには、人を愛する時のような利己的で独占的な感情が生じることもありません。モラエスは、目に映る景色、庭の樹木や植物を愛し、身近にいる小動物や昆虫を愛しました。虫を殺すことさえ避けました。仏教の慈悲の心からと言うより、命あるもの同士としての仲間意識からでした。モラエスは、万物を愛し、共感を図ることで、生きる力を得ようとしたのでした。モラエスの愛は、年を経るに従って大きな広がりを見せるのでした。私たちは、モラエスのように愛することができるとは限りません。しかし、人間を、万物を〈愛すること〉は、私たちが生きる上でこの上もない活力を与えるのは確かです。

〈愛すること〉を生きる上での信条としたモラエスでしたが、生来の気質からか、常に孤独を背負っていました。さらに晩年には、日本の地方都市の片隅で、人々の偏見にさらされ、言葉も満足に伝えられない中で、老人の孤独に耐えなくてはなりませんでした。自ら選択したとはいえ、どんなに耐えがたく、寂しく、不安であったことでしょう。しかしモラエスは、自身の孤独を語り、孤独から多くを学び、孤独と共棲しようとしました。孤独な人間は、普通の人に比べ、感覚がより敏感になり、洗練され、ものがよく見え、聞こえ、より多く感じることができるとモラエスは語ります。そうしてモラエスは、万物が発する魂に共感し、友愛関係を結びました。庭に咲く花、芽吹く樹木は、優しい友となり、孤独なモラエスを優しく包み込み、老いや病を忘れさせる安らぎを与えました。また、飼い猫やニワトリなどを仲間とし、話しかけ、感情の交流を図りました。時には、相手をののしったり、相手の仕草にひとり大笑いしたりしました。モラエスには、日常のつまらないささいな出来事が感動を呼び起こすのでした。さらに、モラエスは孤独であることを前向きに捉えようとしました。孤独であれば、他人に煩わされることなく、自由にしたいことをして、自由に思うことができると考えました。庭いじり、散策、料理といった日々の仕事や行動を愉快な暇つぶしとしてモラエスは楽しみました。また、ハーンの著作を心の友とし、日本について考え、著作に励みました。書くことは、孤独の気晴らしになるだけでなく、生きる支えの一つになったのです。モラエスは孤独であったがために、万物を〈愛すること〉、敏感に〈感じること〉、時にはささいなことにも〈感動に心が震えること〉、日々の生活を〈愉《たの》しむこと〉を学びました。しかしながら、〈悩み苦しむこと〉は、どんな状況にあれ、人が生きている限り消し去ることはできません。モラエスは、孤独であるがために過去の記憶により苦しみ、かつて愛した人の思い出の品を眺めてはひとり涙しました。孤独であることが、モラエスに喜びと悲しみの交錯する生を強烈に意識させたのではないでしょうか。

現代の日本では、孤独であることは負の状態であるとして、避けようとするか逃げようとする傾向があります。周りに自分を理解してくれる人がいなければ、確かに寂しい思いをし、不安も覚えます。しかし一方、孤独な人には考える時間と自由があります。好奇心と工夫、それに少しの情熱があれば、孤独であっても生きることを味わい楽しむことができるはずです。モラエスは、「孤独な人は幸いである」と語っています。私たちは、孤独についても考え直す必要があるのかもしれません。

モラエスは、生きることと同様に、人間の死についても多くを語りました。モラエスは、生物の死は無から生じ、無に帰る自然現象であり、死そのものは無価値であると冷静で理性的な判断を下しました。そうして、人間がこの世から消滅するのは虫けらの死と同じであり、自分の死も自然なことであるとし、モラエスはさほど死を恐れはしませんでした。むしろ、死の向こうに何があるのかと期待すらしています。しかし、そうは言うものの、死は人種を問わず、死にゆく人に心のおののきと苦悶を与えます。死の訪れを見守る者は、死から逃れてほしいと願うばかりです。それでも死は、無慈悲にも人に襲いかかり踏みにじります。さらに、亡くなった後も残された者に嘆き、悲しみ、苦しみを与え続けます。モラエスも愛する人の死の痛手に苦しみました。ですから、私たちすべての人間を待ち受ける死をはっきりと知るようにしなければならないとモラエスは言うのです。

私たちは、死が間近に迫ってくるまで死を考えず、頭から追い払う傾向があります。しかし、死を直視しない限り、生の何たるかもはっきりと見えてきません。また現代では、亡くなった人々への追慕も儀式や忘却に任せてしまい、死者を想う気持が必ずしも強いとは言えません。モラエスは、死者の集う墓地をサウダーデの園と呼びましたが、私たちの多くは墓参もままならず、心にゆとりのない生活を送っています。しかしながら、生が人生なら死も人生そのものです。私たちはモラエスのように、逃げることなく死をよく知ること、私たちを愛し、支えてくれた死者に想いを馳せ、死者との交流をもっと図ることが必要なのかもしれません。死者に想いを馳せることは、死者を蘇えらせるだけでなく、生者に死があることを実感させるからです。

モラエスは、私たちに日本と日本人を語りました。そして、日本社会が歩んでいってほしい道を示唆しました。またモラエスは、人間の生と死とは何かを謙虚に語ってくれました。人生には限りがあります。私たちがより豊かで充実した人生を望むならば、生きている限り心を働かせ、生きる喜びを感じるとともに、人生における苦しみ、悲しみをも、消すことのできない生の彩りとして受け入れなくてはなりません。それこそが何より、モラエスが私たち現代人に語りかけているものではないでしょうか。

III　日本人文学者とモラエス

モラエスは、既に述べたようにヨーロッパの西の果てポルトガルに生まれ、海軍軍人として世界を駆けめぐり、極東の日本にたどり着きました。その後、外交官として活躍しますが、最後はすべてを投げ捨て、日本の一地方の片隅に隠棲し、ひとり寂しく生涯を終えました。こうした数奇な運命をたどったモラエスの生涯と日本について書き記した作品は、日本の多くの文学者の注目を集めました。ここでは、モラエスについて書き記した日本人作家、歌人、翻訳者の足跡をたどり、どのようにモラエスを捉えたのかを見てみましょう。

佐藤春夫とモラエス

佐藤春夫（さとう はるお）

一八九二（明治二五）年、和歌山県生まれ。明治末期から昭和にかけて、詩、小説、文芸評論、随筆、短歌、翻訳など様々な分野にわたって活躍した近代日本を代表する文学者。慶應義塾大学文学部中退。代表作は、小説では『田園の憂鬱』（一九一九）、『晶子曼陀羅』など。詩では『殉情詩集』（一九二一）、『李太白』（一九二四）など多数。文化勲章受章者。一九六四（昭和三九）年死去。

佐藤春夫は、大正、昭和の文壇で重要な位置を占めた巨匠の一人です。佐藤が活動した分野は、詩、小説にとどまらず、短歌、俳句、随筆、戯曲、評論、評伝、翻訳と多岐に渡っています。文体は流麗、絢爛ときに洒脱で、言葉を自由自在に駆使しました。文学的には、反自然主義的立場をとり、近代的知性に内在する憂愁、不安を描こうとしましたが、耽美的、浪漫的傾向も示し、一つの思潮の枠にはめられない文人でした。佐藤を敬愛する門人は多く、門下からは、井伏鱒二、壇一雄、太宰治、遠藤周作などの作家が輩出しています。

佐藤は、大正時代の後半から昭和十年頃まで英米文学の翻訳に熱意を示し、詩や随筆のほか、E・A・ポーの短編やハーンのアメリカ時代の新聞記事を翻訳しています。この時代の佐藤には、異国的な怪異、超自然的幻想への強い興味があったように見受けられます。また、浪漫主義の影響からか、恋愛における不安、苦しみにさいなまれる情念に惹かれ、十七世紀の尼僧の恋の書簡集を翻訳しました。それは、佐藤の文学仲間の間で話題となった、ポルトガルの尼僧マリアナによるフランス陸軍軍人への書簡で、英訳本を芥川龍之介から借りた佐藤は翻訳に取りかかりました。この書簡集は、『ぽるとがるぶみ』として一九三四（昭和九）年に出版され、戦後に再出版されます。佐藤の頭には、モラエスの生国であるポルトガルという国が意識に残ったと推測されます。

佐藤は、日本の良き理解者であるハーンを若い頃に見出し、文学の上でも影響を受けていました。そのため、同じ日本の理解者モラエスの名を耳にしたことがあったかもしれません。しかし、実際に佐藤がモラエスとかかわりを持つのは、一九三五（昭和一〇）年七月一日のモラエス七回忌追悼法要への出席を著名文芸作家として請われたからでした。当時はモラエスについての情報は乏しく、花野富蔵訳による『日本精神』が出版されたばかりで、他の作品は概要だけで、ほとんど知られていませんでした。佐藤は幸運にも翻訳者花野と徳島に同行することになり、花野への取材からモラエスについての資料、知識を得ました。

佐藤は、法要前の六月二六日に徳島に到着すると、モラエスの旧居、墓所、県立図書館のモラエスの蔵書を含めた遺品展示資料室をめぐり、さらなる情報を得ました。佐藤は、七月一日の七回忌追悼法要に参加したのち、当日の夜に開催された「モ翁を偲ぶ座談会」に出席しました。この徳島行は、「徳島見聞記」としてまとめられ、七月二日から五回にわたり大阪朝日新聞に掲載され、著名作家の流麗な美文調の文章と相まって世間の注目を集めました。

「見聞記」の内容は、花野訳の『日本精神』の巻末に加えられた「モラエスの生涯」を参照したモラエス小伝、モラエス故宅、墓所訪問、モラエスの日本語、蔵書、遺品の解説、モラエス評よりなっています。佐藤がモラエスの追悼法会への列席を承諾したのは、「見聞記」の冒頭に記されているように「既に岡本真知氏その他の紹介によってモラエスの名くらいは知っていたが、悲しい哉、その語に暗いために著述はまだ見るに及ばず、従って小泉八雲同等或は以上に日本精神を体得し国外に紹介した外人との評判の真意を知るよしもなかったのは我ながらもどかしいことであった。すなわちこれを好機に徳島に行って故人に関する見聞を博め、且つは追々に訳出されると聞くその著を通読したならば、せめては幾分かこの埋もれた連城の美玉の真価を発見するよすがともなろう」ということからでした。佐藤がモラエスに惹かれたのは、モラエスがハーンにも劣らない日本精神の体得者であり、日本賛美者として日本を海外に紹介したもう一人の外国人であったからでした。また、モラエスはハーンと異なり、一地方都市の片隅で暮らしつつ、日本について書き続け、ひとり孤独の中で生涯を終えたことに強い興味を抱いたからでした。しかし、残念なことに、モラエス七回忌の法要は市民の手を離れ、日中戦争、ファシズム化へと向かう官の主導のものであり、モラエスの天皇崇拝、日本精神を称えた佐藤の記事は、結果として官の政策を後押ししてしまいました。

佐藤は、モラエスが、外国人には稀な日本主義者であることに感銘を受けたわけで、官の支援をする意図はなかったと思われます。同じ「見聞記」で、「奇異な霊を持って生まれて詩に酔い詩に殉じた彼の三回忌の集まりには知人が僅々《きんきん》四人来会しただけであったというのに、その後四年の星霜は彼に日本文明の紹介者、日本精神を体得した外国人という観点からの発見によって一躍全国的な祭礼の趣ある法要を営ませるに至った。運命の数奇は生前既に慣れてしまっている彼でもあろうが今更驚きを深くしているであろう。その墓石には今や苔蒸さんとしている。詩人よ安らかに眠れ。一躍君の名が日本国民の名となろうとも君は更に驚くには及ばないのである」と述べ、モラエスに同情していることからもそれがわかります。さらに佐藤は、愛人のおヨネやコハルの追憶を文学にしたモラエスを、「情痴の詩人」と評し、物議をかもしましたが、これは文学的視点からの評価を鋭く標榜したものでした。

モラエスの文学について、「情痴の詩人」と言ったように佐藤は、何より詩人として評価しました。翻訳者花野が紹介した若い頃のモラエスの詩を知った佐藤は、「モラエスの未刊詩」という記事（昭和一〇年七月一日、徳島毎日）を寄稿し、日本主義者モラエスの発見を急ぐ余り、第一の美点である大詩人モラエスを忘れるのは忍びないと語りました。詩人としてのモラエスの評価は別として、詩人佐藤がモラエスの作詩能力を認めたのは確かです。一方、モラエスの散文については、この頃ほぼ完成していた花野訳による『徳島の盆踊』の翻訳原稿の一部を読んだのか、「モ翁を偲ぶ座談会」で、次のように語りました。「私は一向にモラエスさんの著作も、ポルトガルの言葉も存じませんので直接読む事が出来ませんから内容の方面も深く知る事が出来ませんが多少見たり聴いたりした處《ところ》では、小説でも論文でもなく恰度これは我國の『徒然草』の様なものではないかと思ひます。『徒然草』の價値は作者の連想が形を生んでよくそれを調和し凡《あら》ゆる方面に細部のつながりを有してゐる點であってモラエス先生の作もよく是に似てゐる様に思ひます。必然的に斯《こ》うした文章にはセンテンスと云《い》ふものがないものであります」と発言しています。またそのためか、「モラエスさんの文藝は日本的のものであろうと考へる」と推測的判断をしています。確かに日本の古典の随筆文学は、心理主義の文学であり、モラエスの散文随筆が日本の古典随筆の形式と執筆態度に通じると佐藤は見抜いたわけです。また、翌昭和十一年に出版されることになる小品集『おヨネと小春』について「見聞記」で、「この二人の早く世を去った愛妻に対する彼の追慕の並々ならぬものであったのは彼女らに関して記した文章の多いのとそれがいずれも特に傑出しているという定評とによって推測するに難くない」とモラエスの散文作品にも期待を寄せています。その意味で、佐藤は日本賛美者としてのモラエスだけでなく、日本を深く知った文学者としてのモラエスを評価したわけです。

佐藤とモラエスのかかわりは、モラエス七回忌法要をもって切れてしまいますが、その後モラエス作品の翻訳の多くが完成されてから、文学を含めた佐藤のモラエス評が聞かれなかったことは残念に思われます。

佐藤春夫は、モラエスと同じ明治、大正、昭和の時代を共に生きた人であり、国や人種が違っていても、文学を心底愛する文人でした。異邦人モラエスに対し「見聞記」の中で佐藤は次のような生前を偲ぶ言葉を贈っています。

君が少年時から憧れ、少壮時代に遙々来て住んだこの国の緑も民の心も国の精神も君のあらゆる著作によってその美、その善その真を芸術の国土まで持ち上げられた。そうしてその芸術の国土に入るものは君に霊感を与えたわが国の国土、国民、国情を讃歎して措《お》かないというのは専ら君の麗筆の賜物である。遅蒔きながらにも君に感謝の微を捧げようとするの挙を君も喜んで受ければよかろうと思う。真珠は君が収集を喜んだ貝の疾病の結果であると聞く。単純ながら含蓄に富む筆致に心理の深い趣を示す真珠にもにた君が書作品も亦君が性情の疾情の結果であらねばならない。僕が情痴の詩人と君の性情をまず看破したゆえんである。

ものの真を愛した君は必ずや僕の非礼を宥《ゆる》すであろうと信ずる。低俗な人間らは単にその皮膚の表面を愛撫し得たのみで得たりとしている間に、君は彼女らの霊魂の深奥に触れ、更に根本に溯《さかのぼ》ってそれを生み出した国土の自然と国民の性情からその歴史や民族精神の真髄に触れた。そうして一度触れると、それを君自身の実生活にまで移入せずには措《お》かなかった。一切の生温さをゆるさぬ君が行動者としての態度を尊敬する者である。

吉井勇とモラエス

吉井勇（よしい いさむ）

一八八六（明治一九）年、東京都生まれ。耽美派の歌人、劇作家。早稲田大学文学部に入学し、政治経済科に移るも中退。「新詩社」の同人となり、機関誌『明星』に短歌を発表。北原白秋らと耽美派の拠点となる「パンの会」（一九〇八）を結成。石川啄木らと雑誌『スバル』（一九〇九）の編集。戦前・戦後を通し、多くの歌集、戯曲を出版。日本芸術院会員。一九六〇（昭和三五）年死去。

吉井勇は、明治、大正、昭和に生きた歌人、劇作家として名が知られています。また、小説、随筆などの著作も多数あります。吉井は、旧制中学校を卒業後、早稲田大学文学部に入学しますが、中退してしまいます。しかし、大学入学前に、与謝野鉄幹らが創設した文学結社「新詩社」の同人となり、機関誌『明星』に短歌を発表し、北原白秋とともに注目されるようになります。その後、白秋の文学の会「パンの会」結成に加わり、機関誌『スバル』創刊にかかわります。吉井らの歌風は、耽美的、反自然主義的なものでした。吉井は、歌集『酒ほがひ』（一九一〇）、戯曲集『午後三時』（一九一一）などで、歌人、劇作家としての地位を確かなものにします。大正時代に入っても、短歌、脚本、小説と幅広く作品を書き続けました。また、「ゴンドラの唄」の作詞を手がけ、広く世に知られるようになります。しかし、昭和に入ると歌風が大きく変わります。きっかけは、華族出身である吉井の夫人らによるダンス教師との恋愛、不倫スキャンダル、いわゆる不良華族事件（一九三三）でした。世間を騒がせたこの事件により、吉井は妻と別居、離婚し、高知県の山里に隠棲します。歌壇の表舞台から身を引いて隠遁したことが、耽美、頽唐的な歌風から、人生の寂寞とした悲愁を詠うようになった理由かと推測されます。

吉井がモラエスの存在を知ったのは、高知に隠棲中、徳島を訪れた時のことでした。後に書かれた随筆で、「私がこのモラエスに興味を持ちはじめたのは、昭和十二年の春、徳島の方へ旅をした時からのことで、そこで私は東京での旧知である泉鏡花門下の浜野英二君に会ひ、わんわん凧やら何やらいろいろ郷土的の話を聴いてゐるうちに、華やかだった軍人及び外交官としての前半生を棄てて、晩年の十数年間といふものをその恋人の郷里である徳島の町はづれに隠棲して過したといふ、この紅毛の老文人のことを耳にしたのであった」（「モラエス忌」）と語っています。世間での地位を完全に捨て去り、モラエスが隠棲したことに、事情は異なっていても自分と重ね合わせ、共感したのかもしれません。さらに、モラエスの旧居を訪れるにあたり、モラエスが日本人と同様に明治天皇の御真影を拝み、伊勢神宮の天照大御神の神符に手を合わせていたことを知り、感慨を新たにします。当時、外国人には日本精神の何たるかはとうてい理解できないと思われていましたが、モラエスが日本人のようにそれを理解し、敬意を払っていることに驚き、この異邦人に心を惹かれました。同行した県の学務部長に、「日本人モラエス」という題で戯曲を書きたいと申し出ているほどです。また吉井は、作家、詩人としてのモラエスの心情に惹かれます。吉井が徳島を訪れた一九三七年の『読書新聞』の記事（昭和十二年七月「モラエスの家」）によると、吉井は、翻訳されたモラエスの三作品『日本精神』、『おヨネと小春』、『徳島の盆踊』を読んでいて、とりわけ『おヨネと小春』の一短編「おヨネだろうか？……小春だろうか？……」に胸に迫るものを感じています。先の随筆でも、「「蛍」といったやうな題で、或る夏の夜二匹の蛍が飛んでゐるのを見て、亡きお米と小春とをしのんだといふ、哀れなモラエスの心持を主題とした一幕物を、書いて見たいやうな気にもなるのであった」と戯曲化の意欲を示しました。残念ながら、「日本人モラエス」も「蛍」も完成することはありませんでしたが、吉井のモラエスの散文における詩的感性への評価は高く、敬意の念を持ち続けました。

吉井は、モラエスを題材にした戯曲は執筆しませんでしたが、歌人としてモラエスを詠んだ短歌を残しています。吉井は、自ら望んだのではないにしろ、何年にも渡る高知での隠棲で人生の悲哀を体験したため、徳島に隠棲したモラエスの孤独、悲しみを自分のことのように理解できたのではと思われます。吉井のモラエスを詠んだ歌集『玄冬』（一九四四）には、図らずも異国に生き、ひとり寂しく死んだ異邦人を心から愛惜した有名な歌が載せられています。

モラエスは阿波の邊土《へんど》に死ぬるまで日本を戀ひぬかなしきまでに

これ以外にも吉井は、モラエスを詠んだ歌を多く残しています。

モラエスは紅毛ながら朝夕に明治の大き帝拝みき
徳島にわびずみの跡訪ひし日を思ひさびしむモラエスの忌に
日本刀を懸け陣笠を飾りたりおもしろきかなモラエスの部屋
誰よりも乃木大将をうやまへるこの紅毛の翁いとしも
モラエスの慈悲心かなし己が手螫《さ》す蜂にも命ありと殺さず
モラエス忌今日とし聴けどわれ病めばただ床の上にその文を讀む
假名文字の遺書を讀みたるかなしみをまた新たにすモラエスの忌に
紅毛のモラエス佛まつるとてつどへる人等念佛いふ日か
焼豆腐若布《わかめ》供えてをろがまむわび居ぼとけのもらえすぼとけ
（『玄冬』）

モラエスの徳島日記を讀みて待つねむられぬ夜の早く明くるを
（『天彦』）

モラエス忌近しと聴けば徳島のかの侘住みの思はるるかな
紅毛のモラエス仏の慈悲心はいまさらながらありがたきかな
恋人のお米を生みし阿波の国懐かしみつつ来しやモラエス
図書館のモラエス室にわれ在りて形見の貝にものをこそ思へ
慈光院扁窓文献大居士の位牌のまへに歌たてまつる
（慈光院：藻光院の誤り）

日本の人となるまでこの美しき国土を愛でしそのこころはも
モラエスが亡き恋人のたましいと思ひし蛍いまも光りぬ

（『霹靂』）

吉井勇がモラエスの存在を知ったのは、日本が大陸への軍事侵略を進攻させていた時代でした。そのため、外国人であるにもかかわらずモラエスが日本精神の真髄を日本人同様に理解し、日本の元首天皇に敬意を表していたことに、佐藤春夫と同じく、吉井が強い印象を抱いたのは確かです。しかし、これは時代状況がなしたことで、誰にも時代を超えることはできませんでした。ただ吉井は、日本人モラエスの一面だけでなく、人間の普遍的感情を美しい文章で詩的に表現した文学者モラエスを評価しました。吉井勇は、モラエスという稀有な異邦人に共感し、その心情を歌に託した歌人と言えましょう。

新田次郎とモラエス

新田次郎（にったじろう）

一九一二（明治四五）年、長野県上諏訪（現・諏訪市）生まれ。小説家、気象学者で、本名は藤原寛人。無線電信講習所（現・東京電気通信大学）卒業。中央気象台（現・気象庁）に勤務し、富士山観測所等の勤務を経験する。戦争中に満州の気象台に転任するが、戦後帰国すると勤務のかたわら執筆にも手を染める。『強力伝』（一九五五）で直木賞、『武田信玄』（一九七三）等の作品で吉川英次文学賞を受賞。山岳小説、歴史小説など幅広い分野で活躍する。その他の作品として『孤高の人』（一九六九）、『八甲田山死の彷徨』（一九七一）など多数。一九八〇（昭和五五）年死去。

新田次郎は、長野県生まれの山岳、歴史小説家であり、気象学者でもありました。富士登山のサポーター兼案内人を主人公とした『強力伝』で直木賞を受賞し、『武田信玄』などの歴史小説で吉川英治文学賞を受けています。新田の作品は、実際の人物、出来事を下敷きにして、人間の本質を掘り下げ、人物を浮き上がらせる手法を作風としています。文体は、修飾語句の少ない短文を重ねるスタイルですが、それによって逆に、人間の行動と心理が迫真をもって迫ってきます。また、山岳作家と言われるだけあって、自然描写は繊細で、自然の美しさ、荒々しさが読者に強く伝わってきます。

新田は、一九六六年に気象庁を退職し、作家として独立して以来、『富士山頂』『孤高の人』、『八甲田山死の彷徨』、『アラスカ物語』、『聖職の碑』など数多くの作品を発表し、作家としての文名と流行作家としての地位を得ました。そして、新たな挑戦として選んだのが異邦人モラエスを主人公とした小説でした。この挑戦的試みは、『孤愁　サウダーデ』のタイトルで、一九七九（昭和五四）年八月二十日から毎日新聞に連載小説として掲載され始めました。しかし翌年二月、新田は急逝し、小説は未完に終わりました。小説の内容は、モラエスの日本到着から神戸での外交官時代の途中までで、小説のクライマックスとなるはずの徳島時代まで行き着きませんでした。小説が未完に終わったことは、新田には心残りだったと思われます。しかし、時を経た三十二年後の二〇一二年、息子の藤原正彦によって書き継がれた『孤愁』は完成し、親子二代の合作として刊行されました。

新田は『孤愁』執筆にあたり、モラエス関係の文献はもとより、長崎、神戸、徳島、中国のマカオ、ポルトガルと現地取材を丹念に行っています。そして、取材で訪れた徳島では、次のような短歌を詠んでいます。

満月がかかりて愛しモラエスの終焉《しゅうえん》の地に酒をつつしむ

またポルトガルのリスボンでも、モラエスを偲ぶ短歌、俳句を残しています。

モラエスの故郷に来にけり曇りなき乾きし国の白き土に立つ
モラエスは何処にありや昼の月

作家として『孤愁』を執筆するにあたり、少しでもモラエスの軌跡と心情に近づきたかったのでしょう。執筆の意気込みについて、藤原正彦は「この年の初め頃から、父はモラエスに憑かれたように取り組んでいた。故国ポルトガルへの熱い想いにまみれながら、亡き妻のおヨネの墓を守りつつ徳島の地で死んでいった文人モラエス。この孤高の人モラエスに、父は惚れこみ惚れぬいていた。この作品にかけた父の並み並みならぬ気迫は、家族の者にもひしひしと伝わっていた」（『父の旅私の旅』）と語っています。新田はどうしてそれほどまでにモラエスに惹かれたのでしょう。これは推測するしかありませんが、恐らくモラエスがハーンのように有名ではなく、日本ではあまり知られていない人物であったことと、その数奇な生涯にあったのかもしれません。新田は、新聞に連載するにあたり、「モラエスはポルトガルを愛していた。帰ろうと思えば何時でも帰ることができたのに、そうはせず、母国のサウダーデの思いにまみれながら、徳島市の眉山の下で息を引き取るまでの三十年間、日本を愛し書き続けていた。何が彼をこれほど日本へ引きつけたのだろうか。私はそのモラエスを書きたかった」と執筆の動機を語っています。モラエスが心酔したのは、古き面影を残す日本であり、悩み多きモラエスの精神に日本が安らぎを与えたことを新田は理解したはずです。また、神戸時代までのモラエスにとって、日本という未知の魅力に挑戦する冒険心が、故郷へのサウダーデに勝っていたことも新田はわかっていました。ただ、ポルトガル人を理解するには、サウダーデというポルトガル語を理解しなければならないと新田は思いました。同じ新聞記事で、題名とした「孤愁――サウダーデ」について、次のように語っています。

題名のサウダーデ（SAUDADE）の意味については、多くの現地ポルトガル人に訊いてみると単なる郷愁や、やるせない思いだけではなく、ポルトガル人以外にはその真意が掴みがたいほどの広くて深い内容を持った言葉のようだ。私はこれを孤愁（サウダーデ）と解釈し、敢えて小説の題にした。これ以外に適当な言葉がみつからなかったからである。

サウダーデというポルトガル語は、日本人の耳にも優しく美しい響きを感じさせる言葉ですが、新田がこの作品の執筆を始めた当時、日本ではほとんど知られていない言葉でした。新田は、サウダーデがポルトガル人の民族感情を解き明かす鍵となる言葉であると見なし、敢えて題名として選んだのでした。問題は、サウダーデを日本語でどう訳すかでした。サウダーデは〈追慕〉、〈追憶〉、〈郷愁〉などと訳されていましたが、孤独、寂漠の道をひとり歩むモラエスの姿から〈孤愁〉という訳語を新田は選択したのでした。そして、『孤愁』の中で登場人物に、「別れた恋人を思うことも、死んだ人を思うことも、過去に訪れた景色を思い出すことも、十年前に大儲けした日のことを懐しく思い出すのもすべてサウダーデです」と語らせ、さらにモラエスの言葉として「過去を思い出すだけではなく、そうすることによって甘く、悲しい、せつない感情に浸りこむことです」とサウダーデを説明しました。しかし、サウダーデは人を慰謝したり感傷的にするだけでなく、人を苦しめたりもします。徳島時代の晩年のモラエスは、愛する死者の追慕によって慰められると同時に、死者を想うことでもがき苦しみます。もがき苦しむモラエスの心情を、新田がどのように浮き上がらせたかはもはや知ることができません。何れにせよ、新田はポルトガル人のサウダーデを小説の主題として最初に取り上げた作家と言えましょう。

新田次郎は、職業作家となってから数多くの作品を書き続け、作家の宿命である孤高の道をひとり歩み、人生を駆け抜けました。しかしながら、孤高の人ほど過去の記憶を振り返るサウダーデの慰めが必要なのかもしれません。

司馬遼太郎とモラエス

司馬遼太郎（しば　りょうたろう）

一九二三（大正一二）年、大阪府生まれ。本名、福田定一。大阪外国語学校（現・大阪大学）蒙古語部卒業。歴史作家、評論家。産経新聞社在職中に、『梟の城』（一九五九）で直木賞受賞。文化勲章受章者。歴史小説では、戦国時代、幕末、明治を題材とした作品が多く、独自の歴史観を築く。また、文明批評家として著名で、多くのエッセイを残している。代表作は、『竜馬がゆく』、『国盗り物語』（菊池寛賞）、『坂の上の雲』、『空海の風景』（日本芸術院賞）、『街道をゆく』、『この国のかたち』など多数。一九九六（平成八）年死去。

司馬遼太郎の著書に『街道をゆく』（一九七一―一九九六）という膨大な四十三巻の紀行記があります。その内十三巻は海外編で、中国、台湾、韓国、アイルランド、オランダ、アメリカ編などに加え、ポルトガル編（『南蛮のみちⅡ』一九八八、「ポルトガル・人と海」一九八二年取材）が収録されています。海外編は、日本を離れることで視点を変え、外部からの視点で世界と日本を眺めることに主眼があったと思われます。中でもポルトガルは、地理的にはヨーロッパの辺境の地であり、この国がどんな歴史をたどり世界史に登場し、どのようにアジアの辺境の地の日本と交流を果たしたのか、そしてその偉業を成し遂げたポルトガル人とはどんな人たちなのか、ということに司馬は強い興味を抱きました。

スペインからポルトガルへ抜ける列車の旅で、ポルトガルの田舎の駅舎や民家の建築様式が思っていたよりも女性的で優しく、建物を飾るコバルトブルーのタイル絵も優しく抒情的であることを司馬は発見します。また、途中で出会ったポルトガル人は、スペイン的情熱は見受けられず、穏やかで、好ましい素朴な含羞を見せ、何か物哀しさを感じさせる人たちでした。恐らく司馬は、スペイン人ほどではないにしろ、ポルトガル人にも冒険的情熱をイメージしたのかもしれません。首都リスボンに到着した司馬は、リスボン市街、大航海時代の遺産ジェロニモス修道院、国立海洋博物館をめぐり、港町が漂わす憂愁とポルトガル人の表に現れた冒険心の結晶を見ることになります。

司馬はポルトガル紀行の目的を、「私がポルトガルにきたのは、信じがたいほどの勇気をもって、それまでただむなしく水をたたえていた海洋というものを世界史に組み入れてしまった人々の跡を見るためであった」（「テージョ川の公女」）と語り、海とポルトガルの海事にまず注目しました。司馬は、十五世紀に始まる大航海時代の立役者を航海王子エンリケに象徴させ、十字軍、航海・造船技術に触れ、海外へ進出していく歴史的国家事情を語ります。海外進出によって人が移動すれば、現地の人との衝突が生じます。しかし一方、海の道をたどって文化も伝播します。司馬は、日本とポルトガルとの交流において、ポルトガルを南蛮文化の光源と捉えます。中世の戦術を一変させた鉄砲伝来、フランシスコ・ザビエルらの宣教師によるキリスト教思想、通商を念頭においた港湾首都論、臨海地での築城法、また日常文化に残る南蛮文化とポルトガル語を語り、ポルトガルが日本に与えた衝撃と影響を伝えます。四百五十年以上も前に、ヨーロッパの西の果てポルトガルとアジアの東の果て日本を結ぶ海上の道が開かれたこその結果だと司馬は考察したのです。

司馬は、ポルトガルの海洋進出の歴史を探るため海洋博物館を訪れた際、鎖国の解けた明治時代に再び日本とポルトガルを結びつけたモラエスの遺品の机をそこで偶然に見つけます。そして、机が置かれた理由を司馬は、ポルトガル海軍がモラエスという作家を育んだと推測しました。大航海時代以来のポルトガルの海の歴史の一ページが作家モラエスの人生の軌跡だと司馬は改めて認識したと思われます。司馬がモラエスについて語るのは、「モラエスなど」の章においてだけで、他にはありません。この章で司馬は、伝記と唯一持っていた花野富蔵訳の『おヨネと小春』から、モラエスの生涯に触れ、海軍軍人として生きた前半生、来日後の外交官作家として日本を賛美した壮年時代、そして、夢と追慕に生きた晩年と孤独な死の足跡をたどります。『おヨネと小春』については、コハルが入院した当時の日本の病院の記述から、モラエスの鋭い観察力としたたかな知性を評価しますが、文学的評価は特に下していません。読後の感想として、「この一冊で、恋か冒険をする以外にない〈哀愁病〉（モラエス自身のことば）にかかっていた作家の心がややうかがえるような気もする」とモラエスの内面を推し量って語っています。司馬の興味は、『おヨネと小春』という作品の文学的評価よりも、こうした作品を書いた人間の精神的背景を探ることにあったと思われます。こうして司馬の目は、海への進出の歴史を背負ったポルトガル人の一人としてモラエスを捉えます。司馬の目に映ったポルトガル人は、夢と冒険心、恋への情熱に満ちた海の人であり、憂愁の影を見せる旅人の姿でありました。そして、大航海時代が文学に与えた影響として、ポルトガル文学史上最大の詩人ルイス・デ・カモンイスを挙げます。カモンイスは、叙事詩『ウズ・ルジアダス』で古代からのポルトガル人の英雄的事績に加え、海の道を切り開いたヴァスコ・ダ・ガマの航海を歌い上げました。司馬はカモンイスがポルトガル民族の勇壮な冒険心を見事に示したと見たわけです。また、海への想いを叙情と知性で紡いだ近代の詩人フェルナンド・ペソアを取り上げ、ポルトガル人につきまとう憂愁の感情を表現したと見ました。モラエスにもこうしたポルトガル人の血が流れていて、人生における冒険を終えた後、夢とサウダーデに生きる姿を『おヨネと小春』という作品でモラエスは語ったと司馬は考えたわけです。

司馬は、ポルトガル人が開いた海の道が機縁となって時代をさかのぼり、その中でモラエスを知りました。司馬とモラエスは、生きた時代が異なりますが、ポルトガル人が開いた海の道に導かれ、司馬は海の旅人モラエスとの交流をなしたと言えるのかもしれません。

司馬が訪れた港町リスボンは、旅立ちの地であり、別れの地でもあります。冒険への憧れと不安、愛する者との別離の悲しみが交錯し、ほのかな哀愁がそこには漂います。また、司馬のような旅人にはは旅の終着地となり、ほっとして心なごむ地となります。リスボンに着いた翌朝、司馬は「朝、目がさめたとき、自分がいまリスボンにいるというだけで、幸福な気分になった。ヨーロッパでもっとも気候のいい首都であり、当地のひとびとは秋がとくにいい、という。私どもは、その秋のさなかにいる。宿のまわりを散歩すると、やわらかくて光るような海風が身をつつみこんできて、余生を暮らそうかという思いがしきりにした」（「テージョ川の公女」）と終着地に着いた心地よさを語ります。一方モラエスも、初めて日本の長崎を訪れたとき、姉エミリアへの手紙で「僕は素晴らしい国、日本にいる。ここ長崎で、世界に類のないこれらの木々の陰で僕は余生を送りたい」と語っています。陸の街道に始めと終わりがあるように、ポルトガルと日本を結ぶ海上の道にも始めと終わりがあります。ヨーロッパとアジアの果てにあるリスボンや長崎のような港町には、人間の夢と憧れ、喜びと悲しみ、不安と孤独いった感情をすべて包み込んで旅人をやさしく迎えてくれる長い歴史の積み重ねがあり、二人の文学者の共感を引き起こしたのでしょうか。

遠藤周作とモラエス

遠藤周作（えんどうしゅうさく）

一九二三（大正一二）年、東京都生まれ。小説家。慶應義塾大学文学部仏文科卒業。少年期にカトリックの洗礼を受ける。キリスト教信仰と日本人の信仰、弱者の魂の救済と神との関係などをテーマとして追求した。また、ユーモラスな狐狸庵シリーズなどの随筆で人間の本来の姿を軽妙に描いた。代表作は、『白い人』（一九五五、芥川賞）、『海と毒薬』（一九五七）、『沈黙』（一九六六）、『深い河』（一九九三）など。文化勲章受章者。一九九六（平成八）年死去。

遠藤周作を語る場合、キリスト教を抜きにして語ることはできません。遠藤が終生キリスト教徒だったのに比べ、モラエスは洗礼を受けたもののキリスト教からは離れてしまいます。宗教に関して両者は異なった道を歩みましたが、モラエスがキリスト教の雰囲気が充満するヨーロッパの空気の中で育ち、その影響を受けたのは確かです。そして、フランス留学と日本勤務の違いはあれ、両者は同じように海外に出て異国の宗教と文化に触れました。ですから、遠藤とモラエスについて語る前に、日本人のキリスト教徒である遠藤が入信した経緯と西洋をどう見たのかということから話したいと思います。

遠藤は、母親がカトリックの洗礼を受けた関係から、少年時代に何もわからずに洗礼を受けています。ただ母親への愛情から勧めに従っただけであるだと遠藤は語っています。自らの意志での選択ではなかったため、遠藤は長ずるに従って信仰を棄てようと考えたこともありました。しかし、信仰は棄て切れず、大学に進学しフランス文学を専攻します。卒業後、カトリック文学研究の目的で留学の機会を得て、遠藤はフランスに向かい、ヨーロッパの宗教と文化に正面から向き合います。遠藤がそこから感じたのは、日本のそれと比べての違和感と威圧的な圧迫感でした。汎神論的風土で育った遠藤にとって、一神教の教えは厳格で馴染みにくいものでした。また、石の家、教会、石畳の路は重く息苦しく映り、芸術、文学も同じように感じるのでした。遠藤は、表面的でない西洋の深層に本気で近づこうとしたため、西洋との距離を強く意識しました。一方、西洋をどう見たかの逆のケースがモラエスで、ヨーロッパで生まれたモラエスが、日本をどう見たかという遠藤の興味に繋がっていくのは自然なことでした。

遠藤とモラエスのかかわりは、遠藤が『定本モラエス全集』（一九六九）の編集に加わり、第二巻『日本通信』（一九〇二―一九〇六）の解説を担当したことからでした。この作品を読むに当たり、遠藤が興味深く思ったのは、〈西欧人の見る日本〉にあったのは間違いありません。十六、七世紀に日本を訪れたキリスト教の宣教師たちには、布教という大きな目的があり、その目的を達成するために日本と日本人を理解しようとしました。しかしモラエスは、遠藤の解説によると、「宣教師たちが自分たちの考えを拡げるため（時には押しつけるために）、日本を理解しようとしたのにたいし、モラエスはこの日本に何も押しつけない。彼はまるで西洋人としての自我を放棄でもしたかのように、謙虚に、素直に日本のすべてを味わい、理解しようと努めている」と述べ、日本理解の仕方の違いに注目しました。確かにモラエスは、ピエール・ロティのように西洋にないエキゾティシズムの輝きだけを描こうとしたのではなく、B・H・チェンバレンのようにひたすら西洋の視点から日本を観察、分析しようとしたのでもありませんでした。むしろモラエスは、遠藤の言うように、日本人の立場において考え、好意的に日本を捉えようとしました。遠藤は、宣教師や他の西洋人とは異なる、モラエスの日本に対する姿勢を好ましいと判断しました。普通の西洋人とは違ったタイプの西洋人を見たと、遠藤は思ったのかもしれません。

次に、遠藤が『日本通信』を読んで実感したのは、モラエスの繊細かつ鋭い観察眼によって、当たり前になっている日本の有様がこの上ない魅力をもって蘇ることでした。遠藤の言葉によると、「我々日本人にはもはや狎《な》れきったために、新鮮さも魅力も感じなくなって日本の生活や風物が、突然、モラエスの眼によっていきいきと蘇る時である。我々にはもはや見なれ、その美もポエジーも失っている小さな事物までが、急に水を注がれた夏の草花のようにその生命力を復活させている時である」ということになります。その理由を、「我々が見失っていたものを、違った視点、違った眼鏡からとり出して見せてくれるからだ」と遠藤は説明します。確かに視点が変わると、違った景色が見えるわけで、路端の物売り、家並み、挨拶の言葉といったありふれたものでさえ私たちの目に新鮮に映ってくるわけです。こうしたモラエスの姿勢に遠藤は好感を抱いたのでした。また、真面目一辺倒かと思っていたモラエスの筆に、ユーモア感覚のある表現の一端を遠藤は発見します。日本の猫は尻尾を切られているため、発育不全を起こして小さく、西洋の猫と比べ不格好で、美しさでとてもおよばないのだとモラエスは語るのです。日本猫の見た目の悪さを尻尾を切ったせいにするモラエスのユーモラスな見方に、遠藤は更なる好感を抱きました。

遠藤は、日本を愛した文学者としてのモラエスの姿勢と見方を評価しましたが、一方で自分に起こったと同じ問いをモラエスに投げかけました。それは、日本と西欧との精神的距離はどういうものであったかという問いです。遠藤は、日本には西欧人を根本的に受けつけない深く暗い部分があり、またその逆もあると言います。遠藤はフランス留学中、フランスに取り憑かれ、永住を決めた日本人に会い、フランス社会に埋没して生活していても、そこからはじかれている哀しさ、わびしさをその人たちに感じたと言います。そして、モラエスにも同じ悲劇が起こったのではないかと遠藤は推測します。モラエスはかつて日本を訪れたキリスト教の宣教師のように迫害を受けることはありませんでした。ただ単に、晩年を四国の片隅に埋もれ、市井の人として生活を送っただけでした。しかし、いくら日本人のように生活していても職も地位もない奇異な異邦人でしかありませんでした。日本人の神仏への信仰心、盆祭りにおける死者との交流に好意を抱いていても、モラエスは日本人ではないため宗教的恩恵は得られませんでした。そこには西欧と日本との間に壁があり、どうしても同化できない悲哀をモラエスは感じたと思われます。そうしてモラエスは、孤独を道連れに日本の片隅で誰にも看取られず息を引きとりました。遠藤は、解説の最後で、「私はなぜか、この孤独な死がこの日本に来て日本を愛した一ヨーロッパ文学者の象徴的な姿に思えてならないのである」と結んでいます。遠藤には、モラエスが日本と西洋の狭間で難破してしまった人と見えたのかも知れません。しかし、モラエスは日本と西洋の壁によって受け入れられない悲哀は感じたものの、日本の宗教を含めた精神文化、物質文化から、圧迫感を感じたとは一言も語っていません。モラエスは、厳格さを求める一神論的風土の中で育ったため、遠藤の場合とは違って、訪れた日本の穏やかな汎神論的風土に息苦しさや威圧的な圧迫感を覚えなかったのではと思われます。

次に、遠藤とモラエスの宗教観を見てみましょう。遠藤は宗教を「人間がどのような生き方をしたらよいのかという問題に解答を与え、さらに、人間の死に対して解決を与えるものである」（『キリスト教の事典』）と定義しています。つまり、人間の生死に対する心のよりどころになるものだというわけです。遠藤は、自分の心のよりどころをキリスト教の神に求めて留学しました。しかし、ヨーロッパで改めてとらえたキリスト教には、無償の愛を説くものの、神が絶対者として人間を裁き、罰する、厳しく父性的な面が強くあるのでした。遠藤は、観念的に理解していたキリスト教が日本人の感性にそぐわないものを感じると同時に、西洋との大きな隔たりを強く意識しました。そうしてヨーロッパから帰国した遠藤は、西洋人と日本人の精神的距離を文学によって表現しようとしました。『白い人・黄色い人』（一九五五）で両者の隔たりを鮮明にし、『海と毒薬』（一九五八）で汎神論的日本人の心理を描きました。しかし遠藤はその後、キリスト教の厳格な父性的な面よりも、カトリックにある母性的な面を強調するようになりました。それは、罪を許し、慰め、共に苦しむキリストの姿でした。

遠藤は『おバカさん』（一九五九）で、人間をひたすら信じて弱者に寄り添う神の姿を描き、『沈黙』（一九六六）では罪を許し慰める神を描きました。日本人遠藤が身をゆだねられるキリスト教は、人間の弱さ、苦しみを理解し、弱い人間に寄り添い共に苦しんでくれるものであり、人間の執着、欲望の罪を許し、他者のためにエゴイズムを捨て去ることを説くものでした。こうして遠藤は、身の丈に合わないキリスト教という服を日本人に合う服に仕立て直しました。このことは、キリスト教の歪曲であるという批判も起こりましたが、体に馴染まないものをそのまま信じて身をゆだねることはできないという遠藤の態度は一貫していて、最後まで変わることはありませんでした。

一方、モラエスはカトリックの国に生まれ洗礼を受け、キリスト教の空気が充満する世界で成人しています。しかしながら、モラエスの一家はカトリック信仰に熱心だった様子は見られません。また著作でも、キリスト教の教えについての意見、批判は特に述べられていません。モラエスにとってのキリスト教は、意識することなく身にまとったもので、違和感を覚えるものではなかったのです。しかし、リスボンでの教理に背く背徳の恋を経験した頃から、宗教的圧迫を感じたのかもしれません。その結果、モラエスは棄教しないまでも、キリスト教に背を向けるようになってしまったようです。海外に出るようになってから、モラエスは宣教師との交流は一切なく、徳島時代には宗教の話すら嫌がっています。一九一八年に徳島で書かれた遺書には、キリスト教を信奉していないこと、自分の葬儀には仏教の慣例と儀式に従っても構わないが、キリスト教の協力を一切仰がない旨が記されていました。晩年のモラエスは、確かにキリスト教から離れてしまっていましたが、宗教そのものを否定したわけではありません。『日本精神』の中で、「無宗教な人間はいない。誰もが持っているものであり、精神の一部である」と語っています。宗教は確かに人間の生き方への解答と死に対する対応を示すものですが、モラエスはキリスト教による救済には身を預けませんでした。モラエスが敢えて宗教と呼んで選んだのは、審美的宗教とも言えるサウダーデの宗教でした。しかし、サウダーデは人間が恐れる死に対する対応を示すものではなく、生きるための方法を示すものでした。その意味で、サウダーデは完全な宗教とは言えないものでした。また、モラエスのサウダーデは過去崇拝の宗教ですが、亡き愛する人を追慕することで甘美な慰謝が得られると同時に、痛みと苦しみが生じます。そこには、日本人の優しい死者崇拝と、死の苦しみを自分に重ねて背負うキリスト教の苦痛崇拝の影響が見られます。モラエスは、キリスト教に対し拒絶反応を示しましたが、キリスト教徒の血が人種の中に溶け込んでいたわけです。ともあれ、モラエスはサウダーデを生きる上での心のよりどころとすることで、前向きに生きようとしたのでした。

日本で生まれ育った遠藤周作は、仕立て直したキリスト教を信じ、カトリック信者として自らの生死を神にゆだねました。一方、ポルトガルで生まれ育ったモラエスは、カトリック信仰から離れ、晩年はサウダーデの世界に身をゆだね、日本の仏教の寺で愛した人と共に永遠の眠りについています。両者の宗教をめぐる対応は興味の尽きないところです。

瀬戸内寂聴とモラエス

瀬戸内寂聴（せとうち じゃくちょう）

一九二二（大正一一）年、徳島市生まれ。本名は瀬戸内晴美。天台宗の僧侶であり小説家。東京女子大学卒業。文化功労者、文化勲章受章者。徳島市、京都市名誉市民。人間の情熱と業を描く恋愛小説、伝記小説で、田村俊子賞、女流文学賞、谷崎潤一郎賞、野間文芸賞などを受賞。代表作は、『夏の終わり』（一九六三）、『花に問え』（一九九二）、『場所』（二〇〇二）など多数。また、人生を説くエッセイや対談集が多くあり、『源氏物語』の現代訳も刊行する。近年は、市民活動家として精力的に活動する。

瀬戸内寂聴は、モラエスが隠棲した徳島市で生まれています。モラエスが亡くなった昭和四（一九二九）年、瀬戸内はモラエスの住居の近くにある新町尋常小学校に入学します。そして、入学した年の晩春の夕暮れ時、モラエス本人とばったり出会います。瀬戸内はその時のことを次のように語っています。

私はこうもりの飛ぶ夕暮れの道で、その異人さんにはじめて逢った。
寺町に仲のよい友達がいて、私はそこで遊びすぎ、夕方近くなって、あわてて家にもどろうとして、友だちの家を出た。丁度その時、深閑とした寺町の通りの向こうに、異様な人がふっと、湧き出るようにあらわれたのだった。
今から思えば、友人の家は、寺町でも、潮音寺の墓地の白い土塀に面していたから、墓地のどこかの入口から、その人物は出て来たのだろうと察せられる。けれどもその時の小学生になったばかりの私には、まるでその人が、地から湧いたように見えた。山ぎわの通りは暮れやすく、はやくもたそがれの色が滲んでいて、こうもりがひくく飛んでいた。私は一目見て、その異様な姿に「西洋乞食」という言葉を思い浮かべた。たぶん、私はそれまでその人物に逢ったことはなかったけれど、友だちや大人の話から、そういう人が近くに住んでいることは知っていたのだろう。

春だというのに、どてらを着て、殿中《でんちゅう》を羽織り、鳥打帽子を目深にかぶっていた。灰色の顎ひげがもしゃもしゃと生え、帽子のわきからも灰色の髪が煙のようにたれていた。手に太いステッキをついていた。

見上げるように大きな姿だった。放心したふうに、男はゆっくりゆっくり歩いていた。道ばたの家の門にへばりつき、息をつめている私に気づかず、青い目にものがなしい色をたたえ、歩きつづけていた。蹌踉《そうろう》という言葉もしらない子供の私の目にも、その年老いた異人さんの貧しげな姿が物あわれであり、歩き方に思わず手をとってあげたいようなはかなげなものを感じた。

しばらくして、私は異人さんの後からちょこちょこと歩きはじめたが、自然足音をしのんでいたし、老人は耳も遠いのか、全く背後の私に気づくふうもなかった。一本道のその道は、小学校の前に出て、つきあたりの道を右へとれば瑞巌寺につき当たり、その手前を左に入れば伊賀町であった。

私の家は、小学校の正門を通りすぎ、左へ入るとすぐだったが、私はその道を素通りして、異人さんの後から、瑞巌寺の門前まで尾《つ》いていってしまった。

伊賀町へ曲る入口で、ふっと、異人さんはふりかえった。ぎょっとして立ちすくんだ私に目をとめ、じっと青い目で見つめたが、私が泣きそうに力んで顔をみつめていると、にっこりして、深くうなずいた。何かいいかけたが、私は急に恐ろしくなって、身をひるがえし、わが家の方へかけもどった。


（「青い目の西洋乞食」）

当時、地方都市徳島で外国人を見かけることはほとんどなかったはずです。そんな時代に、小学一年生の女の子が汚らしい和服姿の外国人、それも髭におおわれた大男の老人と出会ったのです。どんなに驚き、恐ろしく感じたことでしょう。この時の強烈な印象が、「いつか、もっと世捨人モラエスの心の淵をしっかりと覗きこんでみたい誘惑にかられている」(「青い目の西洋乞食」)という人間的興味につながっていったものと思われます。その後瀬戸内は、モラエスをエッセイで取り上げたり、モラエスを主人公とした人形浄瑠璃の脚本を手がけたりします。

瀬戸内は、人間が好きで、純粋で一直線、生命力旺盛で、冒険を冒険と意識せずにする決断力のある人です。大学在学中に見合い結婚し、学者の夫と共に赴任地の北京に向かいます。そして、北京で子供を産み、戦後に親子とも無事に帰国します。しかし帰国後、年下の文学青年と恋に落ち、夫と子供を残し家出し京都に向かいます。瀬戸内は、家出はしたものの恋人とは別れ、夫とは離婚してしまいます。当時の社会では、道徳の規制が強くかかっていたことを瀬戸内は十分に承知していましたが、恋愛の情熱が理性を凌駕してしまったのでした。京都でしばらく暮らした後、作家で身を立てようと決心し上京します。東京に出た瀬戸内は、文学の研鑽に励みますが、恋愛への情熱は冷めることはなく、愛と情熱の側面から人間の本質を追求し続けます。そうして、数多くの作品を書き上げ、作家としての地位を確かなものとします。しかし、流行作家としての地位を得たものの、瀬戸内は多忙さのために疲労が蓄積し、執筆への活力が減退します。さらに、恋愛のため家族を棄てた上に、文学でも理想とする確固としたものが見えないことに落ち込み、生きていることのしんどさを強く覚えました。その状況から抜け出すために選んだ道は、出家遁世して仏門に入ることでした。出家することで自分を見つめ直し、自己鍛錬しようとしたのでした。瀬戸内五十一歳の時でした。仏門に入ることで瀬戸内は、異性との恋愛を断つことになりますが、人間の愛、孤独、生と死を鋭く見つめ、人間を今まで以上に深く知るようになりました。

瀬戸内とモラエスの人生は異なりますが、似通った人生への姿勢が見られます。そこに共通しているのは生きる上での愛の情熱です。両者は若い頃、許されぬ恋を経験しています。モラエスの背徳の恋は、痛手となってその後の人生を変えましたし、瀬戸内の場合は生涯の傷となって残っています。しかし、両者は「生きることは愛すること」と語っています。瀬戸内は、人を愛することは煩悩の一つと仏教では見なしますが、煩悩があってこそ人間であると考えます。そして、愛することで苦しんだとしても、死に臨んで人生を生きたと感じられるはずだと言います。ただ、瀬戸内の言う愛とは、相手の独占や見返りを求める愛、仏教における渇愛ではなく、無償の愛です。瀬戸内は若い頃、独占の愛を求めたかもしれません。しかし、愛したい欲求はあっても見返りを求めたとは思われません。瀬戸内にとって愛することは、情熱が引き起こす人間に根源的なものだったのです。一方、若い頃のモラエスも、恋愛において悩んだり、他人に迷惑をかけたり心配させたことはありました。しかし、独占は求めても見返りの愛を求めたことはありませんでした。モラエスにとっても、愛することは生きる意味そのものだったのです。ですから、人を愛することを煩悩として避ける仏教の教えをすんなりと肯定できませんでした。モラエスは晩年、別離や破局の打撃があることを知っていても、「私は愛した、大いに愛した。そしてもっと愛さなかったことだけが心残りだ」（「ある日本の諺」）と『おヨネとコハル』の中で語っています。さらに、瀬戸内とモラエスの愛は、出家後、隠棲後に広がりを見せます。瀬戸内の無償の愛は、他者に向かい、説法の折りに悩み苦しむ人の話を真摯に聞き、寄り添おうとしました。一方モラエスは、人間が宇宙の生命によって産み出された以上、この世に存在する万物は同等であり、人間と同じように愛さなければならないと思うようになりました。そうして、動植物、あらゆる事物と共感を図り、友愛関係を結ぼうとしました。両者にとって、愛することは人生そのものであり、愛することで有限な生がより豊かになると考えたのです。

瀬戸内とモラエスは、愛することを生きることの中心に据えましたが、人間の孤独と死への態度も似通っています。人間はひとりで生まれ、ひとりで死ぬわけですから本来孤独な存在です。瀬戸内は、孤独は人間を覆う皮膚のようなものだと言います。ですから、寂しい寂しいと言って孤独から逃げる術を探すのではなく、孤独と共棲して生きるべきだと言うのです。その結果、「私はいつの頃から か孤独を自己流に飼いならして、今では切っても切れない伴侶としてむしろ頼もしく思っています」（『孤独を生きる』）と言い切ります。そこには孤独を客観視し、孤独に親しみ、孤独を利用しようとする余裕すら感じられます。瀬戸内は、執筆に執着しました。書くことは、生きる情熱を注ぐことであり、苦しくともそれに見合う喜びとなりました。そこには、孤独を感じる暇はありません。人間本来の孤独は消え去るものではありませんが、瀬戸内は孤独に向き合い自分なりに対応しました。モラエスも、孤独を直視し、自分を覆う皮膚のように慣れ親しもうとしました。しかし、コハルを失ってからのモラエスの孤独はすさまじいものでした。モラエスは、老齢と老人病に加え、心を通わせる人が周りに誰もいませんでした。さらに、日本語も自由に話せない孤立した異邦人でした。モラエスに残されたのは、過去の記憶のサウダーデと近づく死だけでした。孤独を卒業するには死しかありませんでしたが、墓の中でも孤独であることを恐れました。しかし、モラエスが選んだのは孤独を進んで受け入れることでした。モラエスは、自然を友とし、事物を愛しました。そうして、寂しい時にはひとりで笑い、ひとりで泣きました。また、孤独の特権である自由を味わい楽しもうとしました。モラエスは、庭いじり、料理、散策、読書を楽しみ、気晴らしとしました。また、好きな執筆にも情熱を傾けました。書くこともモラエスにとって、楽しい気晴らしとなったのです。体は老いても心は枯れることはありませんから、孤独であることを逆に活用しようとしたのでした。モラエスは、孤独な人は幸いであるとまで言っています。瀬戸内とモラエスは、孤独をあるがままに受け入れ、孤独に対し前向きの姿勢を示したのです。

死について、瀬戸内は死に至る肉体的苦痛は恐れるものの、死そのものは人間の避け難い運命として恐れていません。瀬戸内が死を恐れないのは、これまでに出来る限りの仕事をなし、十分長く生きたという実感を持ったことと、死の向こうに何かがある気配を感じたことにあるのかもしれません。瀬戸内の帰依する仏教は、来世と永遠の魂の存在を説きますから、修行と経験によって死後の世界を感得したとしても不思議はありません。しかし、そうした瀬戸内でも愛する人の死には嘆き悲しみます。また、年を重ねるにつれ死を身近に意識し、死への準備はするものの、死の間際でその覚悟は難しいとも言います。死は前にあるのではなく、人の後ろから突然襲ってくるからです。そうして瀬戸内は、死に対して次のようない悟りに至りました。「思い残すことなく燃えつき、自分の可能性に挑戦しつづけたあげくに訪れる死は、死もまた愉《たの》しと、死後の世界を夢見られるのではなかろうか」（「老いと死について」）。死は、全力を尽くして生きた上での結果であればよしと瀬戸内はしたのでした。

モラエスは死について、自然の営み、宇宙の運命の中では人間の死は価値のないものとの判断を下しました。そして、死後の世界もモラエスは信じていませんでした。死の概念は、現代の西洋人にとっても日本人にとっても、恐ろしく不安に満ちたものですが、モラエスは自然の摂理として自分自身の死を恐れませんでした。モラエスは、「とりわけ自分のことについては、避けることのできない終わりが近いという考えを前にして私は諦めることを学んでいる。動揺することなく私は死を待っている。寝室の窓に向き合ってあるみかん畑にさよならを言いながら、微笑みを、最後の微笑を浮かべて、死の出現に挨拶するに違いないとさえ思っている」(『徳島の盆踊り』)と、生死を自然の流れに任せる境地に至っています。このように、モラエスは自分の死を達観していましたが、愛する人の死には悩み苦しみました。いくら願っても死者は二度と帰ってこないからです。それでもモラエスは、サウダーデの世界で愛の美しい姿として亡き人を想い続けました。

瀬戸内とモラエスの生き方を見るにつけ思うのは、生きる情熱と、人間を、万物を愛するという姿勢です。愛する情熱を失わず、前向きに人生に立ち向かうことが、有限である生を輝かせるためには必要なのかもしれません。その意味で両者は、躊躇することなく愛を実践した人、今なお実践している人と言えましょう。

花野富蔵とモラエス

花野富蔵(はなの とみぞう)

一九〇〇(明治三三)年、徳島市生まれ。本名は花野常雄。翻訳家、スペイン・ポルトガル文学者。徳島中学を卒業し、東京外国語学校(現・東京外国語大学)スペイン語科に進学する。若い頃、郷里徳島でモラエスと知り合い、モラエス作品の翻訳と研究に生涯を捧げる。日本大学、天理外国語学校(現・天理大学)、熊本商科大学(現・熊本学園大学)でスペイン語を教えるも在職中に熊本で一九七九(昭和五四)年に死去。『日本人モラエス』(一九三九)、『定本モラエス全集』(一九六九)など、モラエスに関する伝記、翻訳が主を占める。また、新聞、雑誌にモラエス研究の記事を多数載せ、生涯を通しモラエスの周知に貢献する。

花野富蔵は、一言で言うとモラエス作品の翻訳と研究に一生を捧げた人と言えましょう。花野は、一九〇〇（明治三三）年に徳島市で穀物、海産物を扱う問屋の長男として生まれています。そして、徳島中学に入学した一九一四（大正三）年の秋に、徳島に隠棲したモラエスに会いにいきます。恐らく、学生仲間の話題にモラエスのことがあがり、興味本位から訪ねたものと思われます。しかし、この出会いが花野の人生を方向づけてしまいます。その時のことを「私が初めてモラエスと接したのは徳島中学に入学した秋であった。そのとき彼は六十歳で、灰色まじりの赤毛が口のまわりに広がって、ひげの先が胸まで垂れていた。瞳は青くて澄んでおり、穏やかで優しい眼ざしには言いようのない深い慈愛が籠っていた。ああ、その瞳の美しさ、それが私の運命を決めようとは……」（「モラエス小伝」）と花野は告白しています。モラエスとの出会いで刺激を受けたのか、花野はその後、時にはモラエスからポルトガル語を教えてもらい、徳島在住のスペイン人神父ホセ・アルバレスからスペイン語を習います。この間に花野の南欧への興味が深まったと思われます。そうして、中学を卒業すると上京し、東京外国語学校スペイン語学科に進学します。当時、ポルトガル語科は新設されていましたが、正式に学んだスペイン語を花野は選んだものと思われます。その後、大学を中退したようですが、有為な人材を求める岩波書店の公募に応募し、入社します。岩波では、スペイン・ポルトガル関係を担当したと言われていますが、一九二八年に起こった労働条件改善の労働争議に加わり、その年の末までに岩波を退社します。そこには文学だけでなく、社会の矛盾に対する花野の進取の気性が伺えます。その後花野は、岩波でのキャリアを生かし日本大学の教員職に就いたものと思われます。そして、天理外国語学校（現・天理大学）に移り、スペイン語教師として一九三六年からの六年間在職します。花野はモラエスのことを忘れてしまったわけではなく、モラエスの翻訳を書きためていました。そうして、大学に在職中、ライフワークとしてのモラエス作品の翻訳に本格的に取り組みました。『日本精神』、『徳島の盆踊』を一九三五（昭和一〇）に出版すると、翌年には『日本夜話』、『おヨネと小春』を、その後も『極東遊記』（一九四一）、『日本歴史』（一九四二）、『大日本』（一九四二）を立て続けに出版しました。戦時体制下にあって、花野はモラエスの作品の大部分を翻訳したことになります。また、花野はモラエス研究の記事を新聞紙上に載せ、伝記も『日本人モラエス』（一九四〇）として出版します。しかし、モラエスの伝記は軍国主義の時代にあって、題名ゆえに日本精神の高揚の宣伝に利用されたことは否めません。花野は戦後、日本人を非常に深く理解した人の意味で使った題名の意図に、結果として反してしまったと述懐しています。時代状況がこうした結果をもたらしたものと思われます。その後戦況は悪化の一途をたどり、一九四二年に花野は天理外国語学校を退職し、妻の郷里富山に疎開します。

戦後、花野は疎開先の富山から空襲で焼けた徳島に戻り、高等学校の教員となります。そして、再びモラエスとのかかわりが始まります。花野は、地元の新聞や大手新聞にモラエス関連の記事を多数載せ、モラエス紹介冊子『モラエス案内』（一九五五）の出版に協力しました。また、モラエスについての座談会にも出席し、研究者としてモラエスの生涯や文学を解説しました。その後、徳島東工業高等学校を定年退職すると、機会を得て今度は熊本商科大学（現・熊本学園大学）に一九六二年からスペイン語の教員として勤めます。そこでも勤務のかたわら、花野はモラエス作品翻訳の集大成『定本モラエス全集』全五巻（一九六九）を出版します。翻訳者としての花野の長年の夢であったモラエスの翻訳がここに完成したのです。花野は、大学在職中の一九七九年に亡くなりますが、悔いのない人生であったと思われます。花野がモラエスの作品を翻訳し始めた当時は、満足な葡日辞典はなく、恐らく葡葡辞典、葡西、葡英辞典などを参考に苦労を重ねたことでしょう。しかし、花野の翻訳と研究によって知られなかったモラエスの全貌が明らかになったわけです。これはひとえに花野の功績です。

花野富蔵は、商家の長男であるにもかかわらず実家の商売を継がず、モラエス作品の翻訳と研究に生涯没頭しました。仕事中は食事も家族とは別にし、書斎にこもり、子供が泣くと妻は子供を連れて外に出たとのことです。何が花野をしてこれほどモラエスに傾倒させたのでしょうか。それは、若い頃のモラエスとの運命的出会いとモラエスの人間的魅力、花野の未知を求める一途な情熱のなせる業《わざ》だったのかもしれません。花野は、まさにモラエスを追い続けて生涯を送った文学者でした。

佃實夫とモラエス

佃實夫（つくだじつお）

一九二五（大正一四）年、徳島県阿南市生まれ。小説家、文献学者。徳島青年師範学校中退。郵便局員、青年師範学校教員を経て、徳島県立図書館司書となる。その後、横浜市立図書館に移り、東横学園短期大学講師を務める。伝記小説に勝れ、モラエスを描いた「ある異邦人の死」（一九五九）で芥川賞候補となる。モラエスについては、大作の『わがモラエス伝』（一九六六）がある。その他、『阿波自由党始末記』（一九六七）、『わが小泉八雲』（一九七七）など。また、文献学の著作には、『文献探索学入門』（一九六九）、『文献探索法』（一九七七）などがある。モラエスを通しての文化活動に対し、ポルトガル文化勲章受章（一九六九）。一九七九（昭和五四）年死去。

佃實夫は、一九二五（大正一五）年に、徳島県東部の阿南市で生まれています。母親が徳島のモラエスの住居の近くの大道の出身であったため、幼児期に一家で帰省した際、最晩年のモラエスを見た記憶があるとのことです。毛むくじゃらの年老いた外国人を見た佃は、恐ろしさに大泣きしたそうです。花野富蔵と同様、モラエスと出会ったことが後年、文学者佃のモラエスへの執着につながっていったのかもしれません。成長した佃は、徳島の青年師範学校に進学し、文学青年として教師を目指します。この頃の佃は、モラエスにそれほど興味を抱いたわけではないようです。そして時代は戦時下、文学どころではなく佃は青年学校を中途で辞め、郷里に戻り地元の青年学校の教師となります。この間、徳島文学協会に加入し、顧問として名を連ねた花野富蔵の訳による『徳島の盆踊』を読み、モラエス作品に初めて触れます。しかし、その頃の佃には、モラエスの文学的価値をよく理解できませんでした。ただ、学校からの出張で徳島県立図書館に出向いた時、モラエス文庫を訪ねます。佃はモラエスの膨大な蔵書、遺品を見て感動を覚え、出張中モラエス文庫に通い続けます。その後、佃はモラエス文庫の疎開を申し出たようですが、残念なことに蔵書、遺品は、昭和二十年の徳島空襲で焼失してしまいました。

戦後、佃は軍国主義教育への反発から学校を退職し、自由な立場を求め徳島に出ます。徳島に移ると、佃は文化活動の一環と称して市内に店を借りて貸本屋を開きます。宿舎は、図らずもモラエスの墓所である潮音寺でした。そこで佃は、戦争で中止されたモラエス翁顕彰会の再建メンバーの一人となります。これにより、佃は再びモラエスとかかわることになります。再建された顕彰事業の管轄は、徳島県庁から県立図書館に移り、顕彰会は毎年続けられるようになりました。一方、佃の書店経営はうまくいかず、郷里に戻り書店を開くことになり、モラエスからも顕彰会からも遠ざかります。しかし六年後、先輩の世話で県立図書館に就職が決まり、モラエスとのかかわりがまた復活します。佃は、モラエス忌、モラエス翁顕彰会の担当係りを任せられ、事務仕事や墓の清掃に奔走します。こうした仕事を徹底的にやろうとしたのは、モラエスへの敬慕や愛情からではなく、日本の片隅で朽ち果てた異邦人への憐憫の情からであったと佃は述懐しています。この頃から、佃はモラエスに囚われるいわゆるモラエス病にかかっていったと思われます。担当者としてモラエス顕彰に尽力するだけでなく、佃はモラエス関係者の追跡調査までしています。そして一九五五（昭和三〇）には、モラエス生誕百年を記念して、『モラエス案内』が佃を編集者として県立図書館より刊行されます。この冊子で、佃はモラエスの評価資料となる文献の集大成を目指しましたが、ごく短期間で完成させなくてはならず、非常に苦労したことが編集後記から伺えます。しかし、目次を見ると資料不足にもかかわらず、佃が様々な視点からモラエス関係の資料を収集し、それらを整理することでモラエス像を浮き上がらせようとしたことがわかります。この冊子は、現在ではモラエス研究の貴重な基礎資料となっています。佃のモラエスへの情熱はその後も衰えることはなく、晩年のモラエスを描いた短編小説「ある異邦人の死」（一九五九）は芥川賞候補に挙げられました。その後、佃は横浜市立図書館に移りますが、モラエスへの執着は変わることはありませんでした。佃は、モラエスと自分との関係に決着をつけるため、今度は長編の伝記風の小説『わがモラエス伝』（一九六六）を書き上げます。佃は執筆の動機を、「モラエスを私が愛してやまないのは、復讐と贖罪《しょくざい》のためである。幼いころ私は、彼を非常に恐ろしい人として識った。それはいわば生まれて初めて味わった恐怖や嫌悪の印象である。何とかその恐ろしさを克服したい、と少年のころから私は思いつづけた。恐怖感や恐怖感の克服は、異形の紅毛人への、ひそやかな私の復讐であった。贖罪というのは、外国人に対して冷酷で排他的な、というより、西洋人との接触に不慣れだった徳島市民のなかで、モラエスが孤独な晩年を送らざるをえなかった不幸に対して、いくらかでもつぐないたいという気持である。言ってみれば、徳島の人間として覚える自然な感情である」と語っています。しかしこれは、小説家としての佃の文学的感性が言わせた言葉であり、単に「復讐」と「贖罪」からこの作品を書いたとは思われません。佃は、作品に強いインパクトを与える文学的手法としてこの二つの言葉を敢えて使用したのではないでしょうか。ですから、『わがモラエス伝』における佃とモラエスにかかわる話には、二つの言葉を浮き上がらせるため事実とは異なるフィクションが入るわけです。この作品は、モラエスの生涯を下敷きにして作者佃の内面を描いた小説ですが、小説の評価は別にして、それだけ佃のモラエスへの傾斜が強かったことを示しています。さらに、佃のモラエスへの執着は、花野富蔵訳によるモラエス作品の集大成『定本モラエス全集』（一九六九）の出版協力となって表れます。佃は井上靖、遠藤周作らと共に全集の編集、解説の重責を担いました。

佃は五十四歳で早世しますが、モラエスの存在を世に出した功績者の一人として、花野とともに私たちの記憶にとどめなくてはなりません。短大の講師をしていた時の卒業生の話によると、佃は几帳面で真面目、飾らぬ職人肌の人物であったとのことです。ただモラエスに関してだけは、花野と同じく、モラエスに憑かれた人だったのかもしれません。

IV　モラエス新考

モラエスとハイカイ――翻訳の方法と実践

はじめに

日本の小さな詩、ハイカイ（俳諧）は現在、英語、フランス語、ドイツ語、イタリア語、ポルトガル語、スペイン語、またロシア語、中国語といった世界の多くの言語で作詩されている。句会やコンテスト、インターネットによる連句まで行われており、日本の詩の一形式が海を越えて国際化している。その発端となったのは、明治になって来日した外国人の翻訳による紹介である。

この小論は、ポルトガル人の海軍軍人、外交官、作家であったヴェンセスラウ・デ・モラエス（一八五四―一九二九）が三十年以上に及ぶ日本生活の中で著した著書で、ハイカイを本国の読者にどのようにポルトガル語で紹介したかを考察したものである。

なお、俳諧をハイカイとしたのは以下の経緯による。俳諧は連歌の第一句である発句、連句の総称であり、狭義には発句を指す。俳諧の原義は滑稽、おどけであり、十世紀初頭の『古今和歌集』の中で、俳諧歌として滑稽味を帯びた遊戯的な歌を集めたのが始まりである。そして、連歌の隆盛と共に十五〜十六世紀に俳諧の連歌として定着し、十七世紀に至り、独立した発句という詩形式となった。俳句と発句は同じものであるが、モラエスが初めて来日した一八八九（明治二二）年頃は、「発句」と言うのが普通であり、「俳句」という言葉は、正岡子規が明治三十年代に発句の独立を説いて以後、(俳諧)とし、B・H・チェンバレンは、hokkuを多く用い、一九〇二年の論文「芭蕉と日本の詩的エピグラム」[1]では、Hokku (also Haiku and Hai) としている。また、ラフカディオ・ハーンは著作の中で一〇〇句以上の句を紹介しているが、英語のpoem（詩）、little verse（小さな詩）以外はhokkuを用いている。従って、英語を使う西洋人は主に「発句」を用いたようである。

一方モラエスは、初めて発句を紹介した一九〇四年十二月二十二日付の『日本通信』ではuta（歌）とし、一九〇六年十月三十日、一九一〇年二月四日付の『日本通信』でもutaとしている。彼は短歌もutaとしていることからして、日本の小さな詩の意味で発句もutaとしたものと思われる。しかし、一九〇九年一月五日と一九一一年二月四日付の『日本通信』ではhaikaiを用い、一九一六年の『徳島の盆踊り』でもhaikaiを使用している。そして、一九二六年の『日本精神』ではhokkuを用いている。モラエスは、発句をuta, haikai, hokkuと表記しているように、先輩の西洋人の影響もあって、一つの日本語に統一できなかった。ラテン系の人たちにとってhokkuのkuの音は、下品な意味を持ち、haikaiの方が美しく響くようである。また、現在のポルトガル語の辞典では、ポルトガルではhaikai,ブラジルではhaicaiとして載せられている。以上の経緯から、モラエスが使用したことがあり、ポルトガル、ブラジルで現在使われている「ハイカイ」[2]をここでは使用することにする。

モラエス以前

モラエスが日本を訪れる以前、ハイカイについてポルトガル語で書かれた文献として次の二つが挙げられる。その一つは、イエズス会神父及び修道士たちにより長崎で編纂された『日葡辞書』[3]である。そこには、Faikai（ハイカイ）、Foccu（ホック）の二語が載せられている。

Faikai. Certo genero de versos, ou cantigas imperfeitas que bun faz, ou muitos juntos usando de palauras ordinais, e pouco polidas.

（ハイカイ。一人または大勢の人が集まって、普通の、そしてあまり洗練されていない言葉を用いて作る、未完成の詩、もしくは歌謡のある形式。）

Foccu. i, Iydasu fajimeno cu. Primeira sẽtença das vtas, ou versos que se enfião, e cõtinuão té cento.

（ホック。つまり、言い出す初めの句。百句となるまでつなぎ、連ねていく歌、もしくは詩の最初の句。）

『日葡辞書』が刊行された一六〇三年は、江戸幕府が開かれた年であり、室町時代末期に流行した即興性と諧謔を主体とした俳諧の連歌の伝統を色濃く残した時代であった。それゆえ、ここでの「ハイカイ」は俳諧の連歌であり、「ホック」も連歌の第一句の意味である。この文献は、西洋語で書かれたハイカイについての初めての記述として注目に値する。二つ目の文献は、イエズス会宣教師ジョアン・ロドリゲス（Joam Rodriguez、1561-1634）によって著された日本語の文法解説書『日本語大文典』[4]である。これは大半が一六〇四年に印刷されたものであるが、第二巻の終わりに「日本の詩歌」の章がある。ロドリゲスはそこで、日本の詩歌をVta（ウタ）[5]とRenga（レンガ）に分類し、和歌の五音節と七音節の韻律と、三十一音節の長さを説明したあと、季題や掛詞を詳しく解説している。西洋語で俳諧に通じる和歌の季題が取り上げられたのは、本書が初めてである。次に、連歌について詳しく説明し、連歌の形式でFaicai（ハイカイ）と呼ばれるものがあり、文体はより下品であって、狂歌のように日常語や滑稽な言葉を使用すると、俳諧の連歌を紹介した。そして最後に、和歌と連歌を学ぶための参考書を挙げ、自分もそうした書物で学習したことを述べている。連歌の参考書としては、『秘伝抄』[6]と『至宝抄』[7]を挙げた。ロドリゲスは日本語に驚くほど堪能で、豊臣秀吉や徳川家康との謁見の際の通訳として活躍しただけでなく、日本語や日本の文学にも興味を抱き、詩歌の分野においては解説書を原文で読んでいたのである。モラエスが日本を訪れる二百九十年近く前に、偉大なポルトガル人の先駆者が日本文学への扉を開いていたことになる。彼のことを知ったとしたら、モラエスは必ずや興味を抱いたことと思われる。しかしながら、カトリックに否定的であったモラエスの著作の中で、ロドリゲスについて触れた箇所はない。

モラエスとハイカイ

モラエスは、三十年以上日本で生活したにもかかわらず、ロドリゲスのように日本語を習得できなかった。日本語は読めず、書けた文字はわずかの漢字と片仮名で、平仮名は書けなかった。話し言葉も、「アス、アメデス」、「アンタ、カネモチ、ナリマス」[8]といったたどたどしい日本語であった。それゆえ、日本の詩歌に関しては、アストン、チェンバレン、ハーンなど先輩の西洋人たちの著作から学び、時には自己流の解釈を加えた。

モラエスがハイカイの特色について記したことを彼の著作から要約すると、次のようになる。

（1）五・七・五のわずか十七音節で、これ以上ないほど短く、独特で完全な詩であること。
（2）脚韻がないこと。
（3）教養人だけの特権的なものではない、庶民的な国民詩であること。
（4）日本画のように絵画的であること。
（5）短く簡潔であるため、多くの暗示を含むこと。

（1）の形式については、他の先輩たちと共通の理解をモラエスは示し、ハイカイが世界で類のない短詩であることを認めている。モラエスは生来、小さくて愛らしく、繊細で洗練されたものを好み、日本の小皿、盃、キセル、下駄、はたきといった小さな品や民具に惹かれ、果ては日本女性の小さな足まで称賛している。詩歌についても、三十一音節の短歌よりも更に短いハイカイを特に気に入ったようである。しかし、ハーンと同様、モラエスはハイカイ理解の一つの鍵となる季語の知識を得られなかった。季語は、南北朝時代に盛んになった連歌の会に集まった一座の人々への挨拶として、季節の題材を発句に詠み込むという約束事に由来する。それは、座という共同体で連帯して詩作する意識を確認するための決まりであった。季語は、季節を具体的に示す詩語であり、時を暗示し、印象を定着させる働きをする。また、日常の具体的な景物であるため、作者と読者の間に共通の限定された連想を生み、余情の伝達をも可能にする。このように季語は、詩情を喚起するだけでなく、作者と読者の共通の理解を担う大切な役割を果たすのである。しかしながら、ハイカイの伝える内容に興味が向いてしまった。わずか十七音節という形式に気をとられただけでなく、ハイカイの自然観が詩歌にいかに反映されているかの理解が十分でなかった。また、彼らは異なる自然観を持っていたため、日本人の自然観が詩歌にいかに反映されているかの理解が十分でなかった。更に、季語の効用を解説する日本人が身近にいなかったことが挙げられる。このような理由や事情が季語の認識を妨げたと思われる。

（2）の脚韻については、日本語のすべての音節が五つの単純な母音で終わっており、押韻することが無意味であるということを、モラエスを含む先輩の西洋人たちも認めている。

（3）のハイカイが誰でも詩作できる庶民的な詩であることにも、皆が共通理解を示している。しかしモラエスは、短歌から連歌の形式が生まれ、ハイカイへと発展していった経緯をアストンやチェンバレンから学んでいたが、短歌とハイカイを音節数の違いとのみ捉え、短歌もハイカイも特別な人々だけのものではない詩であると見なした。理由として、皇室恒例の歌会に庶民ですら応募していることや、掛け軸、扇子、手拭いなどの品物の装飾的要素として、短歌やハイカイの詩が利用されていることを挙げた[9]。一方、アストンは『日本文学史』で、短歌には詠作上の拘束があり、これという歌を詠むには修練と時間を要し、かなりの学問的知識が必要であると述べた[10]。チェンバレンも『日本事物誌』で、「百人一首」のように一般大衆に知られ、人気のあるものもあるが、本来は教養人の詩歌であるとしている[11]。モラエスは短歌の伝統的な側面を見逃し、短歌とハイカイの表面的な庶民性、大衆性に重きを置いて、同じようなものと見なしてしまったのである。また、ハイカイの庶民性の中に高い芸術性を秘めたものがあることに、モラエスは気づいてはいなかった。

（4）のハイカイを日本画の一筆書きの技法と比較して捉える方法は、イギリス人の詩人・ジャーナリストであったE・アーノルドが一八九四年の日本旅行記『海と陸』[12]で述べているように、当時の典型的な見方であった。モラエスも、「詩歌芸術は、他の芸術、例えば絵画——線の滑らかさ、飾り気のないスケッチ、想像できるものの詳細の不明——と同じ審美的精神の影響をいかに受けたかは明らかである。私たちヨーロッパ人のペンが紙に草書体でaを走り書きするように、対象物——鶴、アヒル、亀、その他のもの——を素早い動きの一筆で描くことを好む日本人の画家——北斎がその一人である—がいる。つまり、日本人の詩歌における短歌や発句は絵画における北斎の鶴に相当するのだ」[13]と述べている。ハイカイは、イメージや感情を言葉によってさっと簡潔に表現する輪郭のスケッチだと言うのである。ハーンもハイカイを「一幅の完全な感情画」[14]であると言い切っている。モラエスはまた、短歌やハイカイは感覚上の経験に訴えるものであるから、「絵と同じく、その場のすべて以上のものであり、私たちが見たもの、感じたもの、悩んだものの思い出を刺激するものである」[15]と語り、過去の記憶を呼び起こす作用があることを指摘した。ハーンやチェンバレンも、絵画的な詩は懐旧の情をもたらす作用があることを認めている。

（5）のハイカイの暗示性について、アストン、チェンバレン、ハーンの三者とも、ハイカイの作者が二、三の短い言葉で自分の得た感動を表現しようとすると、暗示力に頼らざるを得なくなることを認識していた。モラエスも、「日本の詩歌は、普通、風景の美しさ、思いがけない光景からインスピレイションを得るが、別の事柄——精神的な分野の事柄——にも及ぶことがある感嘆の——ああ、それだ！——以上ではなく、それ以上になろうともしない。いずれにせよ、描写ではなく、描写では決してあり得ない。暗示なのである」[16]と述べている。絵画的な自然の美しさ、自然から受けた瞬間的な驚きを単なる叙述による描写ではなく、暗示的にその場面や状況を捉えるのがハイカイの特色だと考えたのである。それゆえ、「ある着想を完全に仕上げることを望まない。むしろ、初めの部分だけを述べるだけに留めることを優先し、残りは推測に任せる」[17]ということになる。ハーンも「同じ方法で、詩人も、ごく短い詩の中で、何もかも言い尽くしてしまうと非難される。彼の目的は、読者の想像を満たしてしまわないで、ただ読者の想像を刺激するだけにしておかなければならない」[18]と語っている。これは、『去来抄』における芭蕉の「いひおほせて何かある」という態度と合致する。ハーンとモラエスは、西洋の作詩法とは異なる日本独特の作詩法を認識していたことになる。このように、当時の西洋人のハイカイ紹介者たちは、ハイカイの短さゆえに暗示が含まれていることに気づいていた。しかし、暗示の効果がハイカイのどのような構造によるのかは見抜くことはできなかった。とは言え、アストンやチェンバレンは学者の眼で、ハイカイをモラエスやハーン以上に分析している。アストンは、ハイカイでは短歌と異なり、漢語も口語表現の言葉の使用も認められていること、コミカルな傾向を持つものがあること、また、短歌が拒む題目も扱うことを言及した[19]。一方チェンバレンは、ハイカイは名詞の詩であり、動詞は西洋語におけるような人称、時制の拘束を受けないことを見抜いていた[20]。また、日本の叙情詩は単なる詠嘆であり、読者の想像力に訴えるものの、作者の論理的知性の主張がないことも認識していた[21]。

モラエスは、アストン、チェンバレン、ハーンといった先輩たちの著作から、多くのハイカイの知識を取捨選択して蓄積していったものと思われる。

翻訳の目的

翻訳とは、他の言語で書かれた意味・内容をほぼ損なうことなく、自分の言語にはめ込む作業である。その場合、筆者が原文で読者に伝えようとした情熱や雰囲気を、自分と同じ言語を使う読者にも伝えなくてはならない。また、翻訳では、言語構造の違いや、同じ言葉や表現であっても、受け取る側の文化の違いによってニュアンスが異なり、時に誤解が生じ、真意が伝わらないことがあることに注意しなくてはならない。そして、翻訳の失敗を防ぐには、当然のことながら、翻訳者は訳し訳される二言語と二文化の十分な知識が必要とされる。

モラエスの場合、既に述べたように日本語が読めず、日本語から直接に知識を得ることができなかった。そのため、日本文学について知るにも、他の西洋人の翻訳に頼らざるを得なかった。モラエスは、「外国人は、悪しかろうが良かろうが、翻訳によってのみ鑑賞することができる。しかし、良い翻訳であっても不十分である。なぜなら、原文に匹敵する翻訳は普通ないからである。つけ加えるに、日本人の何らかの文学作品の一節を正確にヨーロッパの言語に翻訳できるほどの日本語の豊かな知識を持つ西洋人は希である。これだけで、日本文学が白人にとって、窺い知れない真に不可思議なものであることを感じさせるに十分である。そして、白人はその件について、翻訳によって、それも日本人が今までに書いたたくさんの作品に比較して、これらのわずかの翻訳で判断することで満足しなくてはならない[22]」と述べ、日本語が読めない外国人は翻訳によってしか文学作品を味わうことができず、上手な翻訳であっても原作を完璧に再現するのは不可能であるとの見解を示した。

文学の中でも詩歌の場合、読者の感情や想像力に訴える面が強いため、とりわけ翻訳が難しい。特にハイカイでは、詩人の感性や知性の働きが表に出て自己主張する西洋の作詩法と異なり、知性は働かせるものの、主観は抑える反対の作詩法であるため、翻訳にはさらなる困難を伴う。また、ハイカイではその短さゆえに、暗示や省略がなされ、意味がどうしても不明確になりやすい。そうかと言って、単なる逐語訳であったり、暗示を説明したり、省略を補足してしまってはハイカイにならない。翻訳者は、説明を極力抑えて、言外の意味や余韻をそれとなく読者に伝えなくてはならない。アストンは『日本文学史』で、翻訳はしたものの、芭蕉のハイカイの大部分は、外国人の門外漢には理解を超えるほどに不明瞭で暗示的であると[23]、ハイカイ翻訳の難しさを訴えた。

モラエスは日本の詩歌の翻訳について、「日本のウタの詩型にはめた翻訳は、何らかのヨーロッパの言語で試みようとする者には、毛髪が逆立つような困難さがあろうが、非常に興味深い仕事であろう。主として、英語とフランス語でのそのジャンルの試みはいくつかある。ポルトガル語では皆無であることは明らかである[24]」と述べ、ポルトガル語での翻訳がなされていない以上、成否は別にして、翻訳に挑戦する気持ちのあることを示した。そして、ハイカイを含めた日本文学を、たとえ不完全な翻訳を通してでも本国の読者に伝えたい理由を、「私の目的にとって、このことはあまり重要ではない。私は、日本人の感情的気質のこの表れが、期待されるに違わぬように、他の方法で得られる日本精神についての様々な知識を確かめることになることを感じさせるに足る、日本人の文学についてのほんの短い印象を示したいだけなのである[25]」と語った。つまり、日本精神を理解するためには文学が有効な手段の一つであり、日本文学を翻訳することで、そこに反映される日本人の感情的特性の一端を明らかにしたいというのである。では次に、モラエスの翻訳方法と実際の翻訳を見てみよう。

モラエスのハイカイ翻訳

モラエスは、全著作を通じ、数えた限りでは、二十一句のハイカイを翻訳、紹介している。モラエスの翻訳の仕方には、［散文訳］、［ポルトガルの四行詩クアドラ (quadra) による詩訳］、［日本語の原句と散文訳］、［日本語の原句とクアドラによる詩訳］［日本語の原句、散文訳とクアドラによる詩訳］の五つのスタイルがある。日本語の原句は、三行のローマ字で書かれ、句の切れ目、感動や余韻を示す箇所には、コンマ、ピリオド、感嘆符、中断記号などの符号がかなりの頻度で使われている。散文訳に関して、アストンは三行、チェンバレンは逐語訳を除き二行で訳したが、モラエスは行を意識せず、ハーンに倣い、直訳に近い訳をしている。韻文訳をするにあたっては、上述したポルトガルの通俗四行詩クアドラの形式を採用した。モラエスによると、クアドラは、十四行詩のソネットを更に短くしたもので、四行、二十八音節より成り、民衆の自然発生的な感情から生まれた韻律の形式であり、文学作品の意図はなく、鳥のさえずりのようなものであると言う[26]。また、クアドラによる翻訳について、モラエスは次のように述べる。「ポルトガル人の研究者にとって、短歌と発句はそれほど違和感を覚えないに違いない。私たちには、ポルトガルのクアドラ、民衆的な素晴らしいクアドラがあり、大変魅力に富んでいるので、ほんの一篇だけで感動的な詩となり得る。ポルトガルのクアドラにもよくある言葉遊び、語呂合わせ、あるいは、意味がお互いに関連のない二つの語句の配合のように、日本の詩歌でもよく使われるいくつかの構成方法があるという事情もある。私が思うに、私たちのクアドラを巧みに使えば、日本のすぐれた翻訳をするのが可能であるかもしれない[27]。」クアドラとハイカイは、共に短く、民衆の詩であること、文学的価値を追求するような高尚なものではないこと、また、同じような技法があることなどから翻訳できるかもしれないとモラエスは判断したのである。この判断が正しかったのかどうか、散文訳を含め、以下でモラエスの実際の翻訳を時代順に追ってみることにする。

（1）

モラエスがハイカイを初めて翻訳したのは、『日本通信』（一九〇四年十二月二十二日）においてである。その多くは、ラフカディオ・ハーンの『霊の日本』(28)（一八九九）に載せられた句であり、この時の訳は、散文訳のみで、この一句のみローマ字での原句が記されている。

1.　蝶々に去年死したる妻恋し　（作者不詳）

Chôchô ni !...
Kyonen shishitaru
Tsuma koishi !
Duas borboletas !... no ano passado, morreu minha querida esposa !

二匹の蝶！… 去年、私の愛する妻は死んだ！

三行に分けた原句の書き方、符号、散文訳ともハーンと全く同じである。原句と異なるのは、「蝶々」を「二匹」と数を読者に提示しただけで、素っ気ない訳である。そして、感動と余韻の中心となる「蝶々」と「愛する妻は死んだ」の後に、感嘆符と中断記号をつけている。またモラエスは、『日本精神』でこの句を再度取り上げ、次のようにクアドラ詩訳を試みている。

Passa um par de borboletas
Emblema do amor ditoso ...
Há um ano, se finou
A mulher de quem fui 'sposo ...(29)

一つがいの蝶が横切る
幸福な愛の象徴…
一年前に、死んだ
私が夫であった女性が…

クアドラ訳では、状況を明確にして、詩的雰囲気を醸し出すために原句にない語句が加えられている。Passa（横切る）、Emblema do amor ditoso（幸福な愛の象徴）がこれに相当する。また、「妻恋し」の「妻」も、「私が夫であった女性」（A mulher de quem fui 'sposo）と、訳し直されている。散文訳と比べるとどうしても説明的になってしまって、原句の「妻恋し」という作者の切実な心情が伝わってこない。翻訳の後で、ハーンに倣い、モラエスは句の解説を加える。ある男が、庭で二匹の蝶を見つけて感嘆の声を上げる。この国では、蝶の番は夫婦合一の麗しい象徴であり、結婚の贈り物として紙製の蝶を贈る習慣がある。そのため、男が亡くなった妻を思い出したのであろうと。散文訳をした後で解説を加えるのは、風土、習慣の異なる外国の詩を西洋の読者に伝える上で、不可欠な手段であったと思われる。モラエスがこの句に惹かれたのは、過去の悲しくも美しい追憶である。ポルトガル語には、サウダーデ(saudade)というポルトガル人の心情を表す独特の言葉がある。それは、現在そこにない物、いない人、過去に失った物、亡くなった人に対するなんともいえぬ懐かしさ、懐旧の情であり、更に、そうした物を再度見たい、そうした人に再び会いたいという願望をも含む感情を表す言葉である。この句で、作者が目の前をよぎる「二匹の蝶」を見て、「妻恋し」に帰結したところに、モラエスのサウダーデの情が刺激されたものと思われる。

2.　身にしみる風や障子に指のあと　（作者不詳）

Oh, vento que trespassa o coração ! as marcas dos dedinhos sobre o papel das corrediças !…

ああ、心を突き刺す風よ！　引き戸の紙に小さな指の跡が！…

モラエスはこの句を、子供を失ったばかりの痛ましい母親の詩と見なし、亡くなった子の悪戯によって障子に空いた穴と、そこから吹き込む風によって悲しさが増す母親の心情を表現していると解説した。訳し方も解説もハーンとほぼ同じであるが、「悲しい」という言葉を使わずに、過去のありし日を追憶する母親の心情が伝わることにモラエスは感じ入ったものと思われる。そして、キーワードとなる「身にしみる風」と「指のあと」に相当する箇所の後に感嘆符や中断記号が加えられ、感嘆と余韻を示した。また文頭に、ハーン同様、Ohという間投詞を入れ、西洋流に強調しているが、訳は簡潔ですっきりしている。

3.　蚊帳の手を一つはずして月見かな　（伝千代女）

Desatando uma ponta do mosquiteiro, eis-me contemplando a lua !…

蚊帳の一隅をはずして、私は月を眺めてここにいる！…

この翻訳では、何のことだか読者にはわからないはずで、モラエスは、ハーン同様に解説を加えた。俳人千代女が、四角と三角と丸を使って句を詠むように求められ、蚊帳は四角で、隅をはずすと三角になり、月は丸いことに気づきこの句を詠んだと説明する。即座に作者が句を詠めたかは別にして、モラエスは作者の即妙な機知に感心したのである。そして、この句にハイカイの遊び心の一面を発見したものと思われる。モラエスの訳し方はハーンとほぼ同じで、「月見かな」の「かな」という切れ字は、感嘆符と中断記号で対応している。

4.　朝顔に釣瓶とられて貰ひ水　　千代女

A asagao enleou-se no poço ; vai-se buscar água fora.

朝顔が井戸にからんだので、よそへ水を求めに行く。

アストンやチェンバレンもこの句を翻訳しているが、モラエスも大変気に入ったようで、全部で四回取り上げている。ハーンはこの句を翻訳していないが、モラエスの散文訳はハーン方式の素っ気ない訳である。モラエスは、「(釣瓶) とられて」を「(井戸に) からんだ」(enleou-se) と、受動態も使わず過去形で訳している。一般的に、ハイカイの動詞は時制からかなり自由であり、原句の「とられて」も、純粋な動きのみを不定詞的に表している。一方、西洋語では、動詞は常に主語に一致し、厳しい時制の制約を受ける。モラエスは、「朝顔」を主語としたため、過去形を用い時間を明示せざるを得なかった。また、受動態を使わなかったため、「朝顔が井戸にからんだ」という事実ははっきりするものの、「朝顔に釣瓶とられて」という原句のニュアンスを消してしまっている。最後の「貰ひ水」は、チェンバレンが訳した "gift-water という名詞での翻訳が難しかったためか、「水を求めに行く」(vai-se buscar água) と訳している。しかし、三人称単数形の動詞活用を用いたため、主語は第三者である作者となり、作者がその光景を眺めていることになる。これでは、景物を前にしての一人称である作者の感動、感慨を詠むハイカイの基本に反することになる。ただし、『徳島の盆踊り』での翻訳では、「私は水を貰いに行く」(vou pedir água) と一人称を使って訳している。また、モラエスは、この句を神戸時代に執筆された『日本夜話』と『日本精神』でクアドラによる韻文訳を試みている。前者の訳は以下の通りである。

A trepadeira, p'la corda
Do poço, pôs-se a trepar.
Vai-se pedir água fora,
Para não a incomodar…

つる草が、井戸の綱に、
巻きつき始めた。
よそへ水を貰いに行く、
それを邪魔しないように…

クアドラ訳では、「朝顔」を「つる草」(trepadeira)と訳し、「釣瓶」は、井戸の水を汲むための、縄または竿のついた桶を指すが、「井戸の綱」に巻きついたと挿絵まで入れて正確に伝えている。また、散文訳でも使われた三行目の fora(よそへ)と四行目の Para não a incomoda(それを邪魔しないよう)は、原句にない語句である。また、Vai-se pedir água(水を貰いに行く)の主語は、散文訳と同じく三人称になっている。モラエスのクアドラ訳は、原句にない語が加えられることで、意味は明確になるものの、説明の翻訳になってしまっている。

この句は現在では、「朝顔に釣瓶とられて」と「貰ひ水」が、原因と結果を示す句であり、詩としては視点や発想に通俗さが感じられ、優しさを売り物にしている感があるとの見方がなされることが多い。しかしながら、モラエスがこの句に感動したのは、解説の中で「純真で、この上なく魅力的なウタ[33]」と評しているように、市井に慎ましく咲く朝顔に対する作者の素直な愛情であり、朝顔を苦しめないために隣人に水を貰いに行くという作者の心遣いである。原因と結果についても、モラエスは疑問なく受け入れている。易しい理屈があったからこそ逆に、句意が明確になり、当時の一般庶民や外国人にも親しまれたのである。それゆえ、モラエスの訳は、俳諧の翻訳としては成功していないが、日本人の感情を伝えるという意味ではその役を果たしたと思われる。

5. 雪の村鶏啼いてあけ白し　　繞石[34]

Aldeia de neve ; cantam os galos ; aurora alvacenta…

雪の村、鶏が鳴き、白き夜明け…

句の翻訳の前に、モラエスは、「冬に見られる風景を思い起こさせる絵画的なウタ」との説明を加えている。一方、ハーンは、"Winter-Scene"（冬景）とタイトルをつけている。これは、西洋の読者に、句のイメージを喚起するための一手段であろう。「鶏啼いて」の部分は、cantar（鳴く）という動詞の現在形をモラエスは用いているが、再度この句を翻訳した『日本精神』では、ハーンに倣い現在分詞を用い、cantando（鳴いて）と訂正した。「鳴く」と動詞で切って、セミコロンをつけるより、現在分詞を使う方が「白き夜明け」により滑らかに繋がると判断したものと思われる。この句は、「雪の村」という名詞で一度切断され、動かぬ静寂を示し、次の「鶏啼いて」で、その静寂を破る動きを表し、「て」という接続の助詞により「あけ白し」に係り、静と動が交差して統合される句である。そして、「あけ白し」の「白し」は形容詞の終止形で、ハイカイらしい強く言い切った表現である。そこから、「あけ白し」の余韻が伝わってくる。モラエスの訳は、大きく「名詞、動詞＋名詞、名詞＋形容詞」で簡潔に訳されていて、句の内部構造を理解した上での翻訳とは思えないが、名詞を多用することで、ハイカイらしさを感じさせる翻訳となっている。また、モラエスは「雪の村」を Aldeia de neve とし、定冠詞 a をはずしている。「鶏」は os galos と定冠詞 os をつけているが、二度目にこの句を訳した時には、定冠詞をはずしている。モラエスはハーンの訳し方に倣ったと思われるが、冠詞のない方が限定的な表現とならず、冠詞の概念のない日本語の原句に近くなる。ただし、「鶏」そのものは galos（雄）と、男性の複数形を用いている。性・数の概念が明確でない日本語の名詞を西洋語に訳す場合、特にラテン系言語では性・数を明示しなくてはならない。この句の翻訳の場合、性は問題ないが、数が問題となる。日本人がこの句をイメージするとき、たとえ現実には何羽もの鶏がいたとしても、一羽の鶏の鳴き声としてイメージすることが多い。しかし、ハーン同様にモラエスが複数形を用いたのは、複数の鶏を自然にイメージしたわけで、論理的にはこうした解釈も成立する。数の概念が言語に明確に表れる西洋語を使う西洋人と、それがない日本人とのイメージの相違が生じたのである。

6. 冬の夜や遠く聞こゆる咿唔の声　（作者不詳）

Meiga e límpida pela noite, a voz de um rapazinho que estuda, lendo alto, um livro...
Também eu tive um rapazinho...

心地よく澄んだ夜、書を大声で音読し、学ぶ男の子の声…
私にも男の子がいたのだ…

ハーンは“A mother's Remembrance”（母の思い出）というタイトルをつけているが、モラエスとハーンの訳はほぼ同じである。この句は、亡くなった子供への母親の愛惜の情を示す句であり、モラエスの散文訳は作者の心情を伝えてはいるものの、ハイカイの説明訳になってしまっている。先ず、「冬の夜」は季語であり、季節と時間が具体的に示され、冬の夜のひっそりとして、寒々とした情景を読者は連想する。しかし、ハーンとモラエスの訳では、肝心な「冬」が訳出されていない。次の「や」は、詠嘆の切れ字である。切れ字は、ハイカイをハイカイたらしめる要素である。ハイカイは、短歌から派生した更に短い詩形であるため、もともと不安定なものである。そのため、強く言い切ることをしないと、単なる詩の断片になってしまう。言い切ることでその部分が切断されて独立し、句全体が引き締まり、安定するのである。句を切るためには、切れ字を用いる場合と、名詞や形容詞の終止形を用いる場合があるが、何れにせよ、句が切れないとハイカイにならない。句の途中に切れ字が置かれると、明確な空間の分断がなされ、次に続く部分の言葉との対立、矛盾、あるいは飛躍が生じ、読者に驚きや緊張を与える。そして、最後の部分で両者が統合されて、句が落ち着くのである。また、切れ字が句の末尾に置かれると、最後の部分ですっと切断され、読者に詠嘆だけでなく、余韻や余情を感じさせる。この句の場合、先ず、切れ字の「や」によって句が切断され、独立した冬の静寂な夜の情景が提示される。次いで、その静けさに対立してかすかに聞こえてくる音が続く。そして最後に、その音が子供の音読の声として統合されるのである。このように切れ字は、ハイカイに強い感覚、歯切れの良さを与え、ハイカイの内部構造を支える非常に重要な要素なのである。モラエスは、「や」の切れ字の部分をコンマで切ってはいるが、ハーンの翻訳に倣っただけで、切れ字の効果を理解していたとは思えない。ハーンにしても、文脈からコンマを入れたわけで、ハイカイの構造を理解した上での判断ではなかった。またモラエスは、ハーンと同じく、原句にない「私にも男の子がいたのだ…」という文を加えたが、句の意味は伝えても、暗示を重んじるハイカイの味を消してしまった。

(2)

次にモラエスがハイカイを翻訳したのは、一九〇五年三月十五日付の『日本通信』においてである。

7.　手をついて歌申し上ぐる蛙かな　　宗鑑

Com as mãos pousadas no chão, reverentemente vais repetindo o teu poema, oh rã !...

両手を地面について、お前はうやうやしく詩を繰り返し詠じている、ああ蛙よ！…

チェンバレンとハーンもこの山崎宗鑑の句を翻訳しているが、モラエスの翻訳は、ハーンの『異国風物と回想』（一八九八）の「蛙」[35]での英訳に倣っている。句末の切れ字「かな」は、両者とも感嘆符で処理しているが、モラエスは更に間投詞と中断記号を加え、詠嘆を強めている。ハーンの解説から、カジカ蛙の美しい鳴き声は歌詠む蛙として『古今集』の序に記されていることを、モラエスは知っていたはずであるが、モラエスの興味は、両手をついて貴人にうやうやしく歌を詠進しているような蛙の姿勢であり、それを発見して詩とした作者の着想の見事さであった。ただし、モラエスは、この句のユーモラスな雰囲気を捉えなかったのか、この蛙を誤ってカジカ蛙としてしまい、来客を礼儀正しく迎え挨拶する日本娘のイメージを蛙にだぶらせてしまった。日本娘をこよなく愛したモラエスらしい解釈である。モラエスはまた、私信から一九〇六年頃に執筆されたと思われる『日本夜話』の「蛙」の章で、この句のクアドラ訳を試みている。

Pousadas as mãos no chão,
Soltas cânticos fagueiros

両手を地面について、
うやうやしい姿勢で、

Em reverente postura,
Rã dos ribeiros !…[36]

心優しい歌を詠じる
小川の蛙よ！…

この頃からモラエスのクアドラによる詩訳が始まるが、四行というクアドラの形式のため、原句より訳が長くなってしまっている。原句にない部分を抜き出すと、no chão（地面に）、fagueiros（心優しい）、postura（姿勢）、dos ribeiros（小川の）の語句がそれに相当する。本国の読者を意識したとは言え、ハイカイの翻訳としては訳し過ぎで、原句の面白さが消えてしまっている。

続いて、一九〇六年十月三十日の『日本通信』での「蝉」についての二句の散文訳であり、ハーンの『影』（一九〇〇）の「蝉」[37]の章からモラエスは再録している。

8.　蝉一つ松の夕日を抱えけり　（作者不詳）

Uma cigarra soltária agarra-se ao último raio de sol da tarde, que brilha no ramo mais alto de um pinheiro.

一匹の孤独な蝉が松の木のてっぺんの枝に射す、午後の夕日の最後の光にしがみついている。

ハーンはこの句を作者不詳としているが、ハーンの教え子であり俳人であった大谷正信の句である。モラエスの訳は、「夕日」を「午後の太陽の最後の光」(último raio de sol da tarde)とし、「松」を「松のてっぺんの枝」(o ramo mais alto de um pinheiro)と詳しく説明してしまっている。また句末の、現在の事実を前にしての詠嘆を示す切れ字「けり」に相当する部分にも何の符号も加えず、切れ字の効果を訳に反映させていない。一方、句の解釈においては、ハーンが「次の小品画は日本芸術の本質に従った迫真の作である[38]」と、対象物をさっとスケッチすることで詩的イメージを喚起する日本画の手法から解説を加えたのに対し、モラエスは、「自然の至上の法則の前では、我々(我々、生きとし生けるもの)の欲望のむなしいことの非常に見事な例であると思う[39]」と、哲学的観点から句の内容に迫っている。句の解釈は見方によって異なるのは当然であるが、モラエスはこの句の解釈を仏教思想に求めたのである。

9.　我とわが殻や弔う蝉の声　　也有

Além está uma cigarra a cantar, ao lado do seu corpo morto. Que canta ela ?
Acaso os officios fúnebres devidos ao seu próprio cadáver...

あそこに自分の骸《むくろ》の横で鳴いている蝉がいる。何とそれは鳴いているのか?
恐らく自分自身の亡骸のための葬礼の祈りなのであろう…

この句は江戸時代の俳人横井也有の句であり、難解な内容のため、モラエスは翻訳に苦慮し、説明的な訳になっている。Além(あそこに)、Que canta ela ?(何とそれは鳴いているのか?)、ao lado do seu corpo morto（自分の骸の横で）、Acaso（恐らく）といった語句を加えている。ここまで過度に説明をすると、意味の伝達のみで、ハイカイの翻訳とは別の短詩になってしまう。後にモラエスは、『日本精神』で再度この句を取り上げ、次のように翻訳している。

Cantando os ofícios fúnebres diante do seu próprio cadáver... ai, a voz da cigarr a cigarra!...[40]

自分自身の亡骸を前にして葬礼の祈りを唱えている…　ああ、蝉の声が！…

素っ気ない訳であるが、この方が余分な説明もなく、より原句に迫っている。句の解説でモラエスは、変態によって昆虫の霊魂も移り変わるとする仏教思想を紹介し、自分の弔いを自分でするという、西洋では考えもしないことを詩的に捉えた作者の発想に強い感慨を覚えている。

次は、『日本夜話』の「もみじ」[41]で紹介した二句のクアドラ訳である。「もみじ」の章は、友人宛の書簡から、一九〇七年頃に執筆され、ポルトガルの雑誌『セロンイス』に掲載されたことがわかっている。

10.　秋を待つ人を迷わすもみじかな　（作者不詳）

Quando vem vindo o outono　秋がやって来ると

Quanto alvoroço se sente !...
Ânsia d' ir ver, nas florestas
O momiji, em rama ardente !...

どれほどの喜びを覚えることか！…
樹林にしきりに見に行きたくて
燃えるような枝葉のもみじを！…

11\. もみじ見に人も出かける赤ゲット　（作者不詳）

Corramos a ver nos bosques
O momiji avermelhado.
Levo suspenso dos ombros
Um cobertor encarnado !...

私たちは林にいそいそと出かける
赤く染まったもみじを見に。
私は肩に
赤ゲットをはおって！…

最初の句は、もみじの紅葉がいかに人の心を惹きつける存在であるかを、「人を迷わす」と表現した句であるが、クワドラ訳は余分な説明が多く、「もみじ」が「人を迷わす」という原句の味が、翻訳からは全く伝わって来ない。ただし、最後の詠嘆の切れ字「かな」は、感嘆符と中断記号で対応している。

次の「もみじ」の句について、モラエスは、赤ゲット（赤い色の毛布）をはおった田舎の人がもみじ狩りに出かけ、もみじの赤色が原色の赤ゲットのために色あせるものの、赤色が辺り一面に広がっていることを暗示する句と解説している。原句では、田舎者までが、都会で当時流行った赤ゲットをはおってもみじ狩りに行く光景を作者が揶揄したものと思われる。しかし、モラエスはこの皮肉には気がつかず、色の配合の面白さにのみ興味を示している。また、この句は、作者がその場の光景を客観的に眺めたものであるが、モラエスは「人」を一人称として捉え、作者自身が赤ゲットを身にまとい、もみじ狩りに出かけるとの誤った解釈をしている。なぜなら、もし「人」が作者ならば、「我も出かける」となるからである。

こうした句を取り上げたことからみて、モラエスの興味は、自然の色彩をこよなく愛し、その移り変わりに敏感な日本人の態度にあったものと思われる。

続いて、一九〇九年一月一日付の『日本通信』における横井也有の句のクアドラ訳である。この句は、アストンの『日本文学史』に採録されている。

12.　木に置いて見たより多き落葉かな　　　也有

Ai, folhas mortas, cahídas !...

Vejo-vos mais numerosas

Agora, do que vos via

Quando nos troncos, viçosas...

ああ、朽ちて落ちた葉よ！…

お前たちは今、私には夥しく見える。

かつて幹にあったとき、

お前たちが青々しく見えたより…

翻訳では、mortas（朽ちた）、Agora（今）、vos（お前たち）、viçosas（青々とした）といった原句にない語が挿入されており、vosという人称代名詞が二回も使われている。「落葉」を擬人化して「お前たち」と代名詞を用い、親しみを込めたものと思われる。句の意味は伝わるものの、翻訳としては訳し過ぎで、西洋詩の形式になってしまっている。句の解説から分かるように、モラエスにとってこの句の魅力は、辺りを覆いつくした落葉の光景から、かつて木にあって生命にあふれていた青葉を想像した作者の見事な着想である。数字的に見れば、落ちた葉は元の葉と数は同じであるはずであるが、その数がより多く見えるという作者の詩的感性に、モラエスは共感を示したのである。そして、青々とした葉から朽ちた葉への自然の変化に、生の虚しさ説く仏教の無常観の暗示を読み取っている。この句に仏教思想の影響を見るかどうかは解釈によるが、モラエスはこの句に日本人の宗教的雰囲気を感じたのであろう。

(3)

次は、一九一〇年二月四日付の『日本通信』での、日露戦争に出征した無名兵士による三句のクアドラ訳である。モラエスは、戦場での日本軍兵士の心情と心意気を示す句としてこれらの句を紹介したものと思われる。

13. 異国も色香変わらぬすみれかな　（作者不詳）

Sobre esta terra estranngeira,
O' violeta dos valados,
A tua côr e o teu perfume
Não os encontro alterados.

この異国の地で、
ああ柵堀のすみれよ、
お前の色と香は
変わらずと思う。

14.　待てしばし大和桜の返り咲き　（作者不詳）

Em breve irei ter convosco
O'camaradas ! Paciencia.
No Japão, as cerejeiras
Repetem a florecência !

間もなく君たちに会えるだろう
ああ戦友たちよ！　辛抱して待ってくれ。
日本では、桜は
再び花開く！

15.　近寄ればあわて藻に入る蛙かな　（作者不詳）

Quando à fronta inimiga
Nós chegamos, a matreira
Esconde-se na verdura,
Como as rãs n'uma ribeira !...

敵の艦隊に
我らが近づくと、
狡猾者は草の緑に隠れる、
川岸の蛙のごとくに！…

最初の句で、祖国のため死の危険を前にしても、自然の些細な姿に目を留める兵士の態度にモラエスは共感を示している。翻訳では、切れ字の「かな」は間投詞で一応対応している。また、vallados（柵堀）は原句にない語で、場所を明確に示し、「色香」を代名詞として再度使用している。ハイカイでは、音節の短さのため、代名詞で同じ語を受けることはまずしない。この翻訳は、西洋詩としては読めるものの、ハイカイの雰囲気が伝わってこない。

次の句は、負傷した兵士の戦線復帰の熱い想いを、時期を違えて咲く日本の桜にたとえた句であるが、一行目は原句になく、本国の読者への説明となっている。また、二行目で、camaradas（仲間）の語を間投詞と共に加え、句を贈る相手に呼びかけている。

三番目の句は、旅順港でのロシア艦隊の動向を蛙にたとえて皮肉った句である。原句が隠喩を用いているのに対し、モラエスの訳では直喩が使われている。象徴の手段としての直喩は、句の締まりを失うため、ハイカイではあまり使われないのが普通である。直喩は、比喩がはっきりするが、ハイカイの切れが失われるのである。また、fronta inimiga（敵の艦隊）、matreira（狡猾）、ribeira（川岸）の語句が、説明のためにつけ加えられている。説明してしまうとハイカイの特性である暗示性が消えてしまうのである。

続いて、同じ『日本通信』の一九一一年二月四日付のクアドラ訳による二句である。

16. 赤とんぼ羽をとったら唐辛子

Tira-olhos encarnado,
Se te arranco as quatro azas,
Ficas assim transformado ;
— Um pimentinho.

赤とんぼ、
もしお前から四枚の羽を取ったら、
こんな風になる。
—唐辛子に。

17.　唐辛子羽をつけたら赤とんぼ

Pimentinho,
Se te ponho quatro azas,
Ficas assim transformado;
— Tira-olhos encarnado.

唐辛子、
もしお前に四枚羽をつけたなら、
こんな風になる
—赤とんぼに。

前者は芭蕉の弟子の其角の句で、後者は芭蕉が弟子の残酷な遊び心を戒めて訂正した句であると言われる。しかし、それは俗説であり、事実ではない。チェンバレンがこの二句を『口語日本語ハンドブック』と「芭蕉と日本の詩的エピグラム」で二度取り上げており、モラエスは、チェンバレンの翻訳をポルトガル語に重訳したと思われる。モラエスは句の内容が気に入ったようで、『日本精神』で再度、散文訳を次のように試みている。

Arranquem as asas a um tira-olhos escarlate ; ficará um pimento.

真っ赤なとんぼから羽を取ってみよ、唐辛子になるだろう。

Juntem as asas a um pimento ; ficará um tira-olhos escarlate.[42]

唐辛子に羽をつけてみよ、真っ赤なとんぼになるだろう。

散文訳では、モラエスはチェンバレンに倣い、条件文でなく命令文を使い、クアドラ訳での te（お前に）、quatro（四枚の）、assim（そうしたら）といった語が除かれ、より簡潔になっている。モラエスの関心は、この句での昆虫という小さな生命に対しても注がれる作者の愛情であり、句の善し悪しは判別できていない。そのため、クアドラ詩訳まで試みたのである。チェンバレンですら、このような俗説の句を受け入れてしまったことからも、当時の西洋人のハイカイに関する情報不足が窺える。

（4）

最後は、『日本精神』の「芸術と文学」の章に載せられた十句である。その多くは既に解説しているため、新出の三句と芭蕉の一句をここで取り上げる。

18.　もし鳴かば蝶々籠の苦を受けん　　宗因

Se a borboleta cantasse, teria de sofrer o martírio de uma gaiola.

もし蝶が鳴くとしたら、籠の苦痛を受けなくてはならないだろう。

この句は談林俳諧の祖西山宗因の作であり、チェンバレンの「芭蕉と日本の詩的エピグラム」に載せられた句である。モラエスの散文訳は、句そのままの直訳である。色鮮やかな蝶の沈黙が、逆に鳥かごに入れられる危険から蝶を救っているという、形式にとらわれない作者の自由な発想がモラエスの注意を引いたものと思われる。赤とんぼの句と同様に、こうした面白い発想が西洋人の好みに合ったのであろう。

19.　古寺や鐘もの言はず桜散る　　酒竹(43)

Oh, o velho templo ! o sino não toca ; flores de cerejeira caem sobre o solo...

ああ、古寺よ！　鐘は鳴らず、桜花は地に落ちる…

この句は、正岡子規と同時代の俳人酒竹の作であり、ハーンも絵画的な句の代表作として『霊の日本』で散文訳をしている。モラエスの訳は、「や」の切れ字を感嘆符で示し、文頭に間投詞を加えている。ハイカイの翻訳に間投詞を入れることは、疑問を残すが、西洋人の発想からすると自然なのであろう。しかし、o velho templo（古寺）の定冠詞 o は、呼びかけの言葉となっているので冠詞は不要であろう。また、原句にない語句、sobre o solo(地面の上に)は句の説明であり、無理に訳出する必要はないと思われる。ハーン同様、モラエスもこの句を絵画的な句と見なし、「古寺」、「沈黙する鐘」、「散る桜」という三つの具体的事物で春の情景を見事に表現しているところに惹きつけられたと思われる。

20.　盗んだる案山子の笠に雨急なり　　虚子

これは青年時代の高浜虚子の句である。ハーンが同じ『霊の日本』で紹介したものを、モラエスは散文訳とクアドラ詩訳を試みている。

Cai duramente a chuva no chapéu que eu roubei ao espantalho.

私が案山子から盗んだ帽子の上に雨が激しく降り注ぐ。

Vai molhado até aos ossos ;　　骨まで濡れている、
Cai a chuva, mais e mais,　　ますます雨が降り注ぎ、
No chapéu, que foi roubar　　稲田で案山子から
No campo ao 'spanta-pardais.　　盗んでいった帽子の上に。

散文訳は、ほぼ原句通りである。しかしながら、翻訳では西洋語の文法的拘束を受けるため、eu roubei（私が盗んだ）と主語を表に出し、センテンスの論理を明確にした。ただし、ポルトガル語では、動詞の活用で一人称の主語を明示できるので、翻訳では、主語の eu を省略した方がよりハイカイらしくなる。また、最後で言い切る詠嘆の切れ字「なり」は、モラエスの訳では何の対応もなされ

ていない。句の解説で、モラエスは案山子の意味と日本の学生の生活事情を説明し、貧窮の図を描くのに、こんなに少ない言葉でこれ以上豊かに表現することはできないと注釈を加えている。[44]この句が、学生の貧しさを、短い言葉による具体的な情景描写で示したところにモラエスは感心したのである。次に、クアドラ詩訳を見てみると、一行目の「骨まで濡れている」は、原句にない部分で、動詞の活用から三人称の学生が主語で、学生の状態を説明している。原文で三行目の「盗んでいった」も、散文訳と異なって、学生が主語になっている。つまり、クアドラ訳では、貧乏学生の姿を作者が眺め、客観的に表現したことになる。こうした解釈もまったくあり得ないわけではないが、散文訳で、笠を盗んだのが「私」イコール学生である作者としているため、矛盾が生じている。ハイカイは、基本的には一人称の文学であることをモラエスが十分に理解していなかったためと思われる。

21.　古池や蛙飛びこむ水の音　　　芭蕉

モラエスは、一九〇四年十二月二十二日付の『日本通信』でこの句の散文訳を試みているが、訳し方がほぼ同であるので、『日本精神』での散文訳とクアドラ詩訳をここで取り上げる。

Ah, o velho tanque ! e o ruído das rãs, atirando-se para a água !…

ああ、古池よ！　そして水に飛びこむ蛙の音！…

比較のため、ハーンとチェンバレンの英訳をここに示すことにする。

Old pond — frogs jumping in — sound of water.（L.Hearn）[45]

The old pond — aye ! and the sound of the frogs jumping into the water.
(B.H.Chamberlain)[46]

モラエスの訳は、明らかにハーンでなく、チェンバレンの訳に倣っている。先ず、「古池や」の切れ字「や」は、チェンバレンと同じく、間投詞と感嘆符で対応している。ただしモラエスは、「蛙飛びこむ水の音」に相当する訳の後でも、ハーンとチェンバレンの訳にない、感嘆符と中断記号で余韻を示そうとしている。次に、「古池や」の後で、チェンバレンに倣い接続詞 e（そして）を挿入しているが、余分な間ができて句の締まりをなくしてしまった。また、チェンバレンと同じく、「古池」、「音」、「蛙」の名詞すべてに冠詞（o、as、a）をつけ、言葉を限定してしまっている。一方、ハーンの訳は、一つの定冠詞も使われておらず、ハイカイらしさを残す翻訳となっている。さらに、モラエス訳では、「蛙飛びこむ水の音」を、チェンバレンと同様に、「水に飛びこむ蛙の音」と訳し、「蛙」を複数形（rãs）にしている。この訳だと、複数の蛙がポチャンポチャンと水に飛び込む「蛙の音」が強く印象に残ってしまう。一方ハーンは、原句に忠実に「蛙の音」でなく「水の音」と訳しているが、やはり蛙が複数形のため、同じような印象を与えてしまう。この句を、何匹もの蛙が水に飛び込む光景を詠んだ春気躍動の句と捉えることも可能ではあるが、芭蕉の句としては深みのない平凡な句になってしまう。数の捉え方の違いがここでも問題となったのである。従来この句は、ハーンが一八九九年の『異国風物と回想』で初めて翻訳したと考えられていたが、モラエスが所持していた一八九八年版の『日本事物誌』でチェンバレンが既にここで示した翻訳をしている。そして、句の解説で、色彩とユーモアの小さなコマの集合の句と語っている。[47]後にチェンバレンは、句の解釈を変えるが、最初に訳した一九〇四年当時は、モラエスも蛙が水に飛び込む一瞬の動きを捉えたこの句にユーモラスな感じを覚え、取り上げたものと思われる。

モラエスは、散文訳をしたあと、更にクアドラによる詩訳を試みる。

Um templo, um tanque musgoso ;
Mudez, apenas cortada
Pelo ruído das rãs,
Saltando à água. Mais nada...

ある寺、苔むした池、
わずかに破られる静寂、
水に飛び込む蛙の音によって。
ほかに何もなし……

クアドラ訳では、「古池や」に当たる箇所の後にセミコロンを入れ一時的に中断し、最後の行末でも中断記号をつけ、余韻を示そうとしている。しかし、原句にない語句がこれまでのように加えられている。**templo**（寺）、**musgoso**（苔むした）、**Mudez**（静寂）、**apenas cortada**（わずかに破られる）、**Mais nada**（ほかに何もなし）がこれに相当する。ただし、「古池」の「古い」を「苔むした」(musgoso)と訳したのは、『方丈記』や『徒然草』を翻訳で読んでいたモラエスが、鴨長明や兼好法師と重ね合わせ、隠者の庵近くに古くからある名もない無用の池という情景をイメージしたものと思われる。しかしながら、こうした語句を補足することで句の内容に迫ろうとしたことが、逆にハイカイの切れと俳味を消してしまったのである。一方、句の解説でモラエスは、「恐らくある古びた仏教寺院のすぐ近く、境内に古池があり、静寂を破るのは眠ったような水に飛び込む蛙たちの物憂げな音のみという、ある場所の安らぎを想起させるこの瞬間描写をすばらしいと思わないかね？」[48]と述べている。彼はこの句を一幅の感情画として捉え、古池とそこに飛び込む蛙の水の音、そしてそこから感じられるほっとするような一瞬を描写した芭蕉の技量を高く評価したのである。モラエスの解説は、「芭蕉と日本の詩的エピグラム」でのチェンバレンの解説を参考にしたものの、チェンバレンが以前と意見を変えて、時折はねる蛙の音以外、静寂そのものの古池に人生の瞑想的なもの悲しい側面を暗示すると、禅思想の影響を読み取った解釈とは意見を異にしている。とは言うものの、両者とも蛙の鳴き声でなく、水に飛び込む蛙の動作と音に注目したのは確かである。チェンバレンは、上述の論文で芭蕉のハイカイにおける永遠性と流動性を説く「不易流行」の理論を解説しているものの、「不易流行」からこの句を分析しようとはしなかった。一方モラエスも、句の内容に興味が集中し、ハイカイ理論を理解しようとはしなかった。後年、D・キーンは『日本の文学』で、「古池や」は時間を超越する永遠的な要素を示し、「蛙飛びこむ」は変化を示す瞬間的な要素を表し、「水の音」で両者が一点に交わり統合すると解説した。[49]当時のハイカイに関する知識と情報では、このような解釈は不可能であったのである。

ハーンやチェンバレンは、ハイカイの内部構造には迫れなかったものの、ハーンは独自の詩的感性で、チェンバレンは西洋のエピグラム（寸鉄詩）の形式でハイカイを何とか散文で翻訳しようと努めた。しかしながら、散文訳でさえ、西洋言語の構造による拘束を受けるだけでなく、短く訳すほど曖味さが残り、句に含まれる暗示や余情がうまく伝わらないという困難が伴う。また、文化の違いによる翻訳のしにくさや、ハイカイの本質を理解していないために起こる誤りも生じる。そのため、西洋人の翻訳者は、自国の読者にこの東洋の小さな詩を理解させるために、丁寧な解説を施したのである。一方、モラエスは、散文訳と解説だけでは飽きたらず、四行二八音節の短さとその庶民性から、ポルトガルのクアドラに注目し、詩訳を試みた。しかし、クアドラは短いと言ってもハイカイの倍近くの音節がある。そのため、翻訳はどうしても説明的になってしまった。またクアドラは、感動を前にしての作者の主観を言葉によってはっきりと表に出し、それを積み重ね読者に伝える西洋詩の一つである。それに対し、ハイカイは、自然を前にしての作者の感動を、主観を抑え、極限まで削り取った具体的な言葉に込めて、直観的に描写する詩である。そして、読者も作者と一体となって作者の感動を共有するのである。こうした事情から、作詩法の異なる東洋の洗練された小さな詩を西洋の詩形にそのままはめて翻訳することは、初めから無理があったのである。その結果、モラエスのクアドラ詩訳の目論見は、当然のことながら、失敗に帰したのである。駐日ポルトガル大使であり、モラエス研究家であったA・マルチンス・ジャネイラも『日本精神』（一九七三）の序文で、「モラエスはハイカイを特に好み、この『日本精神』とその他の本のなかでいくつも翻訳をしている。しかしながら、私には通俗なクアドラでそれを訳す彼の頑固さが理解できない。ハイカイの難解な神髄を見抜けなかったためか、それとも単なる愛国心のためなのであろうか？　韻を踏んで私たちにする翻訳は、脚韻であることを控え目に避けてはいるが、散文で私たちに示すほどには、この非常に洗練された詩の形式のことが―つまり、簡潔で、ハイカイ固有の叙情的な総体により一致する翻訳のことが―あまりわかっていない」(50)と批判している。クアドラで詩訳したこと自体に、モラエスの限界があったのである。

おわりに

モラエスのハイカイ翻訳は、散文訳では評価できるところもあったが、ハーンやチェンバレンの英訳を参考にした重訳であった。また、独自の翻訳に挑戦したクアドラ詩訳もハイカイとは別物になってしまい、成功にはほど遠いものであった。ハイカイの知識、情報不足から、その特質を把握できなかったことが最大の理由である。そのため、ハイカイの文学的価値をモラエスは評価できなかった。そして、短歌とハイカイを音節数の違いとのみ捉え、句の出来不出来も判別できず、句の内容のみに興味が集中してしまった。また、季語や切れ字がハイカイの構造にいかに影響を与えているかということについても、モラエスの想像すらつかないことであった。しかしながら、ハーンやチェンバレン、アストンといったハイカイ紹介初期の先輩たちにも同じようなことが言え、モラエスだけを責めることができない時代状況の宿命であった。

ハイカイ翻訳に成功したとは決して言えないものの、モラエスの功績は、日本人の感情的特性の探求をハイカイに求め、初めてラテン系の国、ポルトガルの読者に日本文学の一端を紹介したことにある。モラエスによりポルトガルの読者は、神秘的な国の世界に類のない独特な詩を知ると同時に、そこに住む人々の自然に対する態度と感情の表れをも知ったのである。

モラエスは知る由もなかったが、日露戦争直前の一九〇四年、風土病研究のために来日したフランス人医師ポール・ルイ・クーシュー（一八七九―一九五九）によって、ハイカイはその後フランスに渡り、一九二〇年前後に日本の小さな詩として流行した。そして、クーシューの著作『東洋の哲人と詩人』[51]（一九一六）を知ったブラジル人文学者、医師であったアフラニオ・ペイショッテ（一八七五―一九四七）は、この著作のハイカイに関する一章を『ブラジルの民謡』[52]（一九一九）で紹介し、ポルトガル語ハイカイの礎を築いた。一方、日本からは高浜虚子が一九三六年にヨーロッパハイカイ行脚に出かけ、パリを訪れた際の句会の集まりで出会ったクーシューの句に僅かに日本を見たと、後に新聞紙上で語った[53]。また、虚子の欧行以前に、門下生の俳人佐藤念腹が、一九二七年に移民としてブラジルに渡り、異国の地で花鳥諷詠のハイカイ普及に努めた。こうして、日本語とポルトガル語によるハイカイは、地球の反対側の国ブラジルで合流したのである。現在ブラジルでは、佐藤念腹の弟子によりハイカイ研究所が設立され、ハイカイ雑誌やブラジル独自の季語集も出版されている。ポルトガル語によるハイカイも、ペイショッテ以後、研究が進められ、日系及び非日系の俳人、ハイカイスタ(**haicaista**)を数多く排出し、ポルトガル語による句集が出版され、句会やコンテストもしばしば行われている。また、作詩の練習のため、小学校の教科書にもハイカイが載せられている。モラエスのハイカイ紹介が、思ってもみなかった形で、ブラジルで実を結んだのである。

モラエスは、ハイカイの本質を十分にはつかめなかったものの、日常の生活の中で、木や草を友として語りかけ、小川のせせらぎに耳を澄まし、花に集まる蝶を愛で、鳥や虫、蛙の鳴き声にも耳を傾けた。また、桜、藤の花、もみじ、枯れ葉、雪景色、あかね色に染まる雲といった自然の色彩とそのうつろいを敏感に感じ取り、こよなく愛した。さらに、蛍のかすかな輝きに亡き人の魂を感じ、小さな昆虫などの生き物を殺すことを避けようとする慈悲の心を示した。大いなる自然と、そこから生み出される生きとし生けるものに共感を覚え、慈しみ、それらの生命に触れようとしたのである。そして、「大地の香り、土、草、樹木、咲き誇る花の発散する総和、母なる自然の息吹のようなもの！…

毎朝、寝床から起きあがり、部屋の窓を開けるとき、そよ風の内に突然その息吹を感じ、喜びに満たされ、陶然とし、感極まり、涙するほどなのだ[54]!…」と語るように、モラエスは、大自然の懐に抱かれることに無上の喜びを覚える人間であったのである。そうした意味で、モラエスはハイカイに通じる風雅の資質を有する数少ない西洋人の一人であったと言えよう。

註

(1) *Basho and the Japanese poetical epigram*

「エピグラム」とは元来、墓石に刻まれた碑銘や刻文を示す言葉で、イギリスやフランスでは、寸鉄人を刺す風刺と皮肉と機知に富む短詩(寸鉄詩)や警句の形式で用いられた。チェンバレンは、エピグラムの形式を利用してハイカイを翻訳した。

(2) haikai、haicai は、ポルトガル語では h が無音のため、「アイカイ」と発音されるが、日本語では「ハイカイ」と表記する。

(3) *Vocabulario da Lingoa de Iapam*, Nagasaqui, 1603, 1604

(4) Rodriguez, Joam、*Arte da Lingoa de Iapam* , Macau, 1604-1608

(5) 当時は大文字の U を欠いていたため Uta を Vta と表記した。

(6) 宗祇作と伝わる『連歌秘伝抄』。一五世紀後半

(7) 紹巴作の『至宝抄』。一六世紀後半

(8) 「モラエスさんを懐かしむ座談会」、雑誌『モラエス』No.1、一九九八、五八頁

(9) Moraes, Wenceslau de, *Relance da Alma Japonesa*, Lisboa, 1973, pp.180-181

（10）Aston, W.G., *Japanese Literature*, London, 1899, p.291
（11）Chamberlain, B.H., *Japanese Things*, Tokyo, 1971, p.378
（12）Arnold, Edwin, *Seas and Lands*, *London*, 1894, p.293
（13）Moraes, Wenceslau de, *Relance da Alma Japonesa*, Lisboa, 1973, p.183
（14）Hearn, Lafcadio, *Exotics and Retrospectives*, Tokyo, 1971, p.164
（15）Moraes, Wenceslau de, *Cartas do Japão*, 22 de Dezembro de 1904
（16）Idem , *Relance da Alma Japonesa* , Lisboa , 1973 , p.183
（17）Idem.
（18）Hearn , Lafcadio , *In Ghostly Japan* , bits of poetry , Tokyo , 1971 , p.155
（19）Aston, W.G., *Japanese Literature*, London, 1899, pp.289-290
（20）Chamberlain, B.H., *A handbook of colloquial Japanese*, London, 1898, p.448
（21）Idem, *Japanese Things*, Tokyo, 1971, p.375
（22）Moraes, Wenceslau de, *Relance da Alma Japonesa*, Lisboa, 1973, p.170
（23）Aston, W.G., *Japanese Literature*, London, 1899, p.294
（24）Moraes, Wenceslau de, *Cartas do Japão*, Porto, 22 de Dezembro, 1904
（25）Idem, *Relance da Alma Japonesa*, Lisboa, 1973, p.170
（26）Idem, *Cartas do Japão*, 5 de Janeiro, Lisboa, 1909
（27）Idem, *Relance da Alma Japonesa*, Lisboa, 1973, p.183
（28）Hearn, Lafcadio, *In Ghostly Japan*, 1971, Tokyo, p.156

（29）Moraes, Wenceslau de, *Relance da Alma Japonesa*, Lisboa, 1973, p.187

（30）Chamberlain, B.H., *Japanese Poetry*, Bashō and the Japanese poetical epigram, London, 1910, p.167

（31）Moraes, Wenceslau de, *O"Bon-Odori"em Tokushima*, Porto, 1916, p.158

（32）Idem, *Os Serões no Japão*, Lisboa, 1973, p.98

（33）Idem, *Cartas do Japão*, 22 de Dezembro, Porto, 1904

（34）本名、大谷正信（一八七五―一九三三）。松江中学、東大でのハーンの教え子。

（35）Hearn, Lafcadio, *Exotics and Retrospectives*, Frogs, Tokyo, 1971, p.164

（36）Moraes, Wenceslau de, *Os Serões no Japão*, Lisboa, 1973, p.98

（37）Hearn, Lafcadio, *Shadowings*, Semi, Tokyo, 1971, p.91

（38）Idem.

（39）Moraes, Wenceslau de, *Cartas do Japão*, 30 de Outubro, Porto, 1906

（40）Idem, *Relance da Alma Japonesa*, *Lisboa*, 1973, p.106

（41）Idem, *Os Serões no Japão*, momiji, Lisboa, 1973, pp.24-25

（42）Idem, *Relance da Alma Japonesa*, Lisboa, 1973, p.185

（43）本名、大野豊太（一八七二―一九一三）。熊本生まれの医師、俳人。

（44）Moraes, Wenceslau de, *Relance da Alma Japonesa*, Lisboa, 1973, p.188

（45）Hearn, Lafcadio, *Exotics and Retrospectives*, Tokyo, 1971, p.164

（46）Chamberlain, B.H., *Things Japanese*, London, 1898, p.330

（47）Idem.

（48）Moraes, Wenceslau de, *Relance da Alma Japonesa,* Lisboa, 1973, p.184

（49）Keene, Donald, *Japanese Literature,* London, 1953, p.39

（50）Janeira, Armando Martins, Prólogo da segunda edição de *Relance da Alma Japonesa* , 1973.

（51）Couchoud, Paul-Louis, *Sage et Poètes D'Asie,* Paris, 1916.

（52）Peixote, Afrânio, *Trovas Populares Brasileiras,* Rio de Janeiro, 1919.

（53）「朝日新聞」、虚子俳話、一九五七年七月二十八日付。

（54）Moraes, Wenceslau de, *Ó-Yoné e Ko-Haru,* Sem cheiro, Porto, 1923, p.172

〔後記〕　なお、モラエスの原文で、明かに誤植と思われるものは筆者が訂正を加えた。また、ハイカイについての疑問点は、天理市在住の俳人青木健次郎氏にご教示を仰いだ。

モラエス来徳日時とルートについての一考察

はじめに

ポルトガル人外交官、作家であったモラエス（Wenceslau de Moraes）が、十五年近くにおよぶ神戸での生活に別れを告げ、徳島に移住したのは、一九一三（大正二）年七月初旬のことであった。徳島出身の花野富蔵の『日本人モラエス』（一九四〇）によると、神戸から連絡船に乗船し、七月四日の夕刻に徳島の中洲港に到着し、人力車で市内の志摩源旅館に入ったと述べられている。その後刊行された『モラエス案内』（一九五五）におけるモラエス年譜もこの説に従っている。また、最近までに出版されたモラエスの伝記の多くは花野の説をほぼ踏襲している。果たして、これは事実であったのであろうか。

この小論は、モラエスの随想記『徳島の盆踊り』（一九一六）とその他の日本側の資料を基に、モラエスが来徳した日時、ルートを再検証して考察したものである。

徳島移住まで

一八九九年九月に神戸・大阪ポルトガル領事に正式に就任してから、モラエスは日葡間の外交活動の公務を熱心に遂行する。執筆活動においても、精力的に日本に関する作品を書き続ける。『日本通信』（一九〇四、一九〇五、一九〇七）、『茶の湯』（一九〇五）、『シナ・日本風物誌』（一九〇六）などである。

一方、私生活では、神戸時代の伴侶となる徳島出身の女性福本ヨネと一九〇〇年末頃から、同棲生活に入る。モラエスには、マカオに残してきた愛人亜珍との軋轢と二人の息子たちの教育問題があり、徳島時代まで後を引くこととなる。しかし、領事職を得たことと、病気がちではあるもののヨネという慎ましい伴侶を迎えたことで経済的、精神的安定を得るようになる。そして、その後十年ほどは比較的平穏な暮らしを送る。しかし、以前に何度か精神障害を起こしたこともあり、心身の健康状態に問題を抱えていたモラエスに、一九一〇年前後から内臓疾患の具体的自覚症状が現れる。また、同棲していたヨネも、持病の心臓病がかなり悪化し、寝たり起きたりの状態となってしまう。一方、本国のポルトガルでは、一九〇八年に国王が暗殺され、一九一〇年に共和革命が成功する。その後、工制から共和制に体制が変わったため混乱が生じ、領事館運営に財政問題が生じる。モラエスは本国政府の対応に不信感を抱き、心身の不調を来す。そして、一九一二年八月、ついにヨネが死亡する。モラエスは、ヨネを失った痛手と体力の限界から、翌年年六月、領事職引退を本国政府に願い出る。モラエスは、領事になった頃は神戸で一生を終えることも考えたようであるが、ヨネの死を契機にヨネの墓のある徳島に最終的に移住することを決意することになる。

ヨネの死後、モラエスには半年ほど同棲した永原デンの郷里出雲に隠棲する道もあったが、モラエスは徳島を選んだのである。現地の情報がたやすく得られる日本人の知り合いがいることや、生活費が安く済み、外国人の少ない地方都市という点では、出雲も徳島も大差がないはずである。しかしながら、モラエスが隠棲地として徳島を選んだのは亡きヨネの存在が大きかったのではと思われる。ヨネの実家は裕福ではなかったため、若くして親元を離れ、大阪か神戸でくるわ芸者として生活を送らなくてはならなかった。その上ヨネは、体が弱く、芸者生活を長く続けられる健康状態にはなかったようである。そのため、相手が外国人であっても経済的理由からヨネはモラエスを頼らざるを得なかったのである。しかし、頼りにされたモラエスはヨネを助けることはできず死なせてしまう。病気による死とはいえ、命を救ってくれというヨネの切なる願いにモラエスは応えてやることができなかった。その悔恨の情がモラエスをヨネの墓のある徳島に呼び寄せたのではないかとすら憶測される。『徳島の盆踊り』（一九一五年六月一三日）の中で、愛する人の死であまりに恐ろしいのは「悔恨による苦しみである」とモラエスは語っている。また、徳島行きの理由としては、徳島に住むヨネの姪コハルの存在が挙げられよう。若いコハルとの生活が可能ならば、見知らぬ土地での寂しい生活が少しでも楽しくなるであろうとの考えをモラエスは巡らせたのであろう。こうして隠棲の地として、経済的視点、事務連絡の取りやすい神戸からの距離、亡きヨネの墓所、コハルの存在などから、モラエスは徳島行きを決断したのである。

来徳日時とルート

神戸出発から徳島まで

モラエスは、『徳島の盆踊り』（一九一四年四月一五日）で、一九一三年七月四日の午後に徳島の地を踏んだとはっきり述べている。モラエスはポルトガル領事館の事務引き継ぎをメキシコ領事マヌエル・C・テレスに委託し、六月三〇日に完了している。そして、同領事の報告書によると、翌日の七月一日に神戸を発ったという。しかし、モラエスの友人ロドリゲス宛私信（一九一三年六月一四日、神戸発信）の追伸の日付は七月二日となっており、追伸を書いた場所が記されていないため、同じ神戸で書かれたものと推察できよう。それゆえ、七月一日に徳島へ発ったとの説は一応否定できる。モラエスは非常に几帳面な性格であり、時間にも厳しかったことが知られている。私信には必ず日付が打たれており、膨大な量の妹フランシスカへの絵葉書にも日付と発信地がほとんどすべて入れられている。手紙に日付を入れるヨーロッパの伝統的習慣に加え、海軍軍人であったという時間に厳格さを求められる職業の影響が感じられる。また、モラエスの日付感覚の確かなことは、同じ『徳島の盆踊り』（一九一五年八月二九日）の日記形式で一九一四年七月四日に実際に書かれた記事に、「神戸出発の日から、今日でちょうど一年」と記されていることからも明かである。以上からして、一九一三年七月四日にモラエスが神戸を離れたことは、本人の勘違いや本の誤植でない限り確実であろう。次に、神戸出発の時刻を検証する。

大阪—徳島間の航路は、明治時代の後期には整備されており、『徳島案内』（大正二年一月）に載せられた一九一三年一月の航路時刻表によると、兵庫を経由して一日三便あり、以下のようであった。

1　大阪　午前九時発—兵庫　午前一一時三〇分発—徳島　午後六時三〇分着
2　大阪　午後八時—兵庫　午後一一時三〇分発—徳島　午前四時三〇分着
3　大阪　午後一〇時発—兵庫　午前〇時三〇分—徳島　午前七時三〇分着

（ただし、2の便は臨時の不定期便と思われ、徳島は中洲港と推定される。）

モラエスが神戸を発ったのが七月四日、徳島で下船したのが同日の午後とすれば、1の便がこれに該当する。しかし、一九一三（大正二）年四月十一日、阿波国共同汽船会社が徳—小松島間の軽便鉄道を竣工させた。これは徳島市南方に位置する小松島港が大型船を入港させられる天然の良港であり、関西—四国間の門戸を開くためであった。こうして大阪—兵—小松島—徳島の阿摂航路が開かれ、四月二十四日に航路時刻表も改正される。当時の『汽車汽船旅行案内』によると、同年六月の航路時刻表は以下の通りである。

(1)大阪　午前九時発—兵庫　午後〇時—小松島　午後六時三〇分着—徳島　午後八時三〇分着

(2)大阪　午後八時発—兵庫　午後一〇時三〇分—徳島　午前四時三〇分着

（この便は小松島を経由しない臨時便と後の時刻表から推定される。）

(3)大阪　午後一〇時発—兵庫　午前〇時発—小松島　午前六時二〇分着—徳島　午前八時二〇分着

(1)、(3)の便は、徳島への小型の連絡船に接続していたと推定される。）

モラエスが乗船した可能性のあるのは(1)の便である。モラエスが実際に乗船したのは七月であるが、七月に時刻表が改正されており、残念ながら七月の時刻表は現存していない。そこで、八月の『鉄道汽船旅行案内』の時刻表を調べてみると次のようであった。

①　大阪　午前九時三〇分発—兵庫　午前一一時三〇分着、　午後〇時四〇分発—小松島　午後六時三〇分着、午後七時三〇分発—徳島　午後八時三〇分着

②　大阪　午後八時—兵庫　午後一〇時着、一〇時三〇分発—徳島　午前四時三〇分着（小松島を経由しない小型船による臨時便と推定される。）

③　大阪　午後九時三〇分発—兵庫　午後一一時三〇分着、午前〇時三〇分発—小松島　午前六時二〇分着、午前七時二〇分発—徳島　午前八時二〇分着

六月と八月の時刻表からして、七月の時刻表も同じような便であったと考えてさしつかえないと思われる。するとモラエスの記述に合致するのは、⑴か①の便である。

以上からして、モラエスが乗船した船は大阪を午前九時か九時三〇分に出て、兵庫に着き、午後〇時か〇時四〇分に発った便であると推定する。また、モラエスが乗船した船名は、日本側の伝記では第十一共同丸としているが、八月の時刻表には第三共同丸、第十一共同丸、徳島丸、佐波川丸という船名が挙げられているので、必ずしもモラエスが乗船した船が第十一共同丸であったとは断言できない。

徳島到着から新居訪問までの時刻とルート

次に問題となるのは、日本側伝記の言うように、モラエスが徳島の中洲港で下船したのかどうかということである。兵庫の島上桟橋を船が出たのは、午後〇時か〇時四〇分であり、徳島の中洲港に到

着するのは、六月と八月の時刻表では共に午後の八時三十分である。日の落ちるのが遅い七月とはいえ、午後八時半では辺りは真っ暗であり、下船後その足で新居を訪れるのは無理である。日本側の伝記では、モラエスは市内中通町の志摩源旅館に投宿し、後日の午後、新居の下見に出かけたとしている。しかしモラエスは、七月四日の午後に徳島の地を踏んで、新居を訪れたと『徳島の盆踊り』の中で述べている。モラエスが言ったことが本当だとすると、中洲港で下船したのではなく小松島港で下船した可能性を考えなくてはならない。

兵庫を発って船が小松島港に着くのは、六月と八月の時刻表によると、共に午後の六時三十分である。そして、小松島港から徳島線小松島駅（現在、小松島港にあった駅は廃止されている）まではすぐ近くである。すると、次は列車の時刻表である。当時の六月と八月の『旅行案内』によると、午後六時五〇分小松島発の列車の便がある。下船して二十分あれば列車に乗るには十分である。列車は小松島を出て、次が地蔵橋、その次が二軒屋である。二軒屋駅に列車が到着するのが、午後七時八分、所要時間は十八分である。恐らく、小松島港もしくは二軒屋駅に面識のあるヨネの姉斉藤ユキがモラエスを出迎えに来ていたはずである。また、モラエスとすぐに同棲することになるユキの娘コハルも一緒だったかもしれない。そして、互いに挨拶を交わしたあと、伊賀町にあるモラエスの新居の下見に向かったことは十分に考えられる。それを確かめるために、『徳島の盆踊り』の中の徳島到着時のモラエスの文章を再度詳しく検討してみよう。

「ある夏の日の午後、—正確には、一九一三年七月四日の午後—船を下りて、私のために用意されていたごくささやかな住いへゆっくりと歩いていった時に受けた徳島の第一印象は、緑の……圧倒的な、だが心地よい印象であった！……陶酔した私の瞳にどっとほとばしる緑。脈打つ私の鼻孔にどっと流れ込む緑。緑、緑、緑一色！……」その後、新居への道筋の様子を次のように述べている。「二軒屋の長い通りに沿って、旅に疲れ、いささか病気で衰弱していたので、私はゆっくりゆっくり歩いていった。私の左手には家並みがそびえ立ち、一面草のビロードで覆われ、松の影で暗くなった素晴らしい小山が地にもったいぶった様子で際だって続いていた。そして、その小山と辺りの田畑から、創造と変容の永遠の営みにいそしむ母なる自然から発散された生命の神秘的な発酵の息吹のように、繁茂する植物の強く鼻を刺すにおいが強烈に私を襲ってきた。」

まず、当日の天気であるが、「徳島測候所気象月報原簿」によると、七月四日は、午前十時までが曇りで一〇時から午後五時までが雨、五時以降曇りとなっている。当然のことながら、モラエスが二軒屋駅に到着したと思われる時刻、午後七時八分の時点では天気は雨上がりの曇り空である。そのため、モラエスがたどった町外れの道には、家並みを縫って山の緑、近くの樹木の緑、草の緑が、旅の終わりの心理的安堵感も加わって、目により鮮やかに、心地よく映ったのであろう。また、湿気を帯びた植物の発するにおいがモラエスの嗅覚を鋭く刺激したものと思われる。

次に七月四日の日没時刻であるが、当時の日没時刻と現在の時刻は、閏年の一日で調節されるため、一、二分の誤差はあるもののほぼ同じであるという。一九九七年から二〇〇五年までの徳島の日没時刻を「朝日新聞徳島版」で調べてみると、七月四日は午後七時十六分か十七分のいずれかである。すると一九一三年七月四日の日没時刻もこの頃と考えられる。日没から二十分ほどはまだ明るく、モラエスも十分に辺りの景色を識別できたはずである。続いては、伊賀町の新居までの道筋である。二軒屋の駅を出るとすぐ前を南北に走る道が通っている。モラエスはこの道を南から北に向かって二軒屋町を歩いていったと考えられる。五分も歩くと道の左側に眉山裾の小山がすぐ近くに迫って見える。

歩いていく方角の左側に小山が見えるのは、モラエスの記述と一致する。もし仮にモラエスが投宿したとされる志摩源旅館から伊賀町の新居に向かい出発したとしたら方角はどうなるであろうか。志摩源旅館は新町川を渡った市内中通町にあった。二軒屋町からは北東の方角にある。旅館から伊賀町のモラエスの住居に向かうと直線的には、逆に南西の方角になる。すると、二軒屋の通りの先の大道を通ることはあっても二軒屋町をわざわざ迂回して通る必要はない。やはりモラエスは二軒屋の道を北に向かったと考えるほうが妥当である。

さらにモラエスの記述に従うと、左手に小山を見ながら進むと小山の切れる辺りに田畑があったという。そこでモラエスは刺激臭をかいだと述べている。この刺激臭は恐らく堆肥などの発するにおいだと思われる。モラエスが歩いていた時間は午後の七時台であるから、雨上がりから二時間ほど経過しており、雨の湿気で肥料のにおいがより強く感じられたのであろう。また、小山の樹木から発するテルペンのにおいも加わったのであろう。樹木から発する香りテルペンは十五度から二十五度の気温の時に活性化するという。先の気象原簿によると七月四日の午後七時の気温は二一・九度であり、テルペンが活性化する気温である。神戸という都会から小地方都市徳島にやってきたモラエスには、一切の職務から離れた開放感もあって、こうした田舎のにおいにも新鮮さを覚えたのであろう。その後、モラエスは二軒屋町の端の金比羅神社で左に曲がるか、もう少し先まで歩き、大道の通りを左折して伊賀町に向かったと思われる。二軒屋の駅からモラエスの住居までは、普通の速度で歩いて二十分以内、ゆっくり歩いても三十分以内で着ける距離である。二軒屋駅に列車が到着するのが日没七、八分前であるから、辺りが暗くなる頃までに新居に着けたはずである。また、岡村多希子氏も『モラエスの旅』で、神戸時代の友人であったペドロ・ヴィセンテ・ド・コートへの一九一三年七月十一日付私信を紹介し、小松島で下船して鉄道を使い、二軒屋駅から歩いたほうが近いとモラエスが知らせたことを取り上げている。これは、神戸—小松島—二軒屋ルートの可能性が十分にあったことを示している。

まとめ

モラエスが神戸から徳島に移住してきた日時、ルートをまとめると以下の通りである。一九一三年七月四日、大阪を午前九時または九時半に出港した連絡船に兵庫で乗船する。そして、島上桟橋から午後〇時か〇時四〇分に発ち、小松島に午後六時半に到着する。下船後、すぐに小松島駅に向かい、六時五〇分発の徳島線の列車に乗り込む。午後七時八分に二軒屋駅で下車する。駅からは斉藤ユキが道案内し、二軒屋の通りを眉山裾の小山を左手に見ながら北へ向かう。そして、小山の切れるところにある金比羅神社で左に曲がり観音寺に出て、そこを右に曲がり伊賀町に向かう。あるいは、金比羅神社で曲がらず二軒屋の通りを直進し、大道の通りを進み、左折すると伊賀町に突き当たる辺りで左に折れ伊賀町に向かったかのいずれかであろう。その後、新居の下見が終わると、再び斉藤ユキの案内で新町川を渡り志摩源旅館に入ったものと思われる。このルートは航路、列車の時刻表からして可能であるし、地理的位置、方位、時間からしてもモラエスの記述と矛盾を起こさない。それゆえ、日付、時間についてモラエスの勘違い、『徳島の盆踊り』の本の該当箇所に誤植がない限り、また、新資料が発見されない限り、モラエスは徳島の中洲港に上陸したのではなく、小松島港で下船し、列車を利用して二軒屋駅で下車し、日の入り頃に伊賀町の新居に向かった可能性が高いと考えられる。

徳島市地図（『徳島のモラエス』徳島市中央公民館、昭和 47 年より）

モラエスは、心の安らぎと平穏を求め、徳島移住の第一歩をこのように印したのである。しかしその後、ヨネの姪のコハルと同棲生活に入るも、三年後にはコハルが肺結核を患い死亡する。そして、モラエスは、完全な孤独と死者への追慕に身を委ね、徳島での生活をその死まで十六年に渡って続けるのである。

主な参考文献

徳島毎日新聞井上羽城編『徳島案内』、黒崎精壽堂その他、大正二年
『汽車汽船旅行案内』、庚寅新誌社、大正二年六月
『鉄道汽船旅行案内』、博文館、大正二年八月
「徳島測候所気象月報原簿」、徳島測候所、大正二年七月
花野富蔵『日本人モラエス』、青年書房、昭和一五年
佃実夫編『モラエス案内』、徳島県立図書館、昭和三〇年
佃実夫『わがモラエス伝』、河出書房新社、昭和四一年
徳島のモラエス編集委員会編『徳島のモラエス』、徳島中央公民館、昭和四七年
四国放送編『異邦人モラエス』、毎日新聞社、昭和五一年
林啓介『評伝モラエス「美しい日本」に殉じたポルトガル人』、角川書店、平成九年
『モラエスの日本随想記　徳島の盆踊り』、岡村多希子訳、講談社学術文庫、一九九八年
岡村多希子『モラエスの旅』、彩流社、二〇〇〇年
ヴィセンテ・ド・コート宛私信　神戸市立博物館所蔵

「朝日新聞　徳島版」、朝日新聞社、一九九七年〜二〇〇五年
Wenceslau de Moraes, *O "Bon-odori" em Tokushima*, Livraria Magalhães & Moniz-Editora, 1916
Cartas do Extremo Oriente, Organização, introdução e notas de Daniel Pires, Fundação Oriente, 1993

サウダーデとポルトガル人――パスコアイスとモラエスの事例に触れて

はじめに

ポルトガル語には、サウダーデ（saudade）という独特な言葉がある。十三世紀以来のポルトガル文学、民衆音楽のファド（fado）の歌詞、また日常会話にもこの言葉がしばしば登場する。それゆえ、サウダーデはポルトガル人のメンタリティを理解するためのキーワードとなる。この小論では、ポルトガル文学を中心にサウダーデの系譜を追い、いかにサウダーデがポルトガル人の民族感情となっているかを明らかにし、さらにサウダーデを国家再生の中核に据えた詩人パスコアイスの提唱について触れる。また、ポルトガル人の民族感情を受け継ぎ、故国を離れ、極東の日本で生涯を終えたモラエスという軍人・外交官・作家のサウダーデを考察することにする。

サウダーデとは

サウダーデとは現代のポルトガル語で、日常的に「（～がいなくて）寂しい」（estar com saudade de）とか「（～のことを）懐かしく思う」（sentir saudade de）、「（不在の）寂しさを紛らす」（matar saudade）などと〈寂しさ〉や〈懐かしさ〉を表現する言葉として使われている。しかし、辞書からその語義を調べてみると、非常に複雑で豊かな内容を包含していることがわかる。

（1）人、物、状態、行為の不在あるいは消失によって感じる苦痛、心痛、望郷の念(1)

（2）失った愛する人の思い出によって生じるメランコリー(2)

（3）遠く離れているあるいは失った人、または物についての悲しくも甘美な思い出。愛する誰かの不在による悲しみ。(3)

（4）不在の人、遠く離れた物についての甘くメランコリックな思い出。そして、それを再び見たい、所有したいという想い。(4)

こうした辞書の説明から、サウダーデという言葉の輪郭を垣間見ることができる。それは、人が現在、愛情、愛着を抱いている、もしくは抱いた人、物、場合によっては状態、行為に対して用いられる。さらに、そこには対象となる人や物が不在または消失という条件が原則として加わる。また、現在そこにない、あるいは過去に失ってしまった対象を思い浮かべるとともに、将来再び見たい、会いたいという欲求、願望が対象に投影される。そして、それらを思い出す時、さまざまな感情が表出する。〈寂しい〉〈悲しい〉〈切ない〉〈苦しい〉また〈懐かしい〉〈嬉しい〉〈楽しい〉〈うっとりとして心地よい〉といった感情である。これらの表す一つ、あるいは複数の形容詞がサウダーデという名詞に包含されるのである。要するにサウダーデとは、主体は現在の自分であり、自分が愛情、愛着を抱いた対象が不在または消失した場合において、過去の記憶を思い浮かべるときに生じるさまざまな感情の総称であり、そこに主体の欲求、願望が投影されたものである。これがサウダーデの基本的概念である。それゆえ、遠く離れた家族に想いを巡らすのもサウダーデ、会えなくなった恋人を切なく慕うのもサウダーデ、亡くなった子供を悲しく偲ぶのもサウダーデ、幼年時代と故郷の景観を愛惜するのもサウダーデ、事情があって手放した愛重の品を懐かしむのもサウダーデである。

一方、サウダーデの基本概念では、対象の不在または消失という条件がつけられていたが、必ずしも不在でなければサウダーデは生じないのかと言うとそうではない。例えば、三十年以上住み続けた愛着のある家が目の前にあるとする。その家には家族の数々の過去の思い出が詰め込まれている。しかし、半年後には事情があって家を手放さなくてはならない。こうした場合にも、「私はこの家にサウダーデを感じる」と言えるのである。つまり、主体となる人が家を去ることが決まり、過去の記憶が想起され、未来にこの家がどうなるのかと思うことで、心が騒ぐからである。これは未来へのサウダーデである。また、親しい友人との別れの場合、現在の時点では友人は不在ではないが、日常表現として「私はあなたにサウダーデを感じるでしょう」(Vou sentir saudade do senhor.) という表現が使われる。これは「あなたがいなくなると私は寂しく思う」ということで、「また会いしたい」という願望が込められているのである。同じくこれも未来へのサウダーデである。従って、こうした場合、必ずしも対象の不在を伴わなくてもサウダーデは生じるのである。そうすると、サウダーデには、現在不在である対象へのサウダーデ、過去に消失した対象へのサウダーデ、将来不在または消失の可能性のある対象へのサウダーデが存在することになる。ただし、伝統的に使われてきたサウダーデの多くは、不在を伴う現在のサウダーデ、消失を伴う過去のサウダーデである。

では、サウダーデが生じる場合の人間の心理状態とはどのような場合であろうか。サウダーデの基本的な条件である愛する人や物の不在または消失による不安感、または喪失感が根底にある。そうすると、愛する人や物が存在していた過去の記憶に心が向かうのは自然な流れである。さらに、現在の精神的状況が一人、つまり孤独を感じるような状況にある時、サウダーデを誘発しやすくなると考えられる。孤独状態にあっては、他人との精神的つながりがない分、人間は自分自身の存在に敏感になり感受性が研ぎ澄まされるからである。そして、人間は悲しみ、苦しみ、辛さを内面に抱える時、何らかの手段によってそれを解消、もしくは慰謝しようと試みる。時の経過がそれらを緩和してくれる忘却という解消方法がある。しかし、どうしても忘却できなければ、人間を超越した神に全存在を預けることで解消、慰撫する方法もある。サウダーデの世界に入ることも一つの方法と言えよう。しかしながら、この方法では、慰めの効果はあっても決して悲しみ、苦しみを解消することはできない。なぜならサウダーデは、過去の記憶を直視するからである。サウダーデの場合、過去を思い浮かべることで慰めや喜びとなる一方、悲しい、苦しい、辛いといった感情が逆に吹き出してくるからである。これがサウダーデの特性である。

次に、この複雑なポルトガルのサウダーデと同じ内容を持つヨーロッパのラテン系言語が存在するかを見てみると、スペインのガリシア地方のガリシア語の語彙にサウダーデが入っている。しかしこれは、同じ俗ラテン語のガリシア・ポルトガル語から分化しているため、ポルトガル語のサウダーデと内容は同じである。また、カタルーニャ語起源のスペイン語にアニョランサ（añoranza）という語が辞書に載せられている。この言葉は郷愁、思慕、哀悼、愛惜の情を表し、様々な感情が包含されているが、スペイン語を話す多くの人に広く共有されているかというと疑問が残る。フランス語には、ノスタルジー（nostalgie）の語があるが、この言葉は十七世紀後半に精神医学の視点から、ギリシア語の〈帰郷 (nóstros)〉と〈心の痛み (algos)〉を合成した精神医学の用語で、サウダーデと比べ比較的新しい造語である。意味も〈郷愁〉〈望郷〉の意が第一義で、サウダーデほどの広がりはない。また、イタリア語、スペイン語、ポルトガル語にもフランス語と同じ語源のノスタルジア (nostalgia) があるが、十七世紀以降、ゲルマン系言語などを含めヨーロッパに広まったものと思われる。以上のことから、どの民族にも、人間である限り望郷の念、過去を懐かしむ感情が共通して存在し、それに対応する何らかの言葉があるものの、過去の記憶に伴う感情のすべてを集約した言葉はポルトガル語のサウダーデ以外にないと思われる。そのため、この言葉を他の言語に訳そうとすると、一面を捉えた訳語でしかないことになる。日本語でも、〈追憶〉〈郷愁〉〈望郷〉〈追慕〉〈哀愁〉〈孤愁〉(5)などと訳すことが可能であるが、これらはサウダーデの一部であり、すべてを捉えたものではない。

次に、サウダーデという言葉の歴史的経緯を辿ってみることにする。

サウダーデの系譜

サウダーデの語源は、ラテン語の〈孤独〉を意味する solitate であり、それにポルトガル語の〈健康〉を意味する語 saúde の影響で saudade が成立したと言われる(6)。saudade の古形の soydade (または soidade) が saúde と重なり、saudade となったわけである。そもそも、俗ラテン語の音韻変化に /o/ → /a/ は起こりえず、/oi/ → /au/ の自然発生的な変化もありえない。やはり、saúde が soydade (soidade) に重ねられたとしか考えられないわけである。問題は、一見すると相反する意味の〈孤独〉と〈健康〉がなぜ重ねられたかである。ラテン語の原義が〈孤独〉である以上、サウダーデと〈孤独〉がほとんどの場合関係しており、切り離せないことは理解できる。そして、人間は遺伝的に社会的動物である以上、多くの文化圏では孤独状態をネガティブに捉えることがよくある。一方、〈健康〉はすべての人間活動の根源であり等しくポジティブに捉えられている。すると、〈孤独〉に〈健康〉が重ねられたのには何か理由があるはずである。これに対する筆者の考えは、サウダーデの文献上の流れの中で述べることにする。

ポルトガル語は、紀元前一世紀末にイベリア半島の支配を確立したローマ人のラテン語に由来する。そして、ローマ化が進むにつれ、民衆の話し言葉であった俗ラテン語 (latim vulgar) が徐々に浸透する。その後、起源五世紀には、ゲルマン民族、八世紀にはイスラム教徒に支配されるが、イスラム支配に対する領土回復戦争とともに九世紀には半島北部にガリシア・ポルトガル語 (galego-português) が成立する。そして十二世紀半ばにポルトガル王国が誕生するも、スペインのガリシア地方のガリシア語と中世ポルトガル語が徐々に分化するのは十五世紀になってからである。その後、現代ポルトガル語に連続する近代ポルトガル語が成立するのは十六世紀の半ば以降である。

では、ポルトガル語史においていつサウダーデの古形が文献上に現れたかというと、十三世紀半ば以降のガリシア・ポルトガル語で書かれた叙情詩においてである。この時代の叙情詩は、南フランスの吟遊詩人トロヴァドールの影響で、当時のポルトガル宮廷における恋愛、社会や個人に対する風刺が語られている。サウダーデの古形[7] soydade (soidade) が用いられたのは恋愛詩の中においてである。

——Non Poss eu,　meu amigo,

Con uossa **soydade**——私はできない、私の恋人よ、あなたへのサウダーデを抱いたまま

Viuer, ben uo lo digo.(8)　　生きることは、あなたにそれをはっきり言う。

これは、ポルトガルのディニス王(9)により女性が男性を慕う恋愛詩（cantiga de amigo）として詠まれたもので、男性が女性にこと寄せて詩作した場合が普通である。詩の中でのサウダーデは、恋人に会えない嘆きと深い悲しみがうたわれている。同時代の別のトロヴァドールの詩においても、同じような心情が表れている。

Non queredes uiuer migo　　あなたは私と生きたくないのだ
e moiro con **soydade**,(10)　　それなら私はサウダーデで死んでしまう。

この時代のサウダーデは、別離の切ない悲しみをひたすら表現して、そこから救われたい、慰められたいという心の叫びと言えよう。その後、ポルトガル文学におけるトロヴァドールの叙情詩の流れは、十四世紀中頃まで継続される。そして、文学は文学的年代記中心の散文へと移っていく。この傾向は十五世紀に始まる大航海時代の事績の記録への要望と相まって隆盛を迎える。しかしながら、十五世紀後半には、再度、叙情詩や風刺詩の宮廷文学も復活する。そして、ガルシア・デ・レゼンデ(11)による十五世紀全般に及ぶ膨大な詩歌集『総歌集』(12)（一五一六）が編纂される。その中で、soydadeが saudade となって初めて登場する。このことから、十五世紀中に saudade が成立したと考えられる。また、十五世紀に入ってガリシア・ポルトガル語から分化したガリシア語の語彙に saudade が入っていることからも確かめられる。では、なぜ十五世紀に古形の soydade に saúde が重ねられたのかを考えてみよう。断定はできないが、十四世紀の中葉に大流行したペスト、いわゆる黒死病の影響があると思われる。一三四七年イタリアのシチリア島に上陸したペストは、猛威を振るい、何年かのうちに前ヨーロッパに蔓延し、未曾有の被害を与えた。ペストは十四世紀末までに一度ならず何回か流行し、これにより犠牲者はヨーロッパの人口の三割に達したしたという。ポルトガルにも被害が国中に及び、多数の死者と労働人口の激減、その後の長期にわたる深刻な経済不況をもたらした。有効な治療法もないこの災禍にあって、人々は死の恐怖におののき、ひたすら神に祈り許しと救いを乞うしかなかったと思われる。彼らが願ったのは、死と対極の生であり、健康であったであろう。健康であることは、救いであり、心の安寧を得ることになる。saúde の語源はラテン語の salute であり、〈健康〉の意味以外に〈心の救済、慰安〉の意味が含まれている。十五世紀のポルトガルの詩においても、saúde を〈救い〉の意味で用いている用例がある。(13) それゆえ、saúde には、心の救済であるということが含まれていると考えられる。そして、人々が愛するあるいは愛した過去の記憶を思い起こすことで生じる喜びや多くの悲しみを受容しつつ、救いを求め、最期まで生きるという意識を健康という言葉に込めてサウダーデとなったと思われる。ここでサウダーデという死を見つめた生の哲学が成立したのであろう。

では、『総歌集』におけるサウダーデの例を見てみよう。

Chorei mortal **saudade**　　私は耐えがたいサウダーデに涙した
cá dentro no coração,　　心の内で、
qu'esta só consolação　　そしてこのたった一つの慰めは

ficou à minha verdade
em minha grã perdição.(14)

私の真実となった
私の大きな喪失感の中で。

この叙情詩におけるサウダーデは、十三世紀における悲しみの叫びというより、サウダーデの感情が全身に染み渡り、それを受容し涙をもって作者が観想しているさまが伺える。その結果、サウダーデは悲しみの慰藉となり、生きる力ともなっているのである。

Minha morte e minha vida,
meu bem e todo meu mal,
minha doença sentida,
minha doença e ferida
de minha chaga morta !
Meu desejo e **saudade**,
de meus males galardão,
tormento sem piedade,
doce coita da vontade
de meu triste coração !(15)

私の死と私の生、
私の幸せとすべての私の不幸、
私の悲しむべき病、
私の病と傷
私の耐えがたい心の痛みの！
私の欲求とサウダーデ、
私の不幸の報償、
慈悲なき苦しみ、
衝動的な甘き痛み
私の悲しい心の！

この恋愛詩では、人間に必然な死とそこまでの有限な生がサウダーデによる愛として表現されている。過去の記憶は死滅したものではなく、死が欲求を消し去るまでは記憶は生きているのである、サウダーデの世界では、記憶に欲求が混然として溶け込み、また欲求に記憶が入り込み、独自の悲哀と甘美な輝きが生じるのである。この時代に入り、死の概念がそれ以前の時代以上に意識されたことが逆に、人間の生をサウダーデという言葉を通じより豊かにしたと言えよう。

　十六世紀に入っても、『総歌集』におけるサウダーデの流れは連綿と受け継がれる。愛と孤独を背景に不在とその苦しみを歌ったサウダーデの詩人と言われるベルナルディン・リベイロ[16]である。彼は『総歌集』に参加し、十二編の詩を残している。また、サウダーデあふれる物語風劇詩『少女と娘』[17]を書いたが、後にこの作品の第二版で題名をSaudadesと改題している。この世紀にはもう一人サウダーデをうたった詩人がいる。ポルトガル文学史上最大の詩人であるルイス・デ・カモンイス[18]である。カモンイスは、ギリシアのホメロス、ヴェルギリウスなどの古典作品を範とし、ポルトガル人の大航海時代の偉業をうたい上げた一大叙事詩『ウズ・ルジアダス』[19]で有名であるが、ポルトガル伝統の叙情詩の作者としても名を知られている。彼はトロヴァドールの詩の伝統を踏まえつつ、古代ギリシア、イタリアルネッサンス期の叙情詩などからレドンディーリャ (redondilha 古い形式の四行詩)、唱詩 (canção)、頌歌 (ode)、ソネット (soneto) などの形式を学び、技法を習得した。そして、彼の叙事詩『ウズ・ルジアダス』においてうたい切れなかった、ポルトガル人のサウダーデの心情が、叙情詩の中にうたい込まれている。

Mudam-se os tempos, mudam-se as vontades,　時は変わり、本能の衝動は変わり、
Muda-se o ser, muda-se a confiança;　人は変わり、信頼は変わる。

Todo o mundo é composto de mudança,
Tomando sempre novas qualidades.
Continuamente vemos novidades,
Diferentes em tudo da esperança;
Do mal ficam as mágoas na lembrança,
E do bem, se algum houve, as **saudades**.[20]

人は皆、変わるものだ。
そして、常に新たな特性を身につける。
絶え間なく我らは新しきものを知る、
すべてにおいて希望とは異なるものを。
不幸からは痛みが記憶に残り、
幸せからは、もし何か残るとすれば、サウダーデが。

このソネットの一節では、人の世の無常、人生のはかなさが示されている。過去の記憶を思い起こすことにより、苦痛と一縷の喜びがサウダーデという名でよみがえるのである。カモンイスは、終局の死と常に変化してやまない有限な生を前にして、人間のいかんともしがたい運命を意識したに違いない。その結果、二通りのポルトガル人としてのあり方を身をもって示した。一つは壮大な叙事詩を書くことで、自由と独立のポルトガル人魂を鼓舞することで祖国に貢献しようとした。もう一つは、叙情詩によって、ポルトガル人そのものの心情をサウダーデによって吐露したのである。

また一方、当時の学識者ドウアルテ・ヌーネス・デ・レアン[21]は、十七世紀初頭に完成した『ポルトガル語の起源[22]』でサウダーデの定義を「欲求」と「記憶」との関連により生じた言葉であると言語学の視点から分析した。

十七世紀になると、大航海時代の波の余波を受けてサウダーデは海外に飛び火する。それは、イエズス会神父たちによる『日葡辞書[23]』（一六〇三）においてである。この辞書は日本語をポルトガル語で解説したもので、約三万二千語が収録され、長崎で出版されている。その中の〈なつかしい〉

の語の説明で〈不在の人と人との間でサウダーデを感じること[24]〉とあり、同じ項目の〈なつかしうおもう〉でも〈サウダーデを抱く[25]〉とある。当時の日本語の〈なつかしい〉は〈昔が思い出されて慕わしい、心が引かれる〉という意味であり、サウダーデの語によってその心情を伝えている。また、〈ゆかしい〉の語の説明でも〈不在の人にサウダーデを抱く[26]〉となっていて、原義の〈心が引かれる、会いたい、見たい〉の意味を的確に表現している。当時の日本語の心情を、サウダーデという一つの豊かで奥深いポルトガル語で説明したのである。また、十七世紀における本国ポルトガルは、スペインに併合されていた期間であり、スペイン文学の影響をうけたものの文学は停滞を余儀なくされた。しかしながら、サウダーデの伝統はバロック派の詩人に受け継がれた。貴族であり軍人であったフランシスコ・デ・ポルトガル[27]はカモンイスの叙情詩の後継者としてサウダーデをうたった。また、十七世紀の一大博識者であったフランシスコ・マヌエル・デ・メーロ[28]も同じくバロック派の詩人、軍人であったが、同時に政治家、歴史家、政治、文化評論家でもあった。彼の生きた時代はスペイン併合下のポルトガルという時代状況にあり、ポルトガル独立支援の嫌疑をかけられ、スペインでの投獄、イギリス亡命という憂き目にあった。また、個人的理由から事件を起こし、三年間ブラジルへ流刑されるはめに陥った。そのためか、彼の叙情詩では、カモンイスの影響から『バビロニアの歌[29]』でサウダーデとそれに伴う心の痛みをうたうも、死が常に意識されている。さらにメーロは、サウダーデを詩に書くだけでなく歴史の記述方法論[30]の中でポルトガル人らしさとして納得できる精神の不滅の論拠としてのサウダーデ論を提示している。これは歴史学的視点からの初めての指摘である。

十八世紀の後半に入るとポルトガル文学は、フランスの自由主義思想の影響からフランス文学に傾斜するようになる。新古典主義・前ロマン主義の流れである。抒情詩人のトマス・アントニオ・ゴンザーガ(31)は、父親がブラジル人であったため少年時代にブラジルに移住し、大学はポルトガルのコインブラ大学法学部を卒業するも再度ブラジルに戻る。しかしながら、ポルトガル支配に対する最初の反乱、ミナスの陰謀に関与したことで投獄され、アフリカのモザンビークに流刑となりそこで生涯を終えることになる。流刑地が決まるまでの投獄中に彼の代表作である叙情詩「マリリア・デ・ディルセウ(32)」が書かれる。彼は、孤独の中で婚約した女性との別離の痛み、平凡な愛の幸福と苦悩、死をサウダーデとともにうたった。この時代のもう一人の詩人は、マヌエル・マリア・バルボーザ・ドゥ・ボカージエ(33)である。彼の母親はフランス系であり、青年期に海軍軍人としてインドへ二年間赴任している。そして、自由主義思想の影響からか、後に王と教会への不敬罪で投獄のはめに陥る。彼の書いた詩には、受け入れられない愛と情熱、苦しみと憂愁、死がサウダーデに重ねられてうたわれている。二人の詩には自由主義という時代の流れが影響を与えてはいるものの、サウダーデの心情が染み渡っている。

十九世紀は、近代市民社会への移行期でありロマン主義の時代である。ポルトガル文学では、イギリス、フランスの自由主義思想の影響を受け、古典主義からの自由、国土の自然や神秘性への憧憬、そこからのナショナリズムの傾向が強まる。アルメイダ・ガレット(34)は、立憲王政の中、自由主義革命に賛同する愛国的詩を書いたことでイギリスへの亡命を余儀なくされ、そこでバイロンやスコットのロマン主義に触れる。その後、パリへ移り、そこで物語風劇詩『カモンイス(35)』を刊行する。詩の巻頭でガレットは、民族精神としての心性サウダーデを喚起する。

Saudade! gosto amargo de infelizes,
Delicioso pungir de acerbo espinho,
Que me estás repassando o íntimo peito
Com dor que os seios de alma dilacera
— Mas dor que tem prazeres — **Saudade!**[36]

サウダーデ！ 不幸な人々の苦き喜び、
辛辣な棘の心地よく刺す痛み、
それは私の深い胸の内に染み渡る
心の奥まで引き裂く痛みを伴って
―されど喜びを伴う痛み―それがサウダーデ[36]！

ガレットは、サウダーデを「喜びを伴う痛み」と上記の詩で分析しており、そこにポルトガル人の心的特性を認識したのである。ガレットはロマン主義の波に乗りつつ祖国の民族精神を評価したのである。彼のみならず、十五世紀からの大航海時代の海外進出、その後の国際情勢の歴史がポルトガル人の精神におよぼした影響は打ち消すことはできない。外への冒険心だけではなく、孤独や不在による別離の苦しみ、郷愁が本来の民族感情であるサウダーデを育んだのである。特に、亡命や流刑によって遠く離れた地に赴いた者にあってはこの感情が強く意識させられたことは、ポルトガル人のみならず想像できることである。

十九世紀も後半になると、ブルジョアジーの台頭と科学の進歩による実証主義の隆盛により近代市民社会の価値観が変化し、写実主義の時代に入る。写実主義は、ロマン主義の過度の心情の吐露や現実から離れた不自然さを批判し、現実の社会を客観的な態度で観察、分析し、そこで生きる人間の生活と心理を描こうとした。ポルトガル文学においてもフランス文学の思潮の影響を受け、実証的な小説や歴史小説、紀行文学が現れた。しかしながら、写実主義の時代にあってもポルトガルの国土と文化的伝統への愛着の態度は弱まることはなかった。そして世紀末になると、写実主義の反動として新ガレット主義(37)が現れる。これはガレットが重視したポルトガルの国土とそこで育まれたサウダーデ精神、比類ない言語と文化を再評価しようという運動で、ポルトガルの風景への愛着、民間伝承の説話、習俗などの伝統文化を取り戻すポルトガル再発見のナショナリズム運動へと継承されていった。一方、同じ写実主義への反動から起こった象徴主義の流れがポルトガルにも到達する。そうした中でサウダーデの詩人と言われるアントニオ・ノブレ(38)が登場する。ノブレは、ガレットに私淑しポルトガル人としての精神的特性を強く意識した。ノブレはコインブラ大学での勉学に挫折した後、ガレットを追うかのようにパリへ向かう。そうして、本場の象徴主義の洗礼を受けることになる。象徴主義は、ロマン派の過度な心情吐露は拒否するものの主観による内面を重視し、記憶や感覚に基づき心の中に浮かぶ姿や印象を描く態度で、写実主義のように事物を忠実に描こうとはしない。そこから対象への音楽性と暗示が強く示されるのである。ノブレはこうした時代の思潮を体験したのである。そして、故国から遠く離れたフランスの地で一冊の詩集『ひとりだけ(39)』を上梓する。この詩集は本国の詩壇ではほとんど評価されず、感傷的と批判されるが、見捨てられた異境における孤独と苦しみ、絶望、故国の景観と家族、失われた幼年時代、青春時代の思い出をサウダーデに託してうたい上げている。

Saudade ! Saudade ! Palavra tão triste
　e ouvi-la faz bem :
Meu caro Garrett, tu bem na sentiste
　melhor que ninguém.(40)

サウダーデ！　サウダーデ！　こんなにも悲しい言葉
　それでもそれを聞くのは心地よい。
我が親愛なるガレット、あなたは誰よりも
　よくそれを感じたのだ。

ノブレにとってのサウダーデは、記憶によって喚起される心地よくも痛ましいまでの悲しみの感情なのである。しかし、サウダーデを発することで悲しみの軽減と心の安寧を得ていることも確かである。ノブレは、新ガレット派の詩人、象徴主義派の詩人と言われるが、ガレットからは、くだけた口語的口調とサウダーデの価値を受け継ぎ、象徴主義からは、主観的な内面の心象の描写と音楽性という手法を獲得した詩人と言えよう。ただし、新ガレット派のナショナリズムの主張については、あえて全面に押し出した感はなく、孤独の中にあっての遠い故国への思慕から生じた自然発生的ものであると思われる。ノブレは、結局、何よりもサウダーデに生きた詩人であった。

サウダーデとパスコアイス

十九世紀末から二十世紀初頭にかけて、ポルトガルの内外に大きな変化が訪れる。当時、進展しつつあった帝国主義の波に乗り遅れまいと、ポルトガルも大航海時代の遺産として獲得していたアフリカの領土の拡大を図る。それは、ポルトガル植民地の東西横断所有計画であった。しかし、利害が衝突する列強のイギリスにその計画は阻止されてしまい、国家としての威厳が損なわれる。その反動として、ナショナリズムの気運が以前にも増して高まる。一方、国内では資本主義の浸透による産業の発展に乗り遅れたため、社会改革が伴わず、経済不況を引き起こし、それに伴い社会不安が増大するありさまであった。こうした状況下にあって、共和主義勢力が大きく力を伸ばし、王政下にある政府批判を行った。彼らは、権力と結びついたカトリック教会の権威もポルトガルの後進性を示すものとして否定しようとした。そして二十世紀に入ると、共和主義者の勢いは加速し、政府と内戦状態の様相を見せた。一九〇八年、共和主義者により国王カルロス一世がリスボンで暗殺され、二年後の一九一〇年、共和革命により王制は途絶え、ポルトガル共和国が成立する。その後すぐに、共和国政府はナショナリズムと反教会主義を標榜し、教会の財産没収と修道会の廃止に着手し旧権力の駆逐を図った。また、政府は世界的流れに乗って労働者のストライキ権を認めたが、かえって賃上げと労働時間短縮を求めるストライキが頻発する事態となる。労働者階級は、共和国政府を支持し期待したものの、政府は中産階級中心に構成されていたため、労働争議においてこの政府は労働者層の十分な支援母体とはならず、政府から離反してしまう。こうして国家の生産力は低下し、経済不安は深刻になり、政情不安まで引き起こしたのである。結果、国家は弱体化し、教会の権威失墜と共に国家の精神的支柱すらゆらぐ有様であった。

こうした状況下にあって知識人階級が何よりも希求したのは、国家再生の新しいナショナリズム発揚のための精神であった。そして、この危機的国家状況にいち早く反応したのが詩人を中心とするグループであった。一九一二年、ジャイメ・コルテザウン[41]、レオナルド・コインブラ[42]らは、ポルトガル再生の社会活動の一環としての文学運動を起こした。機関誌としては、二年前に刊行されていた雑誌『アギア』[43]で民衆の啓蒙活動を展開した。そして、この運動に当初から参加していた詩人テイシェイラ・デ・パスコアイス[44]は、国家再生の基盤となる民族精神のアイデンティティをサウダーデに求めることを提唱した。彼は、民族精神の根本にサウダーデを据える主義を「サウドジズモ」(saudosismo)と命名し、『ポルトガル人であるあり方』[45]の中でサウドジズモを次のように語った。

「私は、祖国の魂の崇拝、または我々の文学、芸術、宗教、哲学、同じく社会活動の神々しくも指導的個人に打ち立てられたサウダーデの崇拝をサウドジズモと呼んだ。[46]」

彼はこの書がポルトガルの若者への啓蒙の書、愛国の書、健全なる倫理規範の書として読まれることを願い、将来を担う若者たちによる祖国の活力の回復を期待したのである。

パスコアイスは次のように主張する。民族の特性は、人種の血に加え、その土地の物理的景観、歴史、伝統、文学、芸術、宗教、法律そして経済的遺産に起因し、肉体的、精神的な性質を有する。民族的特性の中でも、景観と民族的血が中心的役割を果たし、伝統や文学、宗教に大きな遺伝的影響をおよぼした。景観については、ポルトガルの北部地方の起伏のある景観にポルトガル人の魂の根源が存在し、相反する二つの感情が育まれた。山岳の景観からは、寂しく暗く痛ましい感情を、渓谷と平原の景観からは、明るく陽気で温順な感情が涵養されていった。民族の血については、ギリシア、またローマのラテン系から汎神論と自然崇拝を、ユダヤ系からはキリスト教思想と精神崇拝を受け入れ、二つの血はポルトガル人の中で混交し融合した。こうして、ポルトガルの景観を背景として、ポルトガル人は、ラテン系からは生命の喜びと肉体の愛を、ユダヤ系からはキリストの苦痛、悲しみの受容と精神の愛を受け継ぎ独自の精神世界を創造した。そうして、長い年月を経ることによる独自の言語の獲得と政治的独立を待って、民族からポルトガルという祖国が構築されたのである。またパスコアイスは、民族は特有の魂を持つ動物的、人的存在であり、祖国はそれらが統合された精神的存在であると言う。それゆえ、良きポルトガル人になるためには、民族の魂をしっかり理解、認識し、祖国を愛し、祖国に献身しなくてはならないと明言する。[47] そして、ポルトガル民族の魂はサウダーデという一つの言葉に凝縮されるとパスコアイスは述べたのである。では、パスコアイスの言うサウダーデとは何かというと、〈過去における記憶〉と〈未来における希望と欲求[48]〉よりなるものであると言う。

もちろん記憶とは、過去の個人や民族の経験が心に刻まれ残っているものであり、景観、民族の血、そこから導かれる伝統も記憶に刻まれる。そして、記憶には過去ゆえに、喜びや楽しさの面だけでなく、必ず心の痛み、悲しみが伴うと言う。欲求とは欲することで、過去の記憶への精神的働きかけであり、欲求はサウダーデの官能的で陽気な物質的、肉体的部分であるとする。そして、「心の痛みが欲求を精神化し、一方、欲求は心の痛みを肉体化する。[49]」とパスコアイスは言うのである。そうして、孤独と対象との遠い距離、対象の不在が加わることにより「記憶と欲求が混淆し、互いに浸潤し合い、後に新たな感情となって殺到する。それがサウダーデである[50]」とサウダーデを解説する。サウダーデは、文学、特に詩にあっては、悲しみを帯びた叙情性、衝動性が優位を占め、「その愛は、サウダーデの愛であり、肉体を記憶の姿に変えるひとしずくの涙を通して観想された、不在により神聖化された痛ましい女性の崇拝である[51]」と捉える。そこでは、心の痛みと喜び、生と死、精神と肉体という対立するものが混じり合い、神格化され、神秘的魅力が生じるわけである。このようにサウダーデの感情は、文学を通して多く顕現されるが、パスコアイスは、文学のみならず、サウダーデの属性である欲求は、欲することは希望することに通じるとして、記憶との調和による欲求を未来における希望と捉え、祖国再生のエネルギーにしようとしたのである。パスコアイスの欲求は、過去の記憶を生きた真理として若者たちが学び、理解し、自己を成長させ、祖国にひいては人類に生命を捧げて献身するということであった。そして、そうすることで欲求は未来における希望と同意語になるとの新しい解釈をしたのであった。また、このパスコアイスの欲求は、アメリカの心理学者アブラハム・マズローの欲求段階説[52]に当てはめると、下位の生理的欲求、安全欲求、愛と所属の欲求を超える、自立性を結果として獲得する承認欲求からさらに高度な自己実現欲求を求めるものであった。

しかしながら、国家再生運動の方法論に関して、パスコアイスとは異なった考え方が運動当初から存在した。それは、ポルトガルを飛び出した外部世界の新しい価値観を前向きに受け入れることによる新たな文化、精神の確立を目指そうという主張であった。そのため、パスコアイスのサウダーデを核とするサウドジズモによる国家再生の主張は批判にさらされることになる。その中心となったのは、アントニオ・セルジオであり[53]、『アギア』誌[54]の中で反論を開始した。彼の主張によると、サウダーデは中世の絶対王政と大航海時代、その後の社会、時代状況、また、その中での亡命や流刑という個人状況において生じた別離や孤絶の結果であり、存在理由が十分にあった。しかし現在では、そうした理由は存在しない。パスコアイスのサウドジズモは、過去の記憶の偏重であり、また美化の過多であり、非活動的な精神である。それゆえ、サウダーデに浸って生きるのは老人や愛する人を失った不幸な人々であると痛烈に批判した。つまり、過去の記憶を最上位に優先してサウダーデを国民のアイデンティティの柱にするのは、後ろ向きのナショナリズムであり、ポルトガルの輝かしい未来へのエネルギーとはならないというわけである。またセルジオは、ポルトガル人の感情を示すサウダーデを否定するわけではないが、その独自性については、どの民族にも同じような感情は存在し、サウダーデを表現する何らかの言葉があり、その他の言語での翻訳も不可能ではないと述べた。結果として、パスコアイスの提唱した国家再生のサウドジズモは、一般庶民を含む国民的思潮とはならず瓦解することになる。パスコアイスのサウドジズモによる国家再生の欲求は、若き知識階級に向けられた高度な内容を持つもので、高等教育を受けていない多くの庶民にとっては難解な理論であったと言えよう。また、国家を担う若者層にとっても、過去の記憶の過度な重視が現実社会における明確で強力なナショナリズムの発揚とは感じられなかったと思われる。かくして、パスコアイスの主張は十分な支持を得られず瓦解したが、ポルトガル国民が共通して抱くサウダーデの感情を精細に分析し、哲学的に理論化した功績は大きいと言えよう。

一方、パスコアイスと同時代の詩人で後に二十世紀最大の詩人と称せられるフェルナンド・ペソーア[55]がいるが、パスコアイスのサウドジズモに影響を受けた作品を残している。そして現代に至るまで、ポルトガル文学における叙情性を語るにあたっては、詩はもちろん散文においても、サウダーデの心情を抜きにして語ることはできない。

サウダーデとモラエス

これまで、パスコアイスのサウドジズモを含むサウダーデの系譜をたどってきたが、最後に日本と運命的なかかわりを持ち、日本で生涯を終えたヴェンセスラウ・デ・モラエス[56]という人物のサウダーデを考察することにする。

モラエスは、一八五四年にポルトガルの首都リスボンで生まれた。父親は官吏、母親は陸軍将官の娘であり、父親の希望に添って陸軍軍人の道を歩むことになる。しかし十八歳の時、父親の急死により、以前から抱いていた海への情熱から方向を転じ、海軍兵学校に進み、二十一歳で兵学校を卒業する。その後、若き海軍士官として世界の海を渡り歩く。モラエスは、ナショナリズムの主張を海軍軍人という職務につくことで祖国に貢献しようとしたと思われる。モラエスは、軍人としての職務をこなす一方、余暇を利用して散文や詩をリスボンの新聞の文芸欄に投稿する。モラエスの文学的才は、文学的素養のあった母親の影響があったと思われるが、故国を遠く離れた海外での生活が彼の文学に大きな影響を与えたことは紛れもない。故国から離れている以上、故郷のリスボン、愛する家族、また愛情を抱く人は不在であり、そうした状況にあって民族感情であるサウダーデが彼の脳裏に喚起されたのは自然な流れである。また一方、自ら海の生活を望んだ以上、ヨーロッパとは異なる異国の風景、そこに住む人々とその生活を見たい、知りたいという憧れを抱いたのも当然である。モラエスは、晩年の作品の中で、「若いころ、それもごく若いころ、私はエキゾチシズムの魅力に取りつかれ心を奪われた。なぜか私にはわからない。生まれたときからの病的性質のせいか、私はどこにいても心安らかでいられず、空想にふけっては遠くへ、はるか遠くへと逃げていった[57]」と生来のエキゾチシズム信奉者であると語っている。モラエスの内面を突き動かしていたものは、恐らく過去の記憶によるサウダーデと、未知の国とそこで暮らす人々へのエキゾチシズムであったと思われる。こうしてモラエスは、ポルトガルの植民地であったアフリカ、スリランカ、マレーシア、チモールと巡り、マカオに赴任する。そして、一八八九年、三十五歳の時、中国北部と日本諸港巡航のため初めて日本を訪れる。その後も何度も任務で日本を訪れるが、モラエスの作品にサウダーデの文字が記されるのは、六年後に出版された最初の作品『極東遊記』の最終章「日本のサウダーデ[58]」においてである。この章は、初来日以降、何度も訪れた日本の印象をマカオでまとめたもので、日本というこのうえなく魅力的なエキゾチシズムに対する憧憬を情熱的に語っている。サウダーデという章題をつけたのは、過去の記憶としての日本が懐かしいだけでなく、日本を再度訪れて、再び日本を見たいというモラエスのサウダーデにおける欲求が強烈であった証拠であろう。一方、モラエスの祖国に対するサウダーデは、妹に対する情をサウダーデとして語るものの、それ以外では表だってこの言葉は使われていない。モラエスは故郷へのサウダーデを心の内に押し込めてしまったのである。その理由の一つは、リスボンにおけるモラエスの恋愛事件が影を落としていると思われる。相手は八歳年長のモラエス家と同じ共同住宅に住む人妻であり、母親や姉妹の反対にもかかわらず、モラエス十九歳の頃から八年間にも及んでいる。この不倫の恋愛は結局、モラエスの他の女性との関係が相手の女性に露見してしまい、破局することになる。モラエスは、不倫関係を認めぬカトリック信仰から遠ざからずを得ず、体面上からも逃げるように祖国から離れざるを得なかったのである。モラエスの心に刻まれた記憶は消しようもないが、敢えてそれを封印し、東洋のエキゾチシズムに身を投じたのである。

モラエスはその後、マカオで海軍内部での昇進争いに敗れ、日本に定住することを決意する。そして、本国との交渉の結果、一八九九年に神戸・大阪ポルトガル領事の職を得て、神戸に駐在することになる。軍人から外交官へと転身したのである。翌年、モラエスは大阪か神戸で知り合った徳島生まれの芸者福本ヨネを落籍し、同棲する。しかし、おヨネは一九一二年、心臓病のため亡くなってしまう。モラエスは、最愛のおヨネを失ったショックに加え心身の衰弱を起こし、軍籍を含めすべての公的地位からの引退を決意する。翌一九一三年、モラエスはおヨネの墓所のある徳島に隠棲する。モラエス五十九歳の時であった。徳島に移住したモラエスは、すぐに以前から知り合いであったおヨネの姪の斎藤コハルを女中として雇い、同棲する。すべての公的生活を捨てたことでようやく平穏な生活を得る。そうしてモラエスは、日本の地方都市徳島を舞台とした日本の内的印象ノート『徳島の盆踊り』[59]を書き綴っていく。徳島でおヨネの墓守をしながら生きていくことは、死者と共に生きることであり、モラエスの想いは過去の記憶へと向かい、死を見つめつつ自らのサウダーデをその著作の中で説明する。

モラエスは、「感情生活―中略―については、人は二つの仕方でしか生きることはできない。希望によってとサウダーデによってである。人生の旅路のほぼ終わりにあってすべての希望が消え去るとき、サウダーデに慰めを求めるのは当然である」[60]と言う。モラエスの中で希望が消え去ったと考えたのは、すでに老人病の兆候が出ており、当時の年齢からして死までの時間が多く残されていないこと、また彼よりずっと若いおヨネを失うことによって、最期まで共に生きるはずであった、愛する人が身近にいなくなってしまったことからも理解できる。また、人生の終着点である死について西洋人と日本人の心理的概念の相違を比較しながら語る。モラエスによると、ヨーロッパ人にとって死の概念は、キリスト教信仰による慰藉はあるものの、死者は生きておらず、恐ろしくかつ不安に満ちている。一方、日本人にとっては民間仏教の影響によって、死者は生者と共に生活しており、生者を見守っている。その意味で、死者への追慕の念を含めて、死者は崇拝の対象なるものの、死の概念は恐ろしく不安にさせるものではない。自分はヨーロッパ人であり、仏教徒ではないため、生者による日常の祭祀もないし、死者が盆踊りの時期に生者を訪れることもない。死者が生きて生者を訪れるのはサウダーデの世界しかない。サウダーデの世界では、死者は生きている以上、死は恐ろしいものではないと言うのである。[61]では、サウダーデの世界はどこに位置するかと言うと、「もはや私が属していない現世と、急速に私が近づいている死の世界との中間にある正当な世界である」[62]と説明する。そうして、モラエスの内にサウダーデの崇拝が深く根ざし、死者を愛し、死者と共に暮らすようになる。彼のサウダーデの世界では、亡き愛する人への追憶の欲求が強ければ強いほど、心地よく心を揺さぶり、この上ない慰めとなる。しかし一方、サウダーデの属性として、記憶が突き刺すような苦痛をもたらし生々しく悩ませることになる。亡くなった人の愛用の品を見ても、共に眺めた風景、共に歩いた散歩道、共に摘んだ花を思い出しては悲しみの感情が吹き出し、決して終わることなく続くのである。結局、この時点でのモラエスのサウダーデは、徳島での生活における精神部分の多くを占め、アルメイダ・ガレットの言う「喜び」と「痛み」に一致し、サウダーデの二面性を受け入れたのである。

その後、『徳島の盆踊り』が出版されるのと時を同じくして、同棲していたコハルが二十一歳の若さで、肺結核により亡くなる。こうして現実の隠棲生活での唯一の慰めと人生における最後の希望が完全に消え去り、残るは孤独とサウダーデのみとなる。しかし、モラエスはすぐに亡き二人を追想する小品集『おヨネとコハル』[63]の執筆に取りかかり、サウダーデを残りの人生の支えにしようとする。モラエスは、「サウダーデは、私自身の精神の規則正しい働きに不可欠で、当たり前の、永続的な機能と化してしまったのだ！…[64]」と語っている。つまり、自分のまわりに誰もいなくなった完全な孤独状態にあって、過去の記憶のサウダーデによって精神のバランスを保とうとしたのである。そして、サウダーデによって生かされる以上、それはサウダーデへの信仰とも過去崇拝の宗教とも言える。事実、モラエスは「審美家としての私の宗教は、すでに久しい以前から、すべてを支配する最高の掟として、事物というものには永続性がなく、何れは無に帰するという憂うつな考えを様々な事実や様相から私に抱かせる傾向を示してきたが、その私の宗教は、彼女たちの死に際し、別の信仰——サウダーデの宗教に変わった[65]」と述べ、自分が精神的に最も生き生きと生きた国日本が、サウダーデの宗教の祭壇となることを願ったのである。またこの宗教は、「美なるもの、善なるもの、慰撫的なるものに対する情熱につながる[66]」として過去を求める懐旧的美学の側面があることをつけ加えた。こうして、モラエスは、サウダーデを自らの宗教として捉えたのである。しかし、この宗教は、既成の宗教のように全面的な救いを与えてはくれない。また、その属性ゆえに常にこの上ない苦しみと痛みを伴うのである。その意味で、サウダーデは完全な宗教とは言えない。それにもかかわらず、モラエスは、過去の愛の記憶を強く欲求し、サウダーデにより苦悩を深めるにせよ、覚悟してそれをすべて受け入れたのである。その決意は彼の次の言葉がはっきりと示している。

「私は別離や破局の打撃を知っている。それらを知っているし、今日なお、私の心は血を流している。―中略―しかし、私は嘆きはしない。しかし、私は悔いはしない。私は愛した、苦しんだ、苦しんでいる。すべては終わった。いやすべてではない。なお愛の輝かしい様相の一つであるサウダーデが残っているのだ。(67)」

こうしてモラエスのサウダーデは、自らの七十五歳での死まで続いたのである。

モラエスのサウダーデは結局、パスコアイスのサウダーデのように過去の記憶への欲求を希望にすることで国家の再生を目指したのではなく、あくまで過去崇拝を自分の人生の中心に据え、生と死を見つめつつ、懐旧的、審美的宗教としたのである。モラエスがサウダーデを宗教として捉えたことは、従来のサウダーデ観を敷延させた捉え方であろう。ただし、これはポルトガル人の遺伝的民族感情であるサウダーデを変容させたのではなく、個人的に純化させたと言えよう。そしてモラエスは、エキゾチシズムあふれる日本を舞台に最期までサウダーデに生き、サウダーデに殉じたのである。その意味でモラエスは、日本のモラエス研究家の言う「日本人モラエス(68)」ではなく、またポルトガルの評論家の言う日本人と「魂を取り替えた人(69)」でもなく、まさにポルトガル人そのものであった。

おわりに

以上述べてきたことからして、サウダーデはポルトガル人のメンタリティを語る上で欠くことのできない感情の表現であり、長い年月を経て形成された民族的精神を表す言葉である。
どの民族にも過去を想起する様々な言葉が存在する。ポルトガル人の場合、過去を想起するときに伴う喜びのみならず、悲しみや苦しみの感情を、正面から見据えて受け入れ、それをサウダーデという言葉に込めて表現している。たとえ喜びがわずかで、どれほど悲しみ、苦しみが多くても、サウダーデに託してそうした感情を口に出すことにより、限りある人生をより豊かで、充実したものにしようとしているのである。それこそが多くのポルトガル人が限りある人生に向き合う態度であると言えよう。

註

（1）*Dicionário da Língua Portuguesa*, 5.a edição
（2）Idem. 8.a edição, 1998
（3）*Dicionário Prático Ilustrado*, Lello & Irmão – Editores, 1974
（4）*Koogan Larousse*, Editora Larousse do Brasil, 1987
（5）新田次郎は小説のタイトルとして『孤愁』（一九八〇）を用いた。
（6）Carolina Michaëlis de Vasconcellos, *A Saudade Portuguesa*, 1996
（7）*Cancioneiro da Biblioteca Nacional* (Colocci-Brancuti)、Revista de Portugal, 1949
（8）CBN [542]
（9）D.Dinis (1261 – 1325)
（10）CBN [665] D. Fernandez Cogominho

（11）Garcia de Resende (1470?–1536)
（12）*Cancioneiro Geral*, 1516
（13）Álvaro de Brito Pestana, *Cancioneiro Geral* [Trovas] XXIIII-XXVIv。
（14）*Antologia do Cancioneiro Geral*, seleção, organização, introdução e notas por Maria Ema Tarracha Ferreira, Biblioteca Ulisseia de Autores Portugueses, 1994?, António Mendes de Portalegre Fólio CCv.
（15）Idem. Duarte de Brito Fólio XLVI
（16）Bernardim Ribeiro (1482?–1552?)
（17）*História da Menina e Moça*, 1554
（18）Luís de Camões (1525?–1580)
（19）*Os Lusíadas*, 1572
（20）*Sonetos 24, Luís de Camões Lírica*, Círculo de Leitores, 1973
（21）Duarte Nunes de Leão (1530?–1608)、法律家、歴史家、言語学者
（22）*Origem da Lingoa Portuguesa*, 1606
（23）*Vocabulario da Lingoa de Iapam*, 1603, Nagasaqui
（24）Natçucaxij, O auer saudades entre absentes.
（25）Natçucaxu vomô, Ter saudades.
（26）Yucaxi, Ter saudades de pessoa absente.
（27）Francisco de Portugal (1585–1632)
（28）Francisco Manuel de Melo (1608–1666)

（29）*O Canto da Babilónia*
（30）*Epanáfora de Vária Portuguesa*, 1660, História da Literatura Portuguesa, António José Saraiva, Óscar Lopes, Porto Editora p. 468 参照。
（31）Tomás António Gonzaga (1744–1810)
（32）*Marília de Dirceu*, 1792
（33）Manuel Maria Barbosa du Bocage (1765–1805)
（34）Almeida Garrett (1799–1854) ポルトガルロマン主義の創始者、詩人、劇作家。
（35）*Camões*, 1825
（36）*Camões*, Canto I, Lições de Literatura Portuguesa (séc xIx e xx), António Bragança
（37）Neogarretismo. 詩人、外交官の Alberto de Oliveira (1873–1940) が提唱した文学主張。オリベイラは後出のアントニオ・ノブレの親友。
（38）António Nobre (1867–1900)
（39）*Só*, 1892
（40）Idem. Saudade
（41）Jaime Cortesão (1884–1960)、詩人、政治家
（42）Leonardo Coimbra (1883–1936), 詩人、思想家
（43）*Águia*, 1910–1932
（44）Teixeira de Pascoaes (1877–1952)
（45）*A arte de Ser Português*, 1915

（46）Idem. 3.a edição, 1998, p.118
（47）Idem. Capítulo I を参照。
（48）Idem. p.9
（49）Idem. p.75
（50）Idem. p.75
（51）dem. p.71
（52）*Motivation and Personality,* 1954, Abraham Maslow (1908—1970) Physiological needs →Safety needs →Social needs/ Love and belonging →Esteem →Self-actualization の五段階。
（53）António Sérgio (188－1969)、批評家
（54）*Águia,* 1912 Dezembro, 1913 Outubro を参照。
（55）Fernando Pessoa (1888－1935)
（56）Wenceslau de Moraes (1854－1929), ポルトガルの海軍軍人、外交官、作家。
（57）*O exotismo japonez, Ó-Yoné e Ko-Haru,* 1923, p.118
（58）*audades do Japão, Traços do Extremo Oriente,* 1895
（59）*O "Bon-odori" em Tokushima,* 1916
（60）Idem. 3-4-915
（61）Idem. 6-6-915, 27-8-915 を参照。
（62）Idem. 3-10-915（八月二七日の追加）
（63）*Ó-Yoné e Ko-Haru,* 1923

（64）Idem. O tiro do meio-dia, p.66
（65）Idem. O exotismo japonez, p.119
（66）Idem.
（67）Idem. Um proverbio japonez, p.278
（68）モラエスの翻訳家、研究家花野富蔵による伝記『日本人モラエス』（一九四〇）。
（69）Fidelino de Figueiredo, *Torre de Babel*, no capítulo "*O Homem que trocou a alma*" 1925

初出一覧

研究篇に収録した論考の発表誌の名称は以下の通りです。なお、本書への収録に際し、加筆・修正が施してあります。

「モラエスとハイカイ―翻訳の方法と実践」『天理大学学報』第二〇七号（二〇〇四年）
「モラエス来徳日時・ルートについての一考察」『モラエス』第九号（二〇〇六年）
「サウダーデとポルトガル人―パスコアイスとモラエスの事例に触れて」『天理大学学報』第二三四号（二〇一三年）

モラエス略年譜

一八五四（安政元）年　〇歳
リスボン市トラヴェッサ・ダ・クルス・ド・トレル四番地に生まれる。父親は、同名のヴェンセスラウ・ジョゼ・デ・ソーザ・モラエスで、母親はマリア・アマリア・デ・フィゲイレード・モラエス。父は役人、母は陸軍軍人の娘であった。五歳年上の姉エミリアがいた。

一八五七（安政四）年
モラエス誕生の四年前にラフカディオ・ハーンがギリシャで生まれる。
妹フランシスカが生まれる。

一八六〇（万延元）年　六歳
時期は不明であるが、初等学校のコレジオ・デ・サント・アゴスティーニョ校に通う。

一八六五（慶応元）年　一一歳
手製の家庭新聞を書く。その後、初等教育を修了すると、中等学校のリセに進学する。

一八六九（明治二）年　一五歳
ラフカディオ・ハーン、大叔母の親戚を頼ってアメリカに渡航する。ニューヨークからオハイオ州シンシナティに向かう。

一八七一（明治四）年　一七歳
リセを卒業する。この頃、父親が急死する。八月、陸軍歩兵第五連隊に志願兵として入隊する。

一八七二（明治五）年
九月、進路を変更して海軍特別見習士官となる。

一八七三（明治六）年
十月、理工科学校内の海軍兵学校予科を修了して、見習士官として海軍

一九歳
兵学校に進学する。この頃、マリア・イザベルと知り合う。

一八七四（明治七）年
二〇歳
七月、第一学年を修了し、練習航海に出る。
ハーン、『シンシナティ・インクワイラー』の記者となる。

一八七五（明治八）年
二一歳
七月、海軍兵学校の全課程を修了する。十月、海軍少尉に任官する。
ハーン、この年黒人の混血女性との結婚が原因で、新聞社を解雇される。

一八七六（明治九）年
二二歳
教育航海のため、三月に輸送船インディアに配属され、四月にアメリカへ向け出航する。六月、帰国する。十二月、輸送船アフリカに転属する。

一八七七（明治一〇）年
二三歳
一月、輸送船アフリカでアンゴラを経て、モザンビークへ出発する。（第一回モザンビーク勤務～一八七九）。
この年の十一月、ハーン、ルイジアナ州ニューオーリンズに向かう。

一八七八（明治一一）年
二四歳
四月、コルヴェット艦ミンデーロに配属され、奴隷密貿易取締りなどの任務に就く。八月、イニャッカ島防衛のため南部のロレンソ・マルケス湾に出動する。
ハーン、六月の中旬に『デイリー・アイテム』に入社する。

一八七九（明治一二）年
二五歳
一月、再度ロレンソ・マルケス湾に出動する。八月、帰国のため、輸送船ミンデーロに移り、スエズ経由で帰国の途につく。十一月に帰国する。
マリア・イザベルとの関係が深まる。

一八八〇（明治一三）年
二六歳
二月、中尉に昇進する。四月、マリア・イザベルとの関係から、モラエスと家族の間に軋轢が生じる。十二月、マリア・イザベルと関係ができる。

一八八一（明治一四）年　二七歳
六月、コルヴェット艦ミンデーロでモザンビークに出発する。（第二回モザンビーク勤務～一八八三）九月、マリア・イザベル、男児を死産する。十一月、モザンビークに到着する。

一八八二（明治一五）年　二八歳
二月、隣接するザンジバルとの国境紛争のため、トゥンゲ湾に出動する。ハーン、年末に『タイムズ・デモクラット』の文芸部長に迎えられる。

一八八三（明治一六）年　二九歳
三月、ロレンソ・マルケスに兵員を輸送する。七月、ミンデーロを下船し、帰国の途につく。八月、母マリア・アマリア、再度発作を起こす。リスボンに到着する。九月から翌年一月までの休暇を得る。
七月、母マリア・アマリア、脳卒中の発作で倒れる。

一八八四（明治一七）年　三〇歳
一月、国内勤務に就く。六月、砲艦リオ・アヴェに配属され、十二月のはじめまで南部アルガルヴェ地方の税関業務に就く。この間に原地の女性と関係ができる。九月、マリア・イザベル、転居する。

一八八五（明治一八）年　三一歳
三月、モザンビークに出発する。（第三回モザンビーク勤務～一八八六）四月、モザンビーク島に到着。五月、母マリア・アマリア死亡する。七月、砲艦リオ・リマの副官としてマカオに向かう。九月、チモール島に到着する。十月、母親の死に接し神経症が進み、帰国のため下船する。

一八八六（明治一九）年　三二歳
一月、リスボンに帰着し、二ヶ月の病気休暇を得る。四月、大尉に昇進する。九月、砲艦ドーロでモザンビークに出発する。（第四回モザンビーク勤務～一八八七）十月、モザンビーク島に到着する。

一八八七（明治二〇）年　三三歳
二月、トゥンゲ湾に出動する。五月、体調を崩し、下船して帰国する。
六月、療養のため二ヶ月の休暇を得る。この頃、マリア・イザベルと破局を迎える。八月、輸送船アフリカに配属され、アンゴラ海域での兵員輸送の任務に就く。

一八八八（明治二一）年　三四歳
ハーン、七月に西インド諸島マルティニーク島へ向かう。
二月、復縁を求めるモラエスに対し、マリア・イザベルは拒否の返事を書く。輸送船インディアに転属する。三月、マカオ勤務に出発する。七月、マカオに到着し、砲艦リオ・リマに副官として配属される。この頃、亜珍を契約により愛人とする。

一八八九（明治二二）年　三五歳
一月、犯罪容疑者をチモールへ輸送する。三月、マカオに戻る。
六月、中国北部、日本諸港巡航のためマカオを出発する。香港、上海などを経由して、八月四日に長崎に入港する。（第一回訪日）神戸に立ち寄り、横浜に向かう。九月十四日にマカオに帰着する。
ハーン、五月に西インド諸島からニューヨークへ戻る。

一八九〇（明治二三）年　三六歳
一月、副官として転属した砲艦テージョがマカオ海域の主艦となる。
四月、ポルトガル人コロニー調査のため臨時艦長としてタイのバンコクに向かう。五月、バンコクでの任務終了後、マカオに戻る。
ハーン、四月四日に来日し、八月に松江中学校に赴任する。

一八九一（明治二四）年
ハーン、二月に小泉セツと結婚する。

三七歳

三月、亜珍との間に長男ジョゼが生まれる。四月、マカオでの勤務が終了し、テージョ号艦長として帰国の途に就く。五月、大津事件起こる。八月、リスボンに到着する。十月、マカオ港港務副司令官に任命され、少佐に昇進する。その後、マカオに向け出発する。十二月、マカオ到着後、阿片輸出入取締監督官に任命される。この頃、亜珍を身請けする。

一八九二（明治二五）年

ハーン、十一月に熊本の第五高等中学校に転任する。

一八九三（明治二六）年　　三九歳

一月、マカオの中心部に転居する。九月、次男ジョアン生まれる。

六月、兵器購入のため日本に出張する。（第二回訪日）横浜に着き、翌月大阪に出向き陸軍砲兵工廠で兵器購入の契約を結ぶ。滞日中に東京、鎌倉、日光などを訪れる。十月中旬、神戸を発ち香港経由でマカオに戻る。十二月、中佐に昇進する。

一八九四（明治二七）年　　四〇歳

四月、国立マカオ・リセの教授に就任する。七月、気象観測用の器具購入およびその分野の情報収集のため日本に出張する。（第三回訪日）神戸で下船し、鉄道で大阪、京都を経て横浜に向かう。八月末、マカオに戻る。

八月、日清戦争始まる（～九五）。

ハーン、十月に『神戸クロニクル』の記者となり、神戸に移る。

一八九五（明治二八）年　　四一歳

七月、病気休暇を得て、この間を利用して『大日本』執筆の取材をするために日本を訪れたと思われる。（第四回訪日）この年、『極東遊記』がリスボンで出版される。

一八九六（明治二九）年
四二歳
七月、マカオで亜珍名義にて家を購入する。チモール島の新船用兵器を購入するため来日する。（第五回訪日）
ハーン、二月に日本に帰化する。八月に上京し、東京帝国大学英文科の講師となる。

一八九七（明治三〇）年
四三歳
滞日中の二月、マカオ港港務司令官の解任に伴い、モラエスの後輩の将校が後任として任命される。ショックを受けたモラエスは、日本に残る決意し、神戸領事就任への運動を始める。七月、特命全権公使として来日したマカオ州知事と共に京都御所で明治天皇に拝謁する。『大日本』がリスボンで出版される。

一八九八（明治三一）年
四四歳
六月、神戸領事任命問題の進展を図るためと亜珍母子の処遇の検討のためマカオに戻る。九月、本国での療養休暇を与えられ帰国の途につくが、電報で呼び戻され、シンガポールからマカオに引き返す。十一月、神戸・大阪領事館臨時運営役に任じられる。十二月、神戸に到着し領事館設置に取りかかる。

一八九九（明治三二）年
四五歳
五月、神戸・大阪ポルトガル領事事務取扱に就任する。九月、神戸・大阪領事認可状が下付され、正式に領事となる。十月、マカオ港務局での部下に、二人の息子を香港の学校に寄宿生として入学させるよう依頼し、亜珍に月々の仕送りを約束する。

一九〇〇（明治三三）年
十一月、以前から親しくしていたおヨネを落籍し、同棲を始める。

一九〇一（明治三四）年　初夏、おヨネを伴い琴平、徳島を訪れる。

一九〇二（明治三五）年　一月、日英同盟締結される。五月、兵庫県庁の落成式に出席する。
四八歳　六月、神戸イタリア領事を臨時に兼任する。

一九〇三（明治三六）年　三月〜七月、大阪で第五回内国勧業博覧会が開催される。モラエスの奔走
四九歳　によりポルトガルの物産が展示される。四月、神戸港での海軍大観艦式に
出席する。
ハーン、三月末をもって東京帝国大学を解雇される。

一九〇四（明治三七）年　二月、日露戦争始まる。この年、『日本通信Ⅰ　戦前　一九〇二―一九〇四』
五〇歳　がポルトで出版される。
ハーン、九月に東京で亡くなる（五十四歳）。

一九〇五（明治三八）年　三月、姉エミリアが亡くなる。九月、日露講和条約が調印される。息子た
五一歳　ちがマカオで洗礼を受け、モラエスは実子として認知する。この年、『茶
の湯』が神戸で自費出版される。また、『日本通信Ⅱ　戦中　一九〇四―
一九〇五』がポルトで出版される。

一九〇六（明治三九）年　この年、『シナ・日本風物誌』がリスボンで出版される。

一九〇七（明治四〇）年　この年、『日本通信Ⅲ　日本の生活　一九〇五―一九〇六』がポルトで出版
五三歳　される。

一九〇八（明治四一）年　二月、ポルトガル国王と皇太子が暗殺される。この年の夏、次男ジョアン
五四歳　が亜珍と共に保養のため日本を訪れ、モラエスと会ったという。十一月、

一九〇九（明治四二）年
神戸での日本艦隊観艦式に招かれ出席する。

一九一〇（明治四三）年　五六歳
十月ごろ、城崎を訪れる。
七月、ポルトガルの巡洋艦サン・ガブリエルが神戸に寄港し、領事館で乗組員歓迎会を開く。十月、リスボンで共和革命が成功し、ポルトガルは共和国となる。

一九一一（明治四四）年　五七歳
七月以降、政変の影響でマカオからの給与の送金が停止する。領事館閉鎖の予定を本国に打電して、ようやく送金が復活する。

一九一二（明治四五）年（大正元）　五八歳
七月、明治天皇崩御する。八月、おヨネ亡くなる。
九月はじめ、神戸市内の山本通りから加納町に転居し、永原デンを雇う。
九月、神戸・大阪ポルトガル総領事に任命される。

一九一三（大正二）年　五九歳
三月末か四月のはじめごろ、デンが出雲に帰郷する。四月、おヨネの墓参のため徳島を訪れる。六月、病気休暇願を打電し、受理されるとメキシコ領事と事務引き継ぎに入る。ついで、領事辞任と軍籍離脱を本国大統領に願い出る。月末に、荷物を徳島に発送する。七月はじめ、徳島に移住する。市内伊賀町の借家でおヨネの姪のコハルと同棲を始める。七月の末、カタカナの遺書を認める。

一九一四（大正三）年　六〇歳
四月、コハルに長男花一が生まれるが、間もなく死亡する。七月、第一次世界大戦始まる（～一八）。八月、日本参戦する。十二月、ドイツ人捕虜が徳島市に収容される。

一九一五（大正四）年　九月、コハルに次男麻一が生まれる。

一九一六（大正五）年　八月、コハルが肺結核で入院する。十月、コハル亡くなる。

六二歳　この年、『徳島の盆踊り』がポルトで出版される。

一九一七（大正六）年　二月、ロシア革命起こる。十二月、ポルトガルでシドニオ・パイスらによ
六三歳　るクーデターが成功する。この年、『ポルト商報』の別冊として「コハル」

が出版される。

一九一八（大正七）年　九月、スペイン風邪が猛威を振るう。

一九一九（大正八）年　六月初旬、亜珍と長男ジョゼが来日し、徳島を訪れる。七月、コハルの妹
六五歳　千代子亡くなる。八月、正式の遺書を認める。

一九二〇（大正九）年　この年、『ポルト商報』の別冊として『日本におけるフェルナン・メンデ
六六歳　ス・ピント』が出版される。

一九二二（大正一一）　九月、永原デン、矢田新吉と結婚する。

一九二三（大正一二）年　八月、東京外国語学校生安部六郎がモラエス宅を訪れる。九月、関東大震
六九歳　災起こる。この年、『おヨネとコハル』がポルトで出版される。

一九二四（大正一三）年　この年、『日本史瞥見』がポルトで出版される。

一九二六（大正一五）年　十二月、昭和天皇即位する。この年、『日本夜話』と『日本精神』がリス
（昭和元）年　ボンで出版される。

一九二七（昭和二）年　八月、香港から亜珍が来日し、徳島のモラエスを訪れ五日間滞在する。

一九二八（昭和三）年　この年、『日本通信Ⅳ　一九〇七―一九〇八』、『日本通信Ⅴ　一九〇九―

七四歳　一九一〇』、『日本通信Ⅵ　一九一一―一九一三』がリスボンで出版される。

一九二九（昭和四）年　七月一日、伊賀町の自宅にて亡くなる

七五歳

主な参考文献

ここには、参照した主な文献とモラエスの参考文献を収録してあります。なお、モラエス作品については、初版の年号を記しています。

モラエスの邦訳著作

花野富蔵訳『日本精神』第一書房　一九三五
花野富蔵訳『徳島の盆踊』第一書房　一九三五
花野富蔵訳『日本夜話』第一書房　一九三六
花野富蔵訳『おヨネと小春』昭林社　一九三六
花野富蔵訳『極東遊記』中央公論社　一九四一
花野富蔵訳『日本歴史』明治書房　一九四二
花野富蔵訳『大日本―歴史・藝術・茶道―』帝国教育会出版部　一九四二
花野富蔵訳『日本精神』河出書房　一九五四
花野富蔵訳『定本モラエス全集』全五巻　集英社　一九六九
花野富蔵訳『おヨネとコハル・徳島の盆踊（抄）』集英社　一九七〇
花野富蔵訳『おヨネとコハル』集英社　一九八三

高橋都彦・深沢暁訳注『オヨネとコハル』大学書林　一九八六
岡村多希子訳『おヨネとコハル』彩流社　一九八九
岡村多希子訳『モラエスの絵葉書書簡』彩流社　一九九四
岡村多希子訳『日本精神』彩流社　一九九六
岡村多希子訳『ポルトガルの友へ・モラエスの手紙』彩流社　一九九七
岡村多希子訳『徳島の盆踊り―モラエスの日本随想記』講談社　一九九八
岡村多希子訳『モラエス作品集』モラエス会　二〇一二

モラエスの評伝・研究、その他

花野富蔵『日本人モラエス』青年書房　一九四〇
佃實夫編『モラエス案内』徳島県立図書館　一九五五
佃實夫『わがモラエス伝』河出書房新社　一九六六
アルマンド・マルチンス・ジャネイロ著、野々山ミナ子・平野孝国訳『夜明けのしらべ』五月書房　一九六九
徳島のモラエス編集委員会編『徳島のモラエス』徳島中央公民館　一九七二
四国放送編『異邦人モラエス』毎日新聞社　一九七六
新田次郎『孤愁』文藝春秋　一九八〇
ジョルヂェ・ディアス著、岡本和夫訳『東方への夢』教育出版センター　一九八四

佐藤剛『失われた楽園』葦書房　一九八八

林啓介『「美しい日本」に殉じたポルトガル人』角川書店　一九九七

「モラエス」編集委員会編『モラエス』第一号～第九号　モラエス会　一九九八～二〇〇六

岡村多希子『モラエスの旅―ポルトガル文人外交官の生涯』彩流社　二〇〇〇

岡村多希子『モラエス―サウダーデの旅人』モラエス会　二〇〇八

新田次郎・藤原正彦『孤愁』文藝春秋　二〇一二

Ângelo Pereira e *Oldemiro César, Os Amores de Wenceslau de Morais*, Lisboa, Editorial Labor, 1937

Armando Martins Janeiro, *O Jardim do Encanto Perdido*, Porto, Simões Lopes, 1954

Hermut Feldmann, *Venceslau de Morais e o Japão*, Instituto Cultural de Macau, 1992

Dniel Pires, *Wenceslau de Moraes Cartas do Extremo Oriente*, Lisboa,Fundação Oriente, 1993

Teixeira de Pascoaes, Arte de Ser Português, Lisboa,Assírio & Alvim, 1998

モラエス作品

Traços do Extremo Oriente , Lisboa, Livraria António Maria Pereira, 1895

Dai-Nippon(O Grande Japão), Lisboa, Sociedade de Geografia de Lisboa, 1897

Cartas do Japão, Antes da Guerra(1902-1904), Porto, Livraria Magalhães Moniz, 1904

O Culto do Chá, Kobe, edição do autor, 1905

Cartas do Japão II, Um ano do Guerra (1904-1905), Porto, Livraria Magalhães Moniz, 1905

Paisagens da China e do Japão, Lisboa, Livraria Tavares Cardoso, 1906

A Vida Japonesa, Terceira série de Cartas do Japão (1905-1906), Porto, Livraria Chardon, 1907

O"Bon-odori"em Tokushima (Caderno de impressões íntimas), Porto, Livraria Magalhães e Moniz, 1916

Fernão Mendes Pinto no Japão, Porto, separata de"O Comércio do Porto", 1920

Ó-Yoné e Ko-Haru, Porto, Renascença Portuguesa, 1923

Relance da História do Japão, Porto, Maranus, 1924

Os Serões no Japão, Lisboa, Portugal-Brasil, 1926

Relance da Alma Japonesa, Lisboa, Portugal-Brasil, 1926

Cartas do Japão, Segunda Série, 1 ° vol.(1907-1908), 2 ° vol.(1909-1910), 3 ° vol.(1911-1913), Lisboa, Portugal-Brasil, 1928

あとがき

本書は、筆者のモラエスに関する卒業レポートとしてまとめたものです。しかしながら、執筆、編集を終えて思ったことが二つあります。

その一つは、人間が「生きる」とはどうすることかという問いでした。モラエスは、「生きる」とはどういうことかを伝えていますが、こう生きるのがいいという回答をしていません。人は若い頃、情熱に動かされ、希望を抱き生きようとします。しかし、思うようにならない結果や挫折を多くの人が経験します。そして、人生の黄昏時を迎えると、過去を振り返り懐かしんだり悔やんだりします。モラエスもそうでした。しかしモラエスは、過去を追想するだけでなく、老いを重ねる日々にあっても新しい発見と驚き、感動を追い求めました。モラエスは、心を働かせて生きることが、限りある生をより豊かにすると考えました。確かに生き方は人によって異なりますが、筆者を含め私たちはそれぞれ、自分の生き方を模索していかなくてはなりません。その意味でモラエスは、誠実な人生の探求者としての例を示してくれているのです。私たちはモラエスから、生きることの意味を時代を超えて過去から突きつけられている気がしてなりません。

もう一つは、モラエス研究の面は十分ではないということです。モラエス研究は、ハーン研究と比べ、まだまだ研究の余地が残されています。例えば、日本におけるモラエスの足跡、日本の古典文学との関係、モラエス文学の評価、モラエスが参考にした文献資料、日露戦争前後の日本分析など多くの分野があります。こうした分野は、将来の研究者にゆだねますが、さらに研究を進めていってほしいものです。

最後に、本書を執筆するにあたり、文献資料を提示してくださった恩師岡村多希子先生に深謝いたします。先生の先行研究がなければ本書は成立しませんでした。また、本書編集において協力をいただいた天理大学の同僚である佐藤博史先生、森本智士先生に感謝します。

また、本書出版にあたりひとかたならぬご尽力をいただいた茂山和也氏に厚く御礼申し上げます。氏はアルファベータブックス移られましたが、これまで彩流社で『おヨネとコハル』『日本精神』をはじめ多くのモラエス関係書を編集されました。

二〇一五年十月

深沢 暁

索 引（主な関連人名・作品名）

ア行

カ行

サ行

タ行

ナ行

ハ行

マ行

ヤ行

ラ行

著者略歴

深沢 暁（ふかざわ あきら）
東京都出身、東京外国語大学大学院修士課程修了。天理大学国際学部教授
ポルトガル語学・文学専攻
主要著書
クラリッセ・・リスペクトール『G・Hの受難／家族の絆』（共訳、集英社、1984）
ヴェンセスラウ・デ・モラエス『オヨネとコハル』（共対訳、大学書林、1986）
『初級ブラジルポルトガル語』（東洋書店、1994）
『ベーシックブラジルポルトガル語』（東洋書店、1996）
『会話で覚えるブラジルポルトガル語動詞300』（共著、東洋書店、2003）
『新ベーシックブラジルポルトガル語』（共著、東洋書店、2011）

新《しん》モラエス案内《あんない》
もうひとりのラフカディオ・ハーン

第1刷発行　2015年11月25日

著者●深沢 暁
発行人●佐藤英豪
発行所●株式会社アルファベータブックス
〒102-0072　東京都千代田区飯田橋2-14-5 定谷ビル
電話 03-3239-1850 Fax 03-3239-1851　E-mail alpha-beta@ab-books.co.jp

印刷●株式会社エーヴィスシステムズ
製本●株式会社難波製本

定価はダストジャケットに表示してあります。

乱丁・落丁はお取り換えいたします。
ISBN 978-4-86598-005-9 C0090